다 흘러간다

양창국 창작집

세월이 흘러가고 인생도 다 흘러간다.
머무는 것이 없는데 머문다는 생각은 그냥 집착인가?
흘러가는 것은 그냥 흘러가는 대로 두자.

지구문학

차례

목적이 있는 삶

1

고등학교 동창 셋이 음식점, 오리고기 집에 모였다. 한 놈, 태경은 대학 교수를 하고 은퇴했고, 한 놈, 영무는 대기업 임원을 하다 은퇴했다. 그리고 나는 국영기업 간부를 하고 은퇴했다.

세 놈 다 먹고 살 만하다.

원래 다섯 놈이 만났었는데, 한 놈은 먼저 하늘나라로 갔고, 한 놈은 이민을 갔다.

오리고기가 소고기나 돼지고기보다 노인에게 좋다고 하여, 한 달에 한 번 모임 장소를 오리고기 집으로 고정해 놓고 만난다. 그 음식점은 노인들 천국으로 방마다 노인들이 떼로 모여앉아 떠든다.

음식점에서 약술을 덤으로 준다. 세 친구는 거저 주는 약술을 돌리며 이야기의 꽃을 피운다. 보수 성향인 세 친구는 정치 이야기를 할 때 죽이 잘 맞는다.

"며칠 전 백 총장 댁에 다녀왔다."

태경이 영무에게 빈 술잔을 채우라는 눈짓을 하며 말했다.

"건강하셔? 거의 백 살 되신 거 아냐?"

"99세야. 걸음걸이가 좀 불편하시다고 하시던데, 목소리는 카랑카랑하시고 문제없이 백수하시겠더라."

"그 분 총장 할 때 태경이 니가 교수로 임용됐지?"

"대학 때 지도교수이셨고, 총장님으로 계실 때 재외 과학자 유치 케이스로 귀국하여 조교수 발령받았지. 은퇴하신 후에도 가끔 찾아뵙는다."

"훌륭한 제자네. 은퇴 후에도 찾아뵙고. 보통 은퇴하면 그만인데."

"내년에 백 총장님 백세잔치를 해 드리겠다고 하니 요새 다른 모임에는 안 나가는데 그 모임에는 나오시겠다고 하더라. 좋은 말씀해 주실 거야. 이번에 뵈오니 일생에 가장 좋았을 때가 90세 되었을 때라고 하시며, 그때까지는 매년 계획을 세우고 일을 하셨는데, 90이 되니 이제 곧 갈 텐데 편히 살자, 하고 손 놓고 사셨대. 이렇게 10년을 더 살지 알았으면 허송세월하지 않았을 거라며 아쉬워 하시더라."

"뭐 99세에 목적 있는 삶을 못 사셔서 억울하다고 하셔?"

영무가 놀란 목소리로 말했다.

"그런 말씀이지. 그 말씀 듣고 내가 좀 미안했다. 나는 이제 겨우 70에 노인 행세하는데."

태경이 술잔을 비우며 말했다.

"그래, 나도 이무 생각 없이 그냥 사는데, 백 총장님은 90세까지 계획을 세우고 사셨다고?"

내가 비명을 질렀다.

"너희들에게 말 안 했지만 나는 작은 보잘 것 없는 선행을 하고 있다. 내가 대학 교수 하며 벌어놓은 돈이 없고 연금으로 먹고 사는데 매달 연금에서 백만 원씩 저축한다. 연 1,200만 원이 모이는데, 10년간 모아 1억은 학교 발전기금으로 냈고, 남는 2천은 불우이웃에 쓰도록 복지관에 기부했다."

태경이 아무렇지도 않게 말했다.

"와, 우리 안 교수 대단하네. 온어스클럽 회원이네."

영무가 소리 질렀다.

"나는 60대 초반에 은퇴하고 복지관에서 반찬 배달을 했었는데 70이 되면서 그만 뒀다. 아직 힘이 있으니 더 할 수 있는데, 마누라가 자동차 운전하다 사고 난다고 못하게 하여 그만 뒀다."

영무가 수줍게 말했다.

"이 부사장도 그런 좋은 일했네. 나만 은퇴하고 허송세월했네. 백 총장 90까지 계획을 세우고 목적 있는 삶을 사셨다는 말, 너희들의 보람 있는 삶, 말 듣고 좀 찔리는데, 나도 뭐 할 거 찾아야겠네. 그런데 재주 있는 게 있어야지."

내가 영탄조로 말했다.

"그러지 말고 우리 80까지 산다고 치고 10년 목표로 각자 목표 하나씩을 정해 서로 격려하며 달성하면 어때?"

태경이 말했다.

"목표를 정하자고? 이제 국회의원 하겠다고 할 수도 없고, 돈을 번다고 할 수도 없는데, 목표라…."

내가 심드렁하게 말했다.

"태경이 생각 좋은 발상이다. 우리 늙었다고 하지 말고 다음 만날 때는 하나씩 목표를 정해 가지고 와서 털어놓고 목표 달성하도록 서로 격려하자."

영무가 태경의 제의에 찬성했다.

나는 이 나이에 무슨 목표, 그냥 편히 살지, 하며 그들의 제의가 내키지 않았으나 오랜 우정의 연륜이 반대를 할 수 없게 하여 나도 좋다고 했다.

우리는 다음 달 모임에 각자 10년 목표를 정해서 가져오기로 하고 의기양양 젊어진 기분으로 음식점을 나섰다.

2

나는 거실 소파에 편히 앉아 창밖을 내다봤다. 앞 동과 우리 동 사이에 테니스장이 있다. 테니스장 외곽을 소나무와 단풍나무가 둘러싸고 있다. 내가 사는 아파트는 지은 지 30년이 넘었다.

요사이 지은 아파트는 다 그 이름이 외래어인데 내 아파트는 건설사 사명이 그대로 아파트 이름이다. 시대에 한참 뒤진 이름이다. 또 우리 아파트는 지은 지 오래되어 최신 지은 30층이 넘는 고층 아파트에 비하면 꼬마인 겨우 12층 아파트다. 지을 당시는 고층이었다.

나는 테니스장을 둘러서 있는 훌쩍 커버린 소나무를 보며, 저 소나무가 세월을 먹고 자란 것같이 나도 나이가 들었구나, 하고 센티해지며, 3주 전 친구들과 점심을 먹으며 다음 모임 때까지 앞으로 10년 살아갈 목표를 정하자고 했던 대화가 떠올라 실실 웃음이 나왔다.

이 나이에 무슨 목표? 그냥 건강하게 살다가 가면 되지….

그래도 친구들하고 약속했는데 뭔가 목표를 세워야겠지…. 일주일 후면 친구들을 만나야 하는데 뭘로 목표를 한다?

이제 출세하거나 돈을 번다고 할 수는 없고, 은퇴한 친구들이 많이 하는 색소폰을 분다든지 그림을 그린다고 할까? 중고등학교 다닐 때 청음으로만 음악을 배워 콩나물 대가리, 악보를 볼 줄 모르는데 색소폰을 배울 수 있을까? 그림은 정말 소질이 없는데 미술을 하는 것도 그렇고….

시나 소설에 도전해 봐? 공돌이가 무슨 문학.

그런 소프트한 것 말고 하드한 것은?

조기축구회에 나가 축구를 한다고 해? 지금 축구해 봐야 펠레나 손흥민 같은 선수가 될 수는 없잖아.

그럼 테니스? 그것도….

둘레길을 돌면. 제주도에 여러 둘레길이 있다는데, 제주도부터 시작하여 전라도, 충청도, 경기도, 인천, 서울, 강원도, 경상도를 한 바퀴 돌아?

큰 섬에도 둘레길이 있을 텐데, 울릉도, 선유도 등도 가 봐? 그리고 둘레길 순례기를 써 봐?

집을 떠나서 다녀야 하는데 이 나이에 혼자 무슨 청승으로 김삿갓이 되나? 무슨 필재가 있다고 순례기를 써? 그런 기행문 쓸 재주가 있으면 시나 소설에 도전하지.

참 달리기를 할까? 단거리는 그렇고 장거리? 금년에 연습을 하여 10km 단축마라톤 몇 번 나가고, 내년에는 20km 단축마라톤, 3년 후 풀코스 도전. 70대 할아버지가 풀코스 마라톤 뛰면 대단하잖아. 세 시간 안에 뛰고 보스턴 마라톤 나가는 것을 목표로 할까? 달리기는 건강관리에도 좋고 돈도 안 들고, 집에서 할 수 있고. 하루에 한두 시간 투자하면 되니 시간도 많이 안 들고….

그래 3년 후 보스턴 마라톤 대회에 나가고 80까지 뛰는 것을 목표로 하자!

오리집에서 만난 세 친구는 목표를 떠벌렸다.

경제학을 전공한 안태경 교수는 아담 스미스의 '국부론'에 필적할 경제서적을 쓰겠다고 했다. 아담 스미스는 2차 산업시대 사람이라 그때 사정에 맞는 방책을 제시했었지만, 안 교수는 4차 산업시대에 맞는 경제정책 방향을 제시하겠다고 했다. AI, 빅 데이터, 블록체인, 가상화폐 등을 아울러 4차 산업시대에 맞는 고용정책과 분배정책 방향을 제시하겠다고 거창하게 포부를 밝혔다.

경영학을 전공한 이영무는 단순 노동력의 필요가 점점 없어지는 현시대에 맞는 노동정책에 대한 책을 쓰겠다고 했다. 제레미 리프킨이 쓴 '노동의 종말'에서 아이디어를 얻었다고 했다.

나는 두 친구의 거창한 목표를 듣고 보스턴 마라톤 출전을 목표로 한다고 하기가 좀 민망했다. 임기응변으로 생각나는 대로 3년 내 개인전 목표로 그림을 배우겠다고 했다. 친구들은 화백 친구를 두게 됐다고 떠들었다.

그림에 전혀 소질이 없는 나는 졸지에 그림을 배워야 해, 하고 그냥 마라톤 한다고 할 걸, 하고 후회했으나 이미 뱉은 말을 주워 담을 수가 없었다.

세 친구는 술잔을 부딪치며 꼭 목표 정해 달성하자고 떠들며 건배를 했다.

나는 친구들과 헤어져서 전철을 타고 집에 가며, 이 나이에 자존심이 꿈틀하여 부린 객기가 후회막급이었다. 어쩌자고 전혀 소질이 없는 그림을 배워 3년 내 전시회를 한다고 객기를 부렸나?

내가 생각해도 정말 나는 한심한 놈이다. 나이 70, 종심의 나이에 종심은 커녕 무슨 망발? 친구들이야 책을 내든 말든 그건 그놈들 일이고, 그냥 마라톤을 하겠다고 할 거지. 오랜 친구 간에 체면 차릴 일도 없는데 무슨 미술전시회?

나는 중고등학교 때 성적이 상위권에 들어 80점 이하 점수를 받아본 적이 없는데 유일하게 미술만 59점을 받은 적이 있다. 대학교 1학년 때 설계도면의 기초인 도학을 수강했는데 두 학기 다 C학점을 받았다.

그리는 것은 나와 인연이 없다. 그런데 덜컥 그림을 그리겠다고 친구들에게 선언했다.

지난 달 30년이 넘게 직장 동료였던 친구의 미술전시회에 다녀왔었다. 그 친구는 퇴직하고 홍대 평생교육원에서 수채화를 배운단다. 그림을 그린 지 3년 만에 같이 배우는 급우들과 동호회 전시회를 열었다. 그것도 인사동 화랑에서.

나는 공돌이 녀석이 무슨 그림을 그려? 전시회까지 하고 용감하네, 하며 전시회에 갔었다. 그런데 제법 잘 그렸다. 나는 그의 그림이 아마추어 수준을 넘는 것을 보고, 화백이 됐네, 하며 화백 호칭을 붙여 조 화백하고 부르며 그를 칭찬했었다.

나도 한 3년 그리면 조 화백 정도는 그릴 수 있을까?

소질이 없는 내가 그림을 그리려면 독학으로는 안 될 거고 누구에게 배운다? 독선생을 두고 배울 수는 없고, 조 화백 다니는 홍대 평생교육원에 갈까? 조 화백이 그림 선배로 나를 이끌어 주겠지. 그런데 홍대는 집에서 너무 멀다. 전철을 두 번 갈아타고 가려면 한 시간 반은 걸릴 거다.

백화점에 문화교실이 있다던데 거기나 다닐까? 우리 집에서 가까운 곳에 문화원이 있는데 거기 등록할까? 백화점보다 문화원 수강료가 훨씬 쌀 거다.

나는 전철에서 내려 집에 가는 길에 문화원에 들러 수강생 모집 팸플릿을 챙겼다.

나는 샤워를 하고 거실로 나와 소파를 뒤로 젖히고 눕듯이 편한 자세로 앉아서 팸플릿을 펼쳤다. 문화 · 예술 강좌가 죽 나열되어 있다. 미술 분야에도 여러 강좌가 있다.

색연필 세밀화, 연필 인물화, 여행풍경 스케치, 서양화 교실, 느낌 있는 수채화, 창작 교실(아크릴, 유화, 색연필), 대상과 파스텔, 동양화(한국화) 등등.

나는 강좌 이름을 죽 내려 읽고 뭐 이렇게 강좌가 많아, 하고 중얼거렸다.

사실 다양한 여러 강좌 중 어느 강좌를 들어야 하는지 판단이 서지 않았다. 조 화백에게 전화하여 자문을 구할까 하다가, 뭐 그림 그린다고 온 사방에 소문낼 일 있어, 하며 그만 두었다.

나는 어느 장르가 가장 쉬울까, 어느 강좌가 제일 편할까, 하며 강좌 이름을 죽 훑어보며 생각을 굴렸다.

수채화, 서양화, 동양화는 준비물이 많고 어렵겠지.

연필 인물화? 인물화면 사람의 얼굴 그리는 건데 눈, 코, 입, 귀나 그리면 될 거고, 연필 인물화면 스케치북에 연필 · 지우개만 있으면 되겠네.

나는 연필 인물화 강좌에 등록하기로 정했다.

지금 봄 학기 등록기간이다. 나는 쇠뿔도 단김에 빼다는 심정으로 바로 문화원을 찾아가서 연필 인물화 과정을 등록했다. 다음 월요일에 개강한다.

3

나는 10시 20분, 강의 시간 10분 전에 연필 인물화반 강의실에 들어섰다. 맨 뒷자리에 앉아 가방에서 스케치북, 4-B연필과 지우개를 꺼내 책상 위에 놓고 교실 안을 죽 돌아보았다.

할머니 세 분과 할아버지 한 분이 반갑게 인사를 나누고 대화를 하고 있다.

수강생들이 속속 교실에 들어왔다. 대부분 할머니들이다. 할아버지가 두 명 더 들어왔다. 몇몇은 서로 인사를 했다. 나는 모두 초면이라 멍청하게 강의실로 들어서는 수강생을 힐끔거렸다.

시간에 맞춰 강사가 강의실에 들어서며 목례를 하고 교단에 섰다. 여자 강사는 50대 초반으로 미인은 아니지만 깔끔하고 정감이 흐르는 인상이다. 나는 강사의 세련된 품김이 마음에 들었다.

"이번 학기에 새로 등록하신 분이 다섯 분 있어요. 그분들은 처음부터 배울 겁니다. 지난 학기 등록하신 분은 뒤쪽 왼쪽으로 모이시고, 신입 수강생은 뒤쪽 오른쪽으로 모여서 앉으세요. 나머지 분들은 지난 학기 배운 것을 계속 해 나가시면 됩니다."

강사가 말했다. 강사의 목소리가 맑다.

나는 여자 강사의 외모와 목소리가 마음에 들어 인물화반에 등록하길 잘했다고 생각하며, 수강생들을 죽 둘러봤다. 수강생은 남자 넷, 여자 열 명이었다. 다 나이가 들었다. 나보다 젊은 사람도 있는 것 같고 나보다 나이가 많은 분도 있다.

"반장을 뽑아야 하는데, 하시겠다는 분이 없으시면 지난 학기 반장을 하셨던 김영태 씨가 계속 하시면…."

강사가 수강생을 둘러보며 말했다.

여자 수강생 두세 명이 좋다고 대답했다.

나는 반장은 뭐하지, 하며 그냥 추이를 구경했다.

"그럼 이번 학기도 김영태 씨가 반장으로 수고해 주세요. 새로 오신 분은 이 교재를 사세요, 만원입니다."

강사가 콤비를 입은 할아버지에게 교재 책을 건넸다. 교재를 받은 할아버지가 내 앞으로 교재를 들고 와서 건네주며 현금이 없으시면 다음 시간에 가져오세요, 했다. 나는 지갑에서 만원짜리 지폐를 꺼내 건넸다. 교재를 들고 다니며 파는(?) 할아버지가 반장으로 뽑힌 김영태 씨인 모양이다.

이번 학기에 새로 등록한 신입생은 남자 두 명, 여자 세 명, 다섯 명인 거 같다. 나는 방금 산 교재를 넘기며 슬쩍 내용을 봤다. 영화배우 오드리 헵번, 미국 대통령 오바마 사진이 보인다. 우리나라 배우 송강호 사진도 있다.

나는 강사가 시키는 대로 자리를 옮겨 앉았다.

강사가 다섯 신입 수강생 앞자리에 서서 교재 첫 장을 펴라고 했다. 첫 페이지는 선이 잔뜩 그려져 있고, 옆 페이지에는 사각형 틀 속에 명암이 위에서 아래로 내려가며 더 진하게 칠해져 있다.

강사는 내 책상에 놓인 초등학생이 쓰는 지우개를 보며, 화방에 가서 독일제 떡지우개를 사오라고 코멘트했다.

나는 속으로 지우개까지 외제를 사라고, 하며 투덜댔다.

강사는 신입 수강생들에게 선을 그리는 법을 설명하고 그려 보라고 했다.

선의 굵기를 바꿔가며 그리기가 만만치 않았다.

강사는 신입생이 그리는 것을 잠시 지도하다가 기존 수강생에게 가서 그리는 것을 지도했다.

첫날은 90분 동안 선을 그리고 명암을 넣는 방법을 연습했다. 90분 동안 정신을 집중하여 선을 그리고 명암을 넣고 하는 단순작업을 하고 나니 피로가 몰려왔다.

수업을 마치고 나오며 나는 반장에게 물었다.

"다 큰 어른들에게 그림 그리는 것은 안 가르치고 뭐 선만 그으라고 해요?"

"그려 보시면 알겠지만 명암 넣는 것이 어렵고 아주 중요해요. 우리 강사 선생님 홍대 미대 나오신 분이요. 시키는 대로 배우면 몇 달 내 시늉은 낼 거요."

반장이 웃으며 말하고 다음 주에 보자며 손을 흔들고 앞장서서 건물을 나갔다.

집에 가서 스케치북이 든 가방을 서재에 놓고 거실로 나오니 아내가 실실 웃으며 말했다.

"그림 그릴 만해? 당신 무슨 바람이 불어 그림 그린다고 한 거야? 혹시 그림 그리는 멋쟁이 아줌마랑 연애하려고 그림 배우는 거 아냐?"

"무슨 쓸데없는 소리. 우리 반 여자들 다 한참 시든 호박꽃이야."

"당신 중고등학교 다니면서 과락 받은 게 딱 미술 한 과목이라고 했잖아. 그런 사람이 그림 배운다고 하니 하는 말이지."

"그래서 중고등학교에서 과락 받은 거 한풀이 하려고 배우기로 했다."

내가 진지한 표정을 지으며 말했다.

두 번째 시간, 강사는 90분 동안 명함 넣는 것만 시켰다. 나는 지루하여 하품이 나오는 것을 겨우 참았다.

세 번째 시간, 강사는 신입생들을 모아놓고 다른 사람에게는 절대 비밀로 하라고 하며 인물화를 쉽게 그리는 비법을 전수해 주겠다고 했다.

"교재에서 오드리 헵번 사진 페이지를 여세요."

강사의 말에 신입 수강생 다섯 명은 오드리 헵번 사진이 있는 페이지를 열고 강사를 쳐다봤다.

"오늘은 오드리 헵번을 그릴 겁니다."

수강생들이 황당한 표정으로 강사를 쳐다봤다. 강사의 말은 아직 날개도 나오지 않은 새보고 날으라고 하는 말과 같다.

"사진 뒷면을 연필로 골고루 칠하세요. 다 칠했으면 그 페이지를 스케치북 그릴 페이지에 올려놓고 제가 지난 주 가져오라고 한 다 쓴 볼펜으로 초상화 선을 따라 눈, 코, 입, 윤곽을 그리세요. 다 그리고 본을 떼어내면 스케치북에 얼굴 모습이 보일 거니 그 얼굴 본을 따라서 그려보세요."

강사가 실실 웃으며, 세 시간 미술 배우고 초상화를 그렸다면 다른 사람들이 놀랄 거라, 하며 그렇게 해 보라고 했다.

나는 이거 야바위 술수 아냐, 속으로 생각하며 강사가 시키는 대로 오드리 헵번 사진이 있는 페이지를 뜯어내서 뒷면에 열심히 4B연필로 개칠을 하고 스케치북에 올려놓고 볼펜으로 얼굴선을 그었다. 얼굴선을 다 그리고 교재를 드니 스케치북에 오드리 헵번 얼굴 윤곽이 그대로 나타났다.

나는 연필로 그 윤곽선을 진하게 그렸다. 오드리 헵번을 닮은 여자의 초상화가 스케치북에 그려졌다. 나는 오드리 헵번을 어느 정도 닮은 그림을 내려다보며 꼭 사기를 친 기분이 들었다. 시간이 남아 한 장을 더 그렸다.

집에 가서 아내에게 내가 복사한 그림을 보여줬더니 아내가 감탄을 했다.

"당신 미술 소질 없다더니 세 시간 만에 이렇게 잘 그렸네. 공대 갈 것이 아니라 미대 갈 걸 그랬네."

나는 본을 떠서 복사한 비법을 털어놓지 않고 그냥 실실 웃기만 했다.

다음 시간에는 미국 대통령 오바마를 그렸다.

나는 본을 뜨고 복사한 그림에 명암을 넣었다. 처음 두 시간에 연습했던 방법을 떠올리며 명암을 넣었으나 생각같이 쉽게 되지는 않았다.

지난 시간에는 내 그림 그리기에 바빠 다른 수강생들이 그리는 것을 보지 못했었는데, 오늘은 조금 여유가 생겨 다른 수강생들의 그림을 힐끗거렸다.

내 인물화는 본을 뜬 모양새부터 거칠었다. 신입 수강생 다섯 사람이 똑같이 네 시간째 그리는데 그들이 그린 그림은 선이 고왔다. 다른 수강생은 명암도 제법 넣는데 나만 명암이 형편없어 지우고 또 지우고 다시 넣고 하여 스케치북이 지저분하다.

나는 내 그림이 이번 학기에 등록한 신참 수강생들의 그림보다 질적으로 처지는 것을 보고 속이 상했다. 나는 열심히 지우고 다시 명암을 넣고 하며 제대로 그리려고 애를 썼다.

강사는 내가 하는 양을 보다가 내 연필을 빼앗아 내가 그린 인물화 위에 몇 번 끄적거렸다. 강사가 손을 보니 그림이 확 살아났다. 나는 두어 번 손을 대는 것만으로도 그림을 살리는 재주를 가진 강사를 올려다봤다.

눈이 맑고 오뚝한 코가 예쁘다.

수업을 마치고 집에 가니 아내가 오늘 그린 그림을 보자고 했다. 아내는 강사가 손을 봐준 그림을 보고 지난 시간보다 훨씬 잘 그렸다며, 일취월장이라고 호들갑을 떨며 이러다가 몇 달 안에 전시회 열겠다며 칭찬했다. 나는 그 그림을 핸드폰에 저장했다.

나는 거실 의자를 뒤로 젖히고 거의 누운 자세로 앉아 창밖의 녹음을 보다가 한참 전쟁 신이 펼쳐지는 텔레비전 화면을 보다가 하면서 생각에 잠겼다.

이제 인물화를 배운 지 한 학기가 다 되어간다. 다음 주에는 다음 학기 등록을 해야 한다. 내가 봐도 신입 수강생 다섯 명 중 내 미술 성적은 5등이다. 이제 다른 수강생들은 제법 흉내를 내며 명암을 척척 넣는데 나는 여전히 본을 뜨는 것조차 엉성하다.

그림에 소질이 없는 것은 말할 것도 없고, 성격이 찬찬하지 않고 덜렁거린다. 꼼꼼 하게 선을 그리고 명암을 넣어야 하는데 대강대강 한다.

그림을 그리는 것은 내 적성에 맞지 않는다. 나는 다른 수강생보다 못 그른 그림을 보며 스트레스를 받는다. 강사는 내가 그림 솜씨가 없는 것을 알아차리고 처음 몇 번은 손을 봐주더니 이제 나한테는 관심을 접고 별 간섭을 않는다.

스트레스 받으며 친구들하고 약속했다고 다음 학기 등록하고 계속 그림을 그려야 해?

두 친구 놈은 목표로 한 책을 쓰기 위해 열심히 자료를 모으고 있다고 했다. 현대 문명사회를 이해하기 위하여, AI, 블록체인, 가상화폐, 빅 데이터, 오프라인 시장이 온라인 접속 환경으로 전환 등을 공부한단다.

책을 사서 보고 도서관도 찾는단다. 노년의 나날이 의미 있단다.

내가 핸드폰에 저장한 인물화를 보여주며 내가 그렸다고 하자, 친구들은 와, 연내에 전시회 열어도 되겠네, 하며 감탄사를 연발했다.

그 그림은 강사가 손봐 준 그림으로 내 솜씨가 아니다. 그런데 나는?

나는 몇 번 집에서 남에게 뒤처지는 학습 진도를 따라잡기 위해 그림을 그려봤다. 집에서 그리니 정신 집중이 더 안 되고 그리는 것이 신이 나지 않는다.

미술은 내 적성에 맞지 않는다.

목표를 바꿀까? 그렇다고 겨우 석 달 해 보고 목표를 바꿔? 떡잎부터 알아본다는데, 떡잎이 노란데….

두 번째 학기부터는 본을 떠서 그리지 않고 사진을 보고 바로 그린단다. 뭐가 좀 다른 거 같은데, 그래도 한 번 시작했으니 다음 학기 한 번 더 등록하고 석 달을 더 해 보자.

나는 바람에 흔들거리는 녹음을 내다보며 마음을 정했다.

4

나는 습관대로 아침 6시에 일어나서 거실로 나와 커튼을 걷고는 의자를 뒤로 젖히고 앉아 창밖을 보다가 티브이를 보다가 했다.

녹음이 짙어질 대로 짙어졌다. 앞 동 지붕에 설치된 환풍기는 오늘도 쉬지 않고 돌고 있다. 나는 저 환풍기는 쉬는 날도 없네, 하며 티브이로 눈을 돌렸다. 프로야구 어제 경기하이라이트를 방영하고 있다,

A팀은 지난해 플레이오프까지 나갔었는데 올해는 연패하고 있다. 그런데 1회에 또 석 점을 잃는다.

나는 A팀이 오늘도 또 지네, 저렇게 지는 것에 이골이 나면 안 되는데, C선수는 몇 년째 홈런왕을 다투었었는데 금년 타율은 2할도 못 넘는다. 시즌 시작한 지 석 달이 지났는데 겨우 홈런 두 개를 쳤다. 그래도 감독은 왕년의 실력이 되살아나기를 고대하며 계속 기용한다.

홈런타자 C가 헛스윙을 하고 삼진을 당한다. 감독의 표정이 화면에 잡힌다. 굳을 대로 굳어 있다. 보기에 참 딱하다.

저 감독은 팀이 15연패를 당하고 있는데 왜 사임하지 않을까? 무엇을 바라고 저렇게 처참하게 깨지는 팀을 붙들고 있을까?

저 감독의 인생 목표는 팀을 우승시키는 걸 텐데 팀은 한참 꼴찌다. 이번 시즌에 목표를 달성할 가능성은 없다. 그러면 감독직을 물러나야 할 텐데, 목표를 우승에서 탈꼴찌로 바꾸고 그냥 지휘봉을 잡고 버틴다?

A팀 감독의 처지가 내 처지와 비슷한 것 같다. 인물화를 배우기 시작하고 두 번째 학기가 끝나 가는데 내 그림 실력은 전혀 진전이 없다.

두 번째 학기부터 강사는 본을 떠서 그리는 것을 접고, 사진을 보고 직접 그리는 법을 가르쳐 줬다. 얼굴에서 먼저 코를 그리라고 하며 그리는 방법을 알려줬다. 눈과 입을 그리는 공식을 설명했다.

나는 강사가 가르쳐준 방식에 맞춰 눈, 코, 입을 그리고 얼굴 윤곽을 그렸으나 얼굴이 비틀어지든지 우그러들며 꼭 마귀같이 그려진다. 내가 엉기는 것을 보고 딱하게 여긴 강사가 그림에 손을 봐주면 마귀가 사람으로 바뀐다.

몇 번 손을 봐주던 강사도 이제 나는 내놓은 자식으로 포기했는지 내 그

림을 보고 그냥 웃고 지나간다. 그만 미술을 포기해야 하는데, 수강료가 아까워서인지 나는 계속 수업을 들으러 간다.

젊은 여자 강사의 얼굴을 보러 가나?

"당신 오늘 미술 갈 거지? 나 점심 약속 있어. 점심 당신 혼자 해결해."

아내가 침실에서 거실로 나오며 말했다.

"그래 문화원 갔다가 알아서 할게."

나는 오늘 미술시간에 빠질 생각이었는데, 아내에게 문화원 가겠다고 말하고, 별 수 없이 가야 하나, 하며 억울해 한다.

미술시간에 다른 수강생들이 사진과 비슷하게 사람답게 인물화를 그리는 것을 보면 샘도 나고 기분이 축 처진다. 그래서 오늘은 그냥 쉴 생각이었다.

사실 사진과 똑같이 그리려면 사진을 찍는 것이 낫다. 어떻게 그림이 사진과 경쟁을 하나? 그림에 감정을 넣어야 하는데 우선 비슷하게나마 얼굴을 그려야 감정 넣는 수준을 바라볼 수 있다. 그런데….

오슬로에서 미술관을 찾았을 때 뭉크의 '절규' 라는 그림을 본 적이 있다. 보는 순간 전율이 왔었다. 그런데 그 얼굴 그림은 해골 같다.

가이드는 1억불이 넘는 금액으로 경매에 팔렸다며, 개인의 경험이 응축되어 있으며 공포와 불안을 극대화하여 표현했다고 설명했다.

내가 그린 초상화의 얼굴 모습이 뭉크의 그림 '절규' 얼굴 모습과 비슷하다. 색감만 제대로 칠하면 그런 명작이 될 수 있나?

고호의 자화상은?

나는 내가 봤던 명작 그림을 떠올리며 내가 그린 인물화에 그런 천재성이 숨어 있나, 하다가 픽 웃으며 무슨 망상, 했다.

문화원 동문 중 꼴찌 솜씨인데 엉터리로 그려놓고 뭐 명작이라고?

나는 내 비약에 기가 막혀 실실 웃으며 앞 동 옥상에 설치된 환풍기가 쉬지 않고 도는 것을 보며 홍대 평생교육원 다니는 조 화백이 하던 말을 떠올렸다.

"미술 장르 중 왜 제일 어려운 인물화를 선택했나, 그냥 눈 코 입 그린다고 쉽게 생각하는데, 그게 쉽지 않다."

사진을 보고 눈, 코, 입, 그리고 주름을 그리는데 정말 쉽지 않다. 우선 성격이 꼼꼼해야 하는데, 나는 내 별명, 덜렁이같이 덜렁댄다.

반년 그림 그리고 소질 없다고 때려치우자니 나잇값도 못하고 자존심이 상한다.

앞 동이 복도식 구조다. 몇 십 년 앞 동을 보며 살아왔는데 오늘에야 앞 동이 복도식인 것이 눈에 들어왔다. 기둥, 복도, 창문의 배치가 질서가 있고 보기에 좋다.

문득 현대미술관에서 본 추상화가 떠올랐다. 삼각형, 사각형, 나란히꼴, 원뿔 등을 얼기설기 엮어놓은 작품이 떠올랐다. 꼭 유치원생 장난 같은 그림인데 그 속에 조화가 있어 보기가 괜찮았었다. 그런 그림도 있는데….

수학을 제법 했던 내가 추상화를 그리면…. 인물화보다는 쉽겠는데, 그럼 그림 그리는 것을 포기 안 해도 되잖아.

문득 스페인 그레나다 소재 아람브라 궁전의 벽과 천장의 무늬가 떠올랐다.

가이드가 이슬람 마지막 왕이 가톨릭 부부 왕 페르난도와 이사벨라 여왕에게 쫓겨 가며, 영토를 떠나는 것보다 아름다운 궁전을 떠나는 것이 더 슬프다고 했다고 말했다.

가이드는 타일에 새겨진 기하학적 문양이 아름다운 미술품이라고 했다. 내가 보기에도 무늬가 퍽 조화롭고 아름다웠다.

어렵다는 인물화를 때려치우고 추상화로 바꿔?

그럼 누구한테 배운다? 그걸 누구한테 배워야 해? 내가 아이디어 내어 그리면 되지. 오늘 문화원 가야 하니 강사 분에게 물어보자.

오늘 인물화 시간에는 영화배우 송강호를 그렸다. 그려놓고 보니 꼭 도둑 같다. 내 옆을 지나치며 강사는 아예 내가 그린 그림은 보지 않으려고 한다. 나는 강사에게 내어놓은 자식이다.

수업이 끝나고 나는 강사 꽁무니를 따라가며 말했다.

"저 선생님 상의드릴 게 있는데…."

강사가 가던 걸음을 멈춰 서서 나를 쳐다봤다.

"제가 15등이지요?"

"15등?"

"우리 수강생이 열다섯 명인데 제가 제일 잘 그리잖아요?"

"아, 그런 말씀."

"그림에 소질이 없는 거 같아요. 성격도 찬찬치 않고."

"그건 그런 것 같아요."

강사가 솔직히 말해 줬다.

"그래서 인물화 그만두고 추상화 쪽으로 나가고 싶은데 선생님 생각은?"

"추상화요? 추상화는 인불화보다 더 어려워요. 인물화는 실물이나 사진을 보고 그리는 건데 추상화는 마음으로 상상하며 그려야 해요."

"마음으로 그린다? 상상하는 건데 저 상상력 좀 있어요. 다음 시간부터 추상화 연습하면."

"저 추상화 전공 아니에요. 가르쳐 드릴 수 없는데."

강사가 완곡하게 내 말에 반대했다.

"제가 이 나이에 미대는 갈 수 없고 어떻게 하면 제가 추상화를 그릴 수 있을까, 다음시간에 자문 좀 해 주시면."

강사는 황당하다는 표정으로 나를 쳐다보고 다음 주에 뵙지요, 하고 휘적휘적 걸어갔다.

다음 시간, 나는 맨 뒷좌석에 다른 수강생들과 떨어져서 혼자 달랑 앉았다.

교재를 펼치니 이름이 없는 할머니 사진이 나왔다. 얼굴에 주름살투성이다. 정말 그리기 어려울 것 같다.

나는 푸 한숨을 내쉬고, 할머니 코가 삼각형이네, 하며 긴 이등변 삼각형 코를 그렸다. 눈은 마름모네, 하며 좀 납작한 마름모 두 개를 그렸다. 입은 긴 사각형 모양이다. 입이 있을 자리에 긴 직사각형을 그렸다.

얼굴이 둥근 편이네, 하며 눈, 코, 입을 감싸는 두툼한 타원형을 그렸다. 타원형 양쪽에 오즈의 마법사에서 본 긴 사각형 귀를 그려 넣었다. 유치원생이 그린 그림 같다.

강사가 지나치며 내가 하는 양을 보고 아무 말도 않고 그냥 지나갔다. 자기 돈으로 수강료 내고 수업시간에 장난치는 할아버지에게 강사가 뭐라고 하겠는가?

나는 스케치북을 한 장 넘기고 이번에는 사진을 보지 않고 내 나름대로 상상하며 추상화를 그리기 시작했다.

코는 이등변 삼각형, 눈은 나란히꼴, 입술은 꼭짓점이 두 개인 삼각형, 얼굴 모양은 윗변이 위쪽에 위치한 이등변 삼각형, 그 양쪽에 삼각형 모양의 귀를 그려 붙였다. 나는 추상화를 그린다고 그렸는데 그림이 너무 유치하고 장난친 거 같다.

현대미술관에서 봤던 추상화는 삼각형, 사각형, 원뿔 등을 엮어서 사람 모습을 그렸는데 부조화 속에 조화가 있고, 미적 감각이 있었는데, 내가 그린 도형의 조합은 전혀 조화도 없다. 그냥 낙서다.

나는 이게 뭐야, 하며 스케치북을 한 장 넘겨 다시 추상화를 그리기 시작했다.

얼굴 모양은 밑변이 아래 위치한 역삼각형으로 그렸다. 눈은 눈동자만 동그랗게 그렸다. 직사각형으로 코를 그리고 콧구멍 두 개를 동그랗게 그렸다. 입은 마름모꼴로 그렸다. 마름모꼴 입술에 대각선으로 위아래 입술로 나누고 이빨 세 개씩을 그렸다.

나는 그 그림도 별로여서 백지에 삼각형도 그리고, 원뿔도 겹쳐 그리고, 사각형도 그려봤다. 전혀 그림이 아니고 그냥 장난친 것 같다

강사는 아예 내 근처에 오지 않고 반장이 화장실에 간다며 내 옆을 지나며 내 그림을 보고 한 마디 했다

"선생님 뭐하시는 거요?"

나는 반장을 올려다보며 싱글 웃었다. 반장이 고개를 갸웃하며 지나갔다. 수업이 끝나고 강사는 어떻게 하면 추상화를 그릴 수 있는지 어떤 조언도 없이 교실을 빠져 나갔다.

이번 학기가 끝나간다. 나는 반년 동안 인물화 그리는 것을 배우며 내가 미술에 소질이 없고, 그림은 꼼꼼하게 그려야 하는데 성격이 덜렁거려 성격도 맞지 않다는 것을 알아냈다. 미술을 때려치우고 새로운 목표를 정하려고 하니 반년이나 들인 시간이 아깝다.

5

나는 현대미술관에 갔다. 주차장에 차를 세우고 전시장으로 들어갔다. 목우회 특별전을 하고 있었다. 나는 목우회가 무슨 동우회인가, 하며 1층 전시장으로 들어갔다.

여러 장르의 그림들이 전시되어 있다. 반년 동안 엉터리지만 그림을 그려서인지 그림을 보는 눈이 조금 달라진 느낌이다.

추상화는 딱 두 점 있었다. 두 그림은 한 작가의 작품이다.

'빛의 고향' 이라는 제목이 붙은 작품의 윗부분은 무지개 7색 띠가 그려져 있고, 비스듬히 좌에서 우로 빛의 삼원색 띠가 그려져 있다. 왼쪽 빈 공간에는 둥근 원을 그렸다.

무지개 7색 띠는 서로 폭을 다르게 그렸다. 꼭 각색의 파장 크기에 따라

폭을 차별하여 그린 것 같다. 빛의 삼원색, 빨강, 파랑, 초록색 띠를 안쪽의 빨강은 좁게, 가운데 파랑은 중간 굵기로, 바깥쪽 초록은 진하고 굵게 그렸다. 오렌지색으로 밝게 빛나는 원이 사방에 빛을 비추는 기분이 들었다. 태양을 상징하는 것 같다.

나는 그림 제목인 '빛의 고향' 을 중얼거리며 두어 걸음 뒤로 물러서서 그림을 보았다. 띠와 원의 배치가 잘 조화를 이루고, 무지개의 일곱 색깔과 빛의 삼원색 색감이 퍽 부드럽게 서로 받쳐주는 느낌이다. 그 정도 조화롭고 세련되게 색감을 넣으려면 많은 연습이 필요할 것 같다.

나는 할아버지와 손녀가 손을 잡고 나란히 서서 하늘을 쳐다보는 그림을 보며, 하늘에서 무엇을 찾을까, 하며 제목을 보았다. '꿈을 찾아서' 다. 꿈은 손이 닿지 않은 하늘에 있나, 하늘을 보게, 하고 중얼거리며 정말 표정이 살아 있네, 하며 그림 솜씨에 감탄했다.

손녀의 손을 잡고 서있는 할아버지의 얼굴이 더없이 평온하고, 소녀의 얼굴은 더없이 행복해 보인다. 두 가락 뻗어 나온 할아버지의 머리카락이 바람에 날리는 듯하고, 소녀의 미소에서 향기가 나는 것 같다.

나는 그 그림을 보며 그래도 저 정도는 그려야 그림을 그린다고 하지, 생각하며 몬스터를 닮게 그렸던 내 인물화 그림이 떠올라 얼굴이 붉어졌다.

나는 한 시간 반쯤 잘 그린 그림들을 감상하고 2층 커피숍에서 아메리카노를 한잔 사서 들고 베란다로 나와 의자에 다리를 꼬고 앉아 잘 가꿔진 정원의 푸름을 보며 생각이 많았다.

예술은 소질이 있어야 하는데, 소질도 없고, 성격도 찬찬하지 못한 놈이 무슨 미술을 하고 전시회를 열겠다고 목표를 정해?

꿈 깨라. 나이 칠십 넘는 놈들이 그냥 평안히 건강하게 여생을 보낼 거지, 거창하게 인생의 목표를 정하고 정진한다고 허접을 떠냐?

목적을 세우고 달성한다고 해서 그건 자기만족을 위한 거지, 인류 발전에 무슨 기여를 하겠어? 추상화를 그린다고?

나는 해외 미술관에서 피카소의 비싼 그림 여러 점을 봤었는데 무슨 그림인지 이해하지 못했었다. 그래도 좀 전에 본 추상화는 이해했다고 생각된다. 그 정도는 색감만 익히면 나도 그릴 수 있을 거 같다.

소질도 없는데 인물화는 때려치우고 추상화로 바꿔 다시 도전해 봐?

이공계를 전공하여 수학을 좀 한다고 기하학의 도형을 얼기설기 엮어서 추상화를 그린다고? 추상화가 그렇게 쉬워?

1+2=3, 삼각형의 세 각의 합은 180도, 직각 삼각형의 빗변의 제곱은 다른 두 변의 제곱의 합과 같다. 피타고라스 정리, 뭐 그런 것을 안다고 추상화를 그려?

그림은 예술품이니 은유, 공감, 감정이입 등이 있어야 하는데 인물화 그린다고 해골을 그리면서 추상화를 하겠다고?

친구들한테 3년 내 전시회 하겠다고, 떠들었다고 소질도 없는 그림 그린다고 스트레스 받을 거 있어?

편히 살아라. 내가 인생 살면서 목표를 정하고 산 것이 대학 입시에 합격하는 거, 취직이 되고는 때맞춰 진급하는 거 말고 또 있었어? 한국 최고가 된다든지 세계 최고가 된다든지 하는 목표가 있었어?

그렇게 살면서 결혼하고, 집도 사고, 아들 딸 대학 보내고, 시집장가 보내고, 평범하게 잘 살았잖아. 이 나이에 소질도 없는 미술 한다고 얼쩡거리지 말고 편히 살아라.

나는 민족중흥의 역사적 사명을 타고 이 땅에 태어났다, 고 젊었을 때 외우던 국민교육헌장이 떠올랐다. 우리는 태어나며 태어날 나라와 가정을 선택할 수가 없다.

우연히 태어나고 보니 대한민국 국민이 되고 김씨 가문의 막내가 되었다. 거창하게 민족중흥의 기수로 태어난 것도 아니고 무슨 목표를 안고 태어나지도 않았다. 그런데 종심의 나이에 삶의 목표를 정한다….

나는 푸른 잔디 너머 동산의 우거진 소나무 숲을 보며 생각이 많았다.
될성부른 나무는 떡잎부터 알아본다는데….
친구들에게 솔직히 내 소질 없는 거 항복하고 목표를 바꾸자.
무슨 계약을 한 것도 아닌데 내가 바꾼다면 그만이지.
그래 당초 생각했던 대로 보스턴 마라톤 대회에 나가는 것으로 바꾸자.
그럼 고수부지를 달려야 해? 할아버지가 뛰는 모양새가 어떨까?
꼭 목표 있는 삶을 살아야 해? 그냥 살면 되지.
나는 푸른 하늘을 올려다보며 앞으로 살아갈 날들을 하염없이 생각했다.

물 위를 걷는 아이

1

한영호는 막걸리가 가득 든 주전자를 들고 시골길을 따라서 날아가는 잠자리를 좇으며 폴짝폴짝 뛰어 집으로 갔다. 그가 뛸 때마다 주전자의 입에서 막걸리가 튀어나와 시골길과 그의 바지를 적셨다.

영호는 아버지가 저녁 할아버지 제사에 쓸 제주를 받아오라고 하여 그의 집에서 십리나 떨어진 도가로 술을 받으러 갔었다. 갈 때는 빈 주전자가 그가 뛸 때마다 딸랑거리며 흔들거렸다.

도갓집 일꾼은 영호가 아버지가 제사에 쓸 제주를 받아오라고 하셨다고 하자, 그럼 진국으로 줘야겠네, 하며 손잡이가 달린 주걱을 큰 술통에 넣고 휘휘 저어 주전자 가득 막걸리를 담아줬다. 술을 받으러 갈 때는 빈 주전자가 가벼워 달랑거리며 갔으나 올 때는 술이 가득 든 주전자가 무겁고 뛸 때마다 술이 흘러 마음껏 뛰어갈 수가 없었다.

영호는 시내에서 제법 떨어진 산골마을에 산다. 40여 채 집이 산등성이를 따라 줄 서 있다. 영호의 아버지는 천수답 농사를 짓는다. 논에서 나온 수확으로 일 년 양식이 턱없이 모자라서 틈틈이 시내 공사판에 나가서 노동일을 한다.

영호의 가족으로 열다섯 살도 더 많은 형 경호와 열 살 위인 누나 선영이 있다. 영호의 어머니는 영호를 낳고 일주일 만에 산후통으로 돌아가셨다고 한다.

영호는 산후통이 뭔지 모른다. 다만 엄마가 몹시 아파서 죽었을 거라 짐작한다. 형 경호는 신학대학교에 다닌다. 교회를 열심히 다녀 목사님이 추천하여 장학생으로 다닌단다. 영호는 대학교가 높은 학교라는 것은 알지만 신학대학교에서 무엇을 배우는지는 잘 모른다. 아버지가 내년에 영호를 국민학교에 보내준다고 하시니 그때 신학대학이 무엇을 배우는 대학인지 배울 수 있을 거다.

선영은 낮에는 집에서 시오리 떨어진 중앙시장에 있는 비단 가게에서 점원으로 일을 하고, 저녁에는 야간고등학교를 다닌다. 야학을 파하고 시오리를 걸어서 집에 오면 밤 10시가 훌쩍 넘는다. 누나는 집에 와서 엄마같이 영호의 잠자리를 챙겨주고 교회에 가서 철야기도하며 교회에서 밤을 새고, 새벽기도에 참여하고 집에 와서 아버지와 동생 아침을 차려주고 시오리를 걸어서 가게에 출근한다.

누나의 월급은 모자라는 양식을 사는 데 긴요하게 쓰인다. 누나는 어머니가 정말 열심히 교회를 다니셨다고 영호에게 말했었다. 아버지는 누나가 교회에 가는 것을 말리지는 않지만 교회를 다니지는 않는다.

영호의 집은 초가집으로 방이 두 칸이다. 안방과 건넛방 사이에 마루가 있다. 안방에서 영호와 아버지가 기거하고, 누나는 건넛방에 기거한다. 얕게 흙담이 둘러쳐져 있다. 사립문을 들어서면 왼편에 측간이 있고, 오른편에 닭장이 있다. 집 옆구리에 우물이 있고, 우물 옆 담에 기대어 장독이 늘어서 있다. 뒤뜰 길이는 영호 걸음으로 서른 걸음쯤 되고 넓이는 스무 걸음쯤 된다. 그 텃밭에서 영호네는 채소를 길러 먹는다.

영호가 술을 받아 가지고 집에 들어서자 야학을 가지 않고 누나가 일찍 집에 와서 아버지와 제사 음식을 만들고 있다.

"우리 영호 다 컸네. 술심부름도 하고."

누나가 부엌에 들어서는 영호로부터 술 주전자를 받아 부뚜막에 올려놓으며 말했다.

"누나 오늘 일찍 왔네. 와 맛있는 전 부치네."

영호는 누나가 부쳐놓은 전 한쪽을 집어 날름 입에 넣으며 말했다.

"추모예배에 쓸 제물을 손도 안 씻고 먹으면 못쓴다."

누나가 영호의 손등을 탁치며 말했다.

솥에서는 떡을 찌는 냄새가 솔솔 났다. 아버지가 영호에게 술을 받으러 가라고 하시며 아끼던 쌀을 한 됫박 퍼서 절구에 넣고 찧기 시작했었다.

누나에게 손등을 맞은 영호는 멋쩍어서 머리를 극적이며 부엌을 나왔다.

형이 사립문으로 들어서며, 영호 잘 있었냐, 하고 인사를 했다.

영호는 검정색 교복을 입은 형이 퍽 멋있게 보였다. 특히 목을 뻥 둘러 빳빳하게 서있는 깃이 멋졌다.

마루에 앉아있던 아버지가 경호 왔냐, 하고 아들을 맞았다.

형도 아버지에게 잘 계셨어요, 하고 인사했다.

지금은 아버지와 형이 서로 반갑게 인사를 하지만 조금만 있으면 형은 추모예배를 드리자고 하고, 아버지는 제사를 지내자고 하며 다툴 거다. 영호는 추모예배와 제사가 뭐가 다른지 모르지만 아버지와 형이 심하게 다투는 것은 싫다.

영호는 제삿날이 되면 맛있는 음식을 먹을 수가 있어 좋지만 한밤중 닭이 울 때까지 배를 곯고 잠도 못자고 기다리는 것은 싫다.

아버지가 형에게 먹을 갈라고 하신다. 지방을 쓰시려는 거다. 형이 지방 쓰실 거면 먹을 갈기 싫다고 했다.

"이놈아 할아버지 제상에 모실 지방인데 먹 갈기 싫다고?"

아버지의 목소리가 높다.

"아버님. 신학대학 다니는 저를 봐서라고 금년부터는 귀신에게 올리는 제사는 지내지 말고 경건하게 추모예배로 올려요. 할아버지 살아생전 이야기도 들려주시고 찬송과 예배로 하늘나라에 계신 할아버지 영혼을 주께 잘 보살펴 주십사 여호와 하나님께 기도하며 간구해요."

"뭐라고? 제삿날 노래를 부르자고? 니놈이 대학 가서 배우는 것이 고작 그거냐? 나 죽어도 내 혼백이 제삿날 죽 한 그릇도 못 얻어먹겠구나."

아버지가 무릎 꿇고 앉아 아버지에게 간청하는 큰 아들을 질책했다.

"아버님, 제사는 하나님께만 드리는 거룩한 축제에요. 그래서 레위기에 하나님께 드리는 다섯 제사를 알려주셨어요. 고린도전서 10장 20절에 이방인이 제사하는 것은 귀신에게 하는 것이요, 하나님께 제사하는 것이 아니라고 분명이 말씀하셨어요. 제사는 이방 종교인 유교에서 전래한 미신이에요."

"뭐라고 제사를 유교에서 전해진 미신이라고, 조상의 음덕으로 이렇게 살며 대대로 모시던 신성한 조상 숭배, 뿌리를 지키는 일을 미신이라고?"

아버지가 꽥 소리를 질렀다.

"돌아가신 조상이 화복을 내려주시기 바라며 제사를 지내는데, 우리 생에 화복을 내려주실 분은 우주를 창조하고 만물을 주관하시는 여호와 하나님 한 분 밖에 안 계셔요."

형도 지지 않고 아버지의 말에 대꾸했다.

"내가 어쩌다 이런 불효자식을 낳았나? 지 에미 교회 다닌다고 할 때 못 다니게 했어야 하는데, 아들놈 딸년이 다 서양 양코백이 종교에 빠져서 조상 숭배 우리나라 미풍양속을 마구 해치는구나,"

아버지가 한탄조로 말했다.

"아버님, 하나님이 아닌 조상의 영정을 모시고 제물을 올리고, 절하고, 향을 피우며 조상의 음덕을 바라나 그것은 오직 창조주 하나님만 하실 수 있는 일입니다. 신학대학 다니고 곧 목회자가 될 저를 봐서라도 이제 제사는 그만 챙겨요."

형이 간곡히 말했다.

"에이 이 불효자식. 당장 나가라. 그런 조상에게 불경스런 거 가르치는 대학은 당장 때려 치워."

아버지가 형 뺨을 후려쳤다. 무릎 꿇고 앉아있던 형이 픽 쓰러졌다. 형은 바로 다시 일어나서 무릎 꿇고 아버지를 올려다보며 아멘, 하고 외쳤다.

영호는 두 사람이 왜 싸우는지 모른다. 다만 형은 여호와가 세상을 창조하고 우리 사람도 만들었다고 하는데 그럼 여호와를 낳은 엄마는 누구일까, 여호와 하나님은 그의 엄마 제사도 안 지내나, 하고 궁금했다.

2

영호는 꿈에 우주선을 타고 하늘을 날았다. 우리나라 축구팀이 올림픽에서 우승을 하고 유니폼을 입은 채 우주를 날고 있었다. 선수들은 두 손을 펼치며 마음껏 승리를 자축했다. 덩달아 신이 나서 영호도 손을 흔들며 환호했다. 할아버지가 흰 수염을 휘날리면서 박수를 치며 한국 축구팀과 영호를 환영했다.

영호는 흰 수염을 휘날리는 할아버지가 하나님으로 생각됐다. 영호는 하나님 할아버지에게 아버지와 형의 싸움을 말려달라고 간청했다. 하나님은 빙그레 웃기만 했다. 영호는 하나님께 두 손을 비비며 빌며 제발, 하고 간청하다가 잠에서 깨어났다.

우주를 날아가는 꿈을 꾸어서인지 그날 담임선생님은 영호가 반장 일을 잘 한다고 칭찬했다. 초등학교를 일등으로 졸업한 영호는 시내에서 제일 좋은 중학교에 들어가서도 성적이 좋아 1학년, 2학년 계속 반장을 한다.

담임선생님에게 칭찬을 들은 영호는 기분이 좋아서 콧노래를 흥얼거리며 10리도 넘는 귀가길이 먼지도 모르고 깡충깡충 뛰면서 왔다. 그는 집에 들어오자마자 우물로 가서 손을 씻고 마루에 앉아 숙제를 했다.

이 풍진 세상을 만났으니 너의 희망이 무엇이냐, 하는 노랫소리가 들려왔다.

영호는 그 노랫가락을 들으며 아버지가 또 술을 드셨구나, 하며 비틀거리며 사립문을 들어서는 아버지에게, 학교 다녀왔어요, 하고 인사를 했다.

"어 영호 왔냐. 마침 잘 됐다. 너 술 좀 받아와라."

아버지가 마루에 걸터앉으며 말했다.

영호는 아버지의 말씀을 듣고 가슴이 덜컥 내려앉았다. 며칠 전 아버지가 돈도 주지 않고 외상술을 받아오라고 하여 별 수 없이 도가에 갔었다. 도가에서 외상술을 주지 않아 빈손으로 집에 돌아왔다가, 요놈의 자식 중학까지 보내주니 술 하나 못 받아와, 그런 실력으로 반장을 한다고, 하며 아버지에게 엄청 꾸지람을 들었었다.

그런데 오늘 또 술을 받아오란다. 영호는 아버지의 말을 못들은 체하고 고개를 책상 대신 쓰는 밥상에 고개를 박고 숙제를 하는 척했다.

"이놈의 자식 애비 말이 안 들려. 당장 가서 술 받아오란 말야."

아버지가 꽥 소리를 질렀다.

영호는 깜짝 놀라 자리에서 일어나서 부엌으로 뛰어가서 주전자를 들고 나와 아버지를 쳐다보며 돈을 달라는 신호를 했다.

"돈 없다. 외상으로 받아와."

아버지가 꽥 소리를 지르며 당장 주먹을 날려 보낼 것 같은 기세를 취했다. 영호는 놀라서 사립문 밖으로 도망쳤다.

영호가 팔을 흔들며 걷자 빈 주전자가 달랑거리는 소리를 냈다. 영호는 외상술을 주지 않으면 어쩌나, 하는 걱정과 반장이 주전자를 달랑거리며 술을 받으러 가는 모습을 친구들에게 들킬까 저어하며 힐끔힐끔 조심스럽게 도가로 갔다.

"영호 왔냐? 치삼이 또 술 취했냐?"

영호네 집에서 두 집 건너 집에 사는 도갓집 일꾼 아저씨가 딱한 눈으로 영호를 보며 말했다. 치삼은 영호 아버지의 이름이다.

영호는 대답을 하지 않았다.

"돈은 가져왔냐?"

"외상술 받아오라고 하셨어요."

"가서 아버지에게 외상술은 못준다고 해라. 치삼이 녀석 똑똑한 아들을 외상술이나 받으러 보내고. 쯧쯧. 술 못준다. 그만 가봐라."

일꾼 아저씨가 똑 부러지게 말하고, 아 춥다, 하며 방으로 쏙 들어가 버렸다. 영호는 외상을 달라고 사정도 못해 보고 빈 주전자를 들고 도가를 나왔다. 집을 향해 가던 영호는 술 한 됫박 외상도 못 받아오는 놈이 사내냐, 하는 아버지의 꾸지람이 두려웠다. 그는 집에 가기가 싫었다. 그는 집과 반대 방향으로 걷기 시작했다.

영호는 큰 거리를 빈 주전자를 달랑거리며 정처 없이 걸었다. 시청을 지나고 경찰서도 지났다. 차가운 바람이 사정 없이 큰 거리를 휩쓸고 갔다. 추위가 몰려 왔다.

영호는 빈 주전자를 왼손에 들고 오른손을 주머니에 넣어 녹이고, 오른손에 들고 왼손을 녹이며 정처 없이 길을 헤맸다. 해가 뉘엿뉘엿 지고 어둠이 밀려 왔다. 어둠이 더 세찬 추위를 몰고 왔다.

영호는 추워서 더 이상 거리를 헤매기가 힘들었다. 영호는 집에 가야 하는데 술 취한 아버지의 꾸지람이 무서웠다. 그러나 추위를 견디는 것은 더 어려웠다. 영호는 오르르 떨며 기와집 처마 밑에 서서 찬바람을 피했다. 맛있는 음식 냄새가 창문으로 새어나왔다. 어른과 아이들이 떠들며 웃는 소리가 들렸다. 영호의 집에서는 듣기 어려운 소리다.

영호는 두 팔로 가슴을 껴안고 추위를 피하며 지난밤에 꿨던 꿈을 떠올렸다. 우주에서는 추위도 없고 평온했다. 할아버지 하나님은 한 없이 인자해 보였다. 영호는 그의 집도 그렇게 평온하고 행복했으면, 하며 창문을 통해 전해 오는 행복이 너무 부러웠다.

어두워지자 추위에 겹쳐 무서움이 밀려 와서 영호는 어쩌지 못하고 집쪽으로 발길을 돌렸다. 영호는 누나가 지금 크리스마스 칸타타를 연습하고 있을 교회로 가려고 발길을 돌리다가 음주를 금하는 교회에 술 주전자를 들고 누나를 찾아가는 것은 누나를 욕보이는 것 같아 별 수 없이 집으로 발길을 돌렸다.

야간고등학교를 졸업한 누나는 시장에서 제일 큰 종업원이 다섯 명이나 있는 건축자재 가게에 회계로 들어갔다. 누나는 2, 3년 돈을 모아 야간대학을 가는 것이 꿈이다.

누나는 그녀의 월급으로 가계를 꾸리며, 아버지는 농사만 짓게 하고 막노동일은 하지 못하게 했다. 매달 용돈도 드렸다. 아버지는 용돈으로 술을 드시고, 술이 취하면 이 풍진 세상을 만났으니, 하는 노래를 흥얼거리며 먼저 간 어머니를 원망했다.

가끔 영호에게 니놈 때문에 니 엄마가 일찍 죽었다는 푸념도 했다. 영호는 소가 도살장에 끌려가는 심정으로 추위에 떨며 집골목에 들어섰다.

"이놈의 자식, 이 애비 유일한 낙인 술 마시는 것이 죄라고?"

아버지의 호통이 골목을 울렸다. 형이 집에 와서 아버지의 음주를 탓한 모양이다.

형은 신학대학교를 졸업하고, 대학원을 졸업하고, 전도사를 하다가 목사안수를 받고, 군종 장교로 군 복무를 마치고, 지금 대전에 있는 어느 교회 부목사로 봉직하고 있다. 목사가 됐으나 수입이 좋지 않은지 살림에 보태라고 돈을 누나에게 준 적은 없다. 그래도 매달 한 번 쌀 한 포대를 메고 와서 뒤주에 부어놓는다.

아버지와 제사 문제로 싸우는 형은 아버지가 술을 마시는 것도 못하도록 막는다. 술에 취해서 비틀거리는 것은 하나님에 대한 경건함을 잃은 죄라고 한다. 영호는 형이 받드는 여호와 하나님은 어떤 분이기에 조상에게 제사도 못 지내게 하고 술도 못 마시게 하나, 하고 궁금해 했다.

오늘도 형이 와서 술을 드시고 집에 온 아버지에게 한 소리 한 모양이다. 영호는 형과 아버지가 한판 붙었으니 그가 술을 받아오지 못한 일은 꾸지람할 틈이 없을 것 같아 안도의 한숨을 내쉬며 사립문 밖에서 집안의 분위기를 살폈다.

"이놈의 자식 대학을 나오고 목사까지 된 놈이 아버지 술 드시라고 용돈을 줘도 시원찮은데, 지 여동생이 준 용돈으로 술 한 잔 마시고 왔는데 뭐 술 마시는 것이 죄악이라고?"

지금 형은 무릎을 꿇고 앉아 아버지의 꾸중을 들을 것이다. 아버지가 꾸중할 때 형은 대항하는 법이 없다. 공손히 무릎 꿇고 앉아 고스란히 꾸지람 폭탄을 받는다.

"이놈은 대학에서 뭐를 배웠기에 조상 제사도 죄악이다, 애비가 술 마시는 것도 죄악이다, 하고 떠벌리나. 조상도 모르고 애비 외로움도 모르는 너는 내 자식이 아니다. 꼴도 보기 싫으니 당장 내 눈앞에서 꺼지고 다시는 나타나지 마라."

아버지의 폭탄선언이 오늘도 이어진다. 형은 번번이 그런 아버지의 폭탄선언을 듣고도 한 달에 한 번씩 꼭 쌀 주머니를 메고 집에 온다.

형이 무어라고 하는데 목소리 톤이 낮아 영호는 알아듣지 못한다.

"뭐가 어쨌다고 제사 대상은 창조주 하나님뿐이요, 술은 이성을 흐리게 하는 독약으로 하나님을 몰라보게 하는 죄악의 씨라고?!"

아버지의 고함 소리에 이어 철썩 소리가 났다. 아버지가 형을 구타하는 모양이다. 영호는 자기도 모르게 사립문 안으로 뛰어 들어갔다. 형이 마루에 쓰러져 있다.

"이놈, 조상도 모르는 후레자식. 당장 내 앞에서 꺼져라. 아님 오늘 너 죽고 나 죽자. 너 같은 불효자식을 낳은 나도 죽어야지."

오늘 아버지가 술이 좀 과하셨던 것 같다. 아버지의 진노가 아주 크다.

형은 비시시 일어서서 다시 무릎 꿇고 앉으며 단호한 목소리로 말했다.

"아무리 말해도 자기 잘못을 모르는 아버지, 더 이상 설득을 그만 둘 겁니다. 주여, 이런 저를 용서해 주소서."

"뭐라고 주여 용서? 이놈 나한테 용서를 빌어야지, 누구한테 빌어. 당장 집을 나가라. 다시는 내 눈 앞에 나타나지 마."

"알았어요. 저 다시는 안 올 테니 아들 하나 없는 셈 치십시오."

형이 자리에서 일어서서 단호한 몸짓으로 사립문을 나갔다. 아버지는 집을 나서는 아들을 향해 빗자루를 던지며 이놈의 자식 다시 발길을 하면 발모가지를 부러뜨리겠다고 악담을 했다.

형은 문 앞에서 떨고 서 있는 영호를 한 번 꼭 안아주고 단호하게 집을 떠났다.

중학교 2학년이 된 영호는 키가 부쩍 자라 아버지보다 컸다. 반에서는 또 반장을 맡았다. 누나가 잘 챙겨줘서 영호는 어머니 손길의 부족함을 모르고 학교에 다녔다. 누나가 도시락과 학비도 꼬박 잘 챙겨줬다.

이제 사춘기에 접어든 영호는 누나에게 미안한 마음이 많았다. 누나는 시집갈 나이가 넘어 올드미스로 접어드는데 집안 생활을 챙겨야 하여 결혼을 미루고 있다.

형은 여러 번 아버지의 꾸지람을 무저항으로 받아내며 한 달에 한 번 쌀자루를 메고 왔었는데 여러 번 구타까지 당하고 술 취한 아버지에게 혼이 나고 쫓겨난 후 집과 인연을 끊은 채 발길을 딱 끊었다.

누나는 열심히 교회에 나가며 영호더러 같이 교회에 가자고 했으나, 영호는 교회가 아버지와 형을 갈라놓은 집단 같아 다니기가 싫어서 가지 않는다. 어쩌다 누나의 강권에 끌려 교회에 가도 마룻바닥에 퍼석 앉아 한 시간을 버티기가 힘들고, 목사가 우리는 죄인이니 하나님에게 회개하고 하나님께 의존하자고 하는 설교가 머리에 들어오지 않았다. 우리가 죄인이라는 말부터 영호는 받아들일 수가 없었다.

나는 별로 죄 지은 것이 없는데 왜 죄인이라며 믿으라고 하지?

영호는 죽은 사람이 죽은 지 사흘 만에 다시 살아났다는 것도 믿을 수가 없었다. 죽은 지 3일이 지나면 시체가 썩을 텐데, 어떻게 썩은 몸으로 다시 살아나? 형과 누나는 어떻게 그런 것을 믿을까?

영호의 학교에서 피아골과 백골단 두 주먹 패거리가 헤게모니 쟁탈전을 벌인다.

두 조직에서는 공부를 잘하여 선생님으로부터 신임을 받고 반장을 하는 덩치가 큰 영호를 자기 클럽에 끌어들이려고 유혹하나, 영호는 그와 아버지를 위하여 자신을 희생하는 누나에게 실망을 주지 않으려고 유혹에 굳건히 버티며 들어가지 않고 있다.

가을이 깊었다. 해가 한 번 더 바뀌면 영호는 고등학교에 진학해야 한다. 담임선생님은 영호가 인문계 고등학교에 가서 좋은 대학에 들어가고 나라와 국가를 위한 인재가 되기를 바란다. 아버지는 형이 대학에 대학원까지 다녔는데도 부모에 효도하는 것도 못 배우고 어긋지게 살아가자 영호가 대학을 가는 데 별 관심이 없다. 누나는 인문계 고등학교를 가서 대학에 가고 큰 사람이 되기를 희망한다.

영호는 이제 그만 누나가 집안 살림을 책임지는 것을 면해 드리고 싶어 졸업 후 바로 취직이 되고 돈을 벌 수 있는 공고나 상고에 가려고 생각한다. 아직 내심을 누나에게 말하지는 않았다.

여름을 지나며 누나가 자주 기침을 하고 식은땀을 흘리며 피로한 기색을 보인다. 영호는 누나의 건강이 걱정되어 병원에 가서 진단을 받았으면 하나, 누나는 돈이 아까워 병원에 갈 생각을 않는다.

추수 때가 되었다. 마을 사람들이 서로 도우며 벼 베기를 마쳤다.

아버지는 벼를 논에 널어 말렸다. 마을에 타작마당으로 쓰는 한 30평쯤 되는 공터가 있다. 평평하게 잘 다져져서 타작을 하고 수확한 벼에 돌이나 흙이 거의 섞이지 않는다. 평소에는 아이들 놀이터이지만 추수 때는 타작 마당이 된다. 이장은 하루에 두 가구씩 동네 농부들의 타작 순서를, 심지를 뽑아 정한다.

금년에는 영호네가 끝 번호를 뽑았다. 11월 초순이나 타작을 할 수 있을 거 같다. 영호 아버지는 잘 마른 벼를 세 무덤 노적가리로 쌓고, 빗물이 새서 들어가지 않도록 위에 이엉을 덮었다.

타작을 이틀 앞둔 저녁, 마을 누군가가 담배를 피우며 논길을 가다가 무심코 던진 담배꽁초가 하필이면 영호네 벼 노적가리에 떨어져 불이 붙었다. 마을 사람들이 달려가서 불을 끌 사이도 없이 세 무덤의 벼가 다 타 버렸다. 지난 일 년 간 영호 아버지가 피땀을 흘리며 가꾼 수확이 잿더미로 바뀐 것이다.

영호네 일 년 먹을 양식이 불타버렸다. 영호 아버지는 망연자실 정신줄을 놓고 앞으로 일 년 동안 살아갈 걱정에 식음을 놓고 이틀을 누워 계시다가 이놈의 세상, 하며 자리에서 일어나 술을 퍼마시고 와서 이 풍진 세상 만났으니, 하는 노래를 불러댔다.

그 후 영호 아버지는 거저 술을 마실 수 있는 잔칫집을 다 찾아다니며, 술이 떡이 되도록 퍼마시고, 그렇게 술고래가 되어 매일 술로 세월을 보냈다. 엎친 데 덮친 격으로 누나가 각혈을 했다. 어쩔 수 없이 병원을 찾아갔다. 결핵이라는 판정을 받았다. 누나는 목사의 소개로 공기가 좋은 기도원으로 한 달 기한으로 요양을 갔다.

영호는 누나가 낮에는 가족의 생계를 위해 가게에서 고생하고, 밤에는 교회에서 철야기도하며 여호와 하나님께 경배를 드리느라 심신이 피로하여 몹쓸 병에 걸렸다고 생각하고는, 그렇게 힘세다는 하나님이 손가락 하나만 까딱하면 누나 건강은 좋아질 텐데, 하고 아쉬워했다.

양식은 불에 타고, 생활비를 벌던 누나는 직장을 쉰 채 요양원에 가고,

아버지는 매일 술타령으로 생활을 내팽개쳐, 영호는 당장 생활고를 감당해야 했다.

영호는 그가 태어난 지 일주일 만에 어머니가 떠났고, 중 1때 형이 집을 떠났다. 그리고 중 2때 누나마저 그를 두고 기도원으로 떠나 완전히 외톨이가 된 기분이 들었다. 아직 돈을 벌 수 없는 영호는 어떻게 먹고 살아야 할지 막막했다

3

영호네 집에 가난이 몰려왔다.

땔감이 없어 불을 지피지 못해 차가운 방바닥에 영호는 요를 깔고 이불은 뒤집어쓰고 앉아 방문을 반쯤 열고 복스럽게 내리는 눈을 쳐다봤다.

영호는 그 눈이 쌀이었으면 했다. 노적가리가 불타 일 년 양식이 잿더미가 되는 것을 손 놓고 당한 아버지는 정신줄을 놓고 술로 세월을 보내셨다. 돈줄이었던 누나는 폐병을 고치려 기도원에 들어갔다.

그래도 살기 위하여 하루 최소 두 끼는 먹어야 하지만 뒤주의 곡식이 날로 줄어드는데 뒤주를 채울 길이 없다. 집과 의절한 형이라도 쌀자루를 메고 오면 조금은 뒤주를 채울 텐데 형은 집에 아예 발길을 끊었다.

영호는 뒤주를 채워줄 후원자를 찾을 수가 없었다. 영호는 외아들인 아버지의 친척을 알지 못하고, 일찍 돌아가신 어머니의 친척도 알지 못한다. 형이나 누나에게 도움을 청할 길이 없다. 영호는 의지할 버팀목이 없다.

중학교 2학년인 영호는 이제 자신과 아버지의 먹을 것을 스스로 구해야 한다. 천지 사방을 둘러봐도 의지할 곳이 없다.

지금까지 영호는 아버지와 누나의 그늘에서 편히 학교를 다녔다. 그런데 그 끈이 다 떨어져 나갔다. 영호는 현재 상황을 타개할 방법을 상의할 사람이 주위에 없다. 기대고 기도할 대상도 없다. 그래도 하루 최소 두 끼를 먹지 않으면 생명을 부지할 수가 없다.

영호는 내리는 눈을 내다보며 어떻게 이 난관을 극복할 것인가, 누구의 도움을 받을 것인가 궁리했다. 문득 지난 2년간 담임선생님을 한 이태호 선생님이 떠올랐다. 이 선생님은 공부를 잘하는 영호를 2년 연속 반장을 시켜줬고 귀여워 했었다.

영호는 선생님을 찾아갈 용기가 나지 않았으나 도둑질을 하지 않는 한 이 고비를 넘길 방법이 없어 용기를 내서 선생님을 찾아가기로 했다.

선생님 집은 학교에서 20분 거리에 있다. 선생님 심부름으로 선생님 집에 몇 번 갔었다. 영호는 눈을 맞으며 도살장에 끌려가는 소의 심정으로 선생님 집을 향해 걸었다.

방학이라 선생님은 집에 계셨다. 선생님은 눈을 흠뻑 뒤집어쓰고 찾아온 제자를 놀란 눈으로 쳐다보며 눈을 털어주고 방으로 데리고 들어갔다.

"영호야 무슨 일?"

선생님은 사모님에서 뭐 먹을 것 좀 내오라시며 물었다.

영호는 선생님에게 바로 입이 열리지 않아 사정을 말할 수가 없었다.

눈물이 막 나왔다. 선생님은 영호가 감정을 추스르기를 기다렸다.

사모님이 식혜를 들고 들어왔다. 사모님은 영호가 우는 것을 보고는 사제만 남겨놓고 방을 나갔다. 선생님이 음료수를 마실 것을 권했다. 식혜를 한 모금 마시고 영호는 더듬거리며 그의 형편을 말하기 시작했다. 선생님은 놀라는 눈으로 영호를 쳐다봤다.

"뭐라고, 영호 어머니가 안 계셨다고? 나는 영호가 옷도 깨끗이 단정하게 입고 도시락도 잘 싸오고 성격도 밝고 하여 어머니가 계신 줄 알았는데…."

선생님이 놀라는 반응을 보였다.

"누나가 어머니같이 잘 해 주셨어요."

"그럼 당장 돈을 벌어야겠네. 중학생이 할 일이 뭐가 있을까? 참 우리 학부형 중에 신문사 지국장이 있는데 신문 배달할 수 있나 알아봐 줄까?"

"신문 배달요?"

"그래, 여기까지 왔으니 나랑 같이 지국에 가 보자. 바로 우리 집 가까이에 있어."

선생님은 자리에서 일어서서는 옷을 챙겨 입었다. 영호는 눈까지 오는데 선생님을 귀찮게 해 드리는 것 같아 너무나 황송했다.

신문사 지국장이 사무실에 있었다. 지국장은 깎듯이 자기 아들 담임선생님을 맞았다. 담임선생님이 사정을 지국장에게 말했다.

"마침 잘 됐네요. 신문 배달하던 친구가 집이 이사를 가서 다음 월요일부터 못 나온다고 해서 배달할 사람을 구하려던 참이었는데. 내일부터 나와, 그 친구랑 같이 배달하는 집 익히고 다음 월요일부터 혼자 하면 되는데 할 수 있겠지?"

지국장이 다정하게 말했다.

영호는 좋다고 했다. 지국장은 내일 아침 5시 반까지 지국으로 나오라고 했다. 선생님은 지국을 나와 집으로 가며, 배달만 해서는 두 사람 식생활 해결이 어려울 것 같은데 다른 일을 더 알아보겠다고 했다.

선생님은 영호를 집에 데리고 가서 저녁을 먹여 보냈다. 영호는 선생님의 따뜻한 배려에 눈물이 나도록 고마웠다. 영호는 새벽에 신문 배달을 하고 주말 낮에는 지게를 지고 산에 가서 나무를 해 왔다. 지게질이 서투른 영호는 처음에는 나무를 진 채 눈밭에 넘어지곤 했으나 차차 이골이 나자 덩치가 큰 영호는 제법 어른들만큼 나무를 질 수가 있었다.

영호는 장날 나무를 시장에 내다팔고 식량을 사서 뒤주를 채웠다.

영호의 사정을 알게 된 이태호 선생님은 3학년이 되어서도 담임이 되었다. 그동안 영호가 인문계 고등학교에 진학하고, 서울대학교에 들어가서 국가에 기여하는 큰 인물이 되기를 바랐던 꿈을 접고 입학성적이 우수하면 장학금을 주는 공업고등학교에 진학하라고 조언했다.

영호는 선생님의 조언대로 공업고등학교 자동차학과에 지원했고, 수석으로 합격하여 입학금과 일 년치 학비 면제를 받게 되었다. 자동차학과를 졸업하면 자동차 정비소에 바로 취직이 되어 돈을 벌 수가 있다. 학교 다니면서 2급기능사 자격증을 따면 더 좋은 대우를 받을 수가 있다.

고등학교에 진학한 영호는 신문 배달을 하고 주말에는 산에 가서 나무를 해서 시장에 팔아 아버지와 자신의 생활을 유지해 갔다. 점심 도시락을 쌀 형편이 못 돼 수돗물 한 바가지로 배를 채웠다.

아버지는 기회만 되면 술을 얻어 자시고 만취된 채 이 풍진 세상을 노래 부르며 때로는 영호에게 제 어미를 죽인 놈이라고 막 욕을 해댔다. 형은 아버지가 폭력을 행사하면 무릎을 꿇고 앉아 고스란히 그 폭력을 받았으나 영호는 아버지의 손을 잡고 폭력을 말렸다.

아버지는 덩치가 자기보다 더 커진 영호의 힘을 이기지 못하고 영호와 실랑이를 하다가 제풀에 지쳐 주저앉곤 했다.

영호에게 유혹의 손길이 뻗쳐 왔다. 중학교 때 영호를 주먹 조직에 끌어들이려다 실패했던 피아골 조직에서 영호의 가입을 유도했다.

영호와 한반인 병태가 점심을 싸오지 않는 영호에게 점심으로 빵을 건네며 접근했다. 병태는 영호네 집에서 산을 하나 더 넘는 산골에 산다. 같은 초등학교를 다녔고, 하교도 거의 같이 했었다.

점심으로 몇 번 빵을 얻어먹은 영호는 어느 날 병태가 자기랑 같이 어디로 가자는 부탁을 뿌리칠 수가 없어 따라갔다.

병태는 영호를 종합운동장 라커룸으로 데리고 갔다. 영호가 라커룸에 들어서자 그곳에 옹기종기 서 있던 덩치 큰 학생들이 박수를 치며 환영한다.

"한영호, 잘 왔다. 우리 조직에도 너같이 머리가 있는 친구가 필요한데 한영호는 중학교에서 죽 일등을 하며 반장을 했고, 공고도 일등으로 입학하여 장학금을 받는 장학생이다. 우리 조직에 머리가 있는 사람 들어와서 구색을 갖추게 되었다. 자, 한영호의 입단을 환영하는 박수를 보내자!"

십여 명이 모인 중에 덩치가 제일 큰 교복을 입은 친구가 앞에 나와서 큰 소리로 말했다. 영문을 모르는 영호는 얼굴이 빨개진 채 멀뚱멀뚱 그의 주위를 둘러싼 덩치들을 둘러보았다.

"영호야, 너를 피아골 멤버로 넣고 싶어 하여 내가 너를 인도했다. 우리 조직 의리도 있고, 너한테 점심 정도는 줄 수가 있다. 니가 들어오면 나랑 같은 신입 회원이 늘어나 아주 좋다. 나도 영호의 입회를 대환영한다."

병태가 영호의 귀에 대고 속삭이듯 말했다.

"뭐들 하나, 신입 회원 환영식 해야지."

두목이 말하자 두어 명이 라커룸 구석에 놓인 책상을 가운데로 옮긴다. 책상에는 손가락 과자와 오징어가 놓였고, 주전자가 두 개 있다. 알루미늄 컵도 세 개 보였다. 두목이 알루미늄 컵에 막걸리를 가득 따르더니 병태와 영호에게 잔을 들라고 한다.

"이 술은 피를 상징한다. 우린 피를 나눈 형제로 의리를 지키고 우정을 다짐하며, 건배!"

두목이 외쳤다. 병태도 따라서 건배를 외쳤다. 영호는 귀신에 홀린 표정으로 두목을 쳐다봤다. 두목과 병태는 술을 죽 들이켰다. 동시에 병태가 영호에게 술을 마시라는 손짓을 했다. 영호도 자석에 끌리듯 술을 한 모금 마셨다.

영호는 어렸을 때, 아버지 심부름으로 술을 받아 오면서 주전자 주둥이에 입을 대고 한 모금 마신 적이 있었다. 그런데 맛이 시큼하고 텁텁하여 어른들은 이 맛없는 술을 왜 마시나, 하며 그 다음에는 전혀 입을 대지 않았다. 한 모금 마신 막걸리가 영호의 뱃속에서 짜르르 신호를 보내 왔다. 영호가 술잔을 비우자 모두가 박수를 치며 환영했다. 영호는 그 자리를 피하고 싶었으나 주위를 둘러싼 덩치 큰 학생들을 밀치고 나갈 용기가 생기지 않았다.

"한영호, 이제 너는 우리랑 피를 나눈 형제다. 우리 조직의 생명은 의리다. 우리는 다 같이 의리에 살고 의리에 죽는다."

두목이 외치고 단원들도 따라서 외쳤다. 영호는 분위기에 짓눌려 자기 생각은 한 마디도 못하고 꾸어다 놓은 보리자루처럼 그들의 행동을 쳐다만 보았다.

영호는 피아골 단원들과 헤어져 집으로 가며 그가 지금 무슨 일을 저지르고 있는지 정신이 멍멍했다. 그는 한 마디 반대말도 못하고 그야말로 깡패 집단에 들어간 것이다. 그들이 맹세의 징표로 여기는 피까지 마셨다.

영호는 깡패 집단에 들어간 것을 누나가 알면 얼마나 실망할까 싶어 걱정이 되며 억장이 무너졌다. 영호는 다음 모임에는 나가지 않기로 마음을 다졌다.

병태가 점심으로 도시락 두 개를 싸왔다. 정말 형제처럼 살갑게 굴며 같이 밥을 먹자고 했다. 급우들이 두 사람의 수작을 흥미롭게 쳐다봤다.

영호는 여러 눈이 부담스러워서 병태가 건네는 점식 도시락을 받아 같이 먹었다. 영호는 병태에게 매일 점심을 얻어먹는 이유로 다음 모임에 가지 않겠다는 결심을 지키지 못하고 병태를 따라 모임에 갔다.

병태는 두목인 박지원 형은 힘이 장사요, 태권도 3단으로 그 지역에서는 이길 주먹이 없을 거라며 두목을 추켜세웠다.

둘째 날도 술과 안주가 준비되어 있었다. 신입 회원이 없어 바로 회식에 들어갔다. 자연히 병태와 영호는 심부름을 하였다. 또 의리를 다짐하고 떠들고 웃고 마시며 회식을 끝내고 헤어졌다.

집에 돌아오던 영호는 회식하는 돈이 어디서 나올까, 궁금했다.

새벽에 신문 배달을 하고 주말에는 산에 가서 나무를 하는 영호의 생활도 계속되었다. 그렇게 버는 돈으로 아버지와 영호 두 사람의 생활이 근근이 영위되었다. 기도원에 들어간 누나는 기도원 원장님이 잘 대해 주셔서 잘 있다며 어떻게 생활을 하는지 걱정된다는 편지를 보내왔다.
영호는 그가 신문 배달도 하고 산에서 나무도 해다 팔아서 잘 먹고 지내니 걱정 말라고 답장을 했다.
영호는 누나가 보낸 편지봉투의 주소를 보고 기도원이 경기도 청평에 있다는 것을 알게 됐다. 청평은 영호의 동네에서 한참 멀리 떨어져 있다.

네 번째 피아골 모임에 갔을 때 회식을 마치고 두목 박지원이 영호에게 임무를 부여한다며 명령조로 말했다.
"한영호, 이제 네 번이나 우리 모임에 나왔으니 밥값을 해야지?"
영호는 두목의 말을 듣고 가슴이 덜컥 내려앉았다. 회비를 내라고 하는 것 같은데 영호는 회비를 낼 돈이 없다.
"오늘 작두형 따라가서 하는 일 도와줘!"
박지원의 말에 키가 땅딸막하고 근육질인 작두가 영호에게 손을 들어 신호를 보냈다.
회식을 마치고 나오며 작두가 영호에게 저녁 먹고 8시까지 인후공원 입구로 나오라고 했다. 영호는 알았다고 말하며, 뭐 하러 저녁 8시에 공원에서 만나자고 하나, 의아했다.
영호는 오늘도 술이 취해 들어온 아버지에게 저녁을 차려드리고 시간에 맞춰 인후공원 입구로 갔다. 5분쯤 기다리자 작두가 나타나서 시간 잘 지키네, 하며 그를 따라오라고 했다. 영호는 영문도 모르고 작두를 따라갔다.
"여기 서서 사람이 오면 전우의 시체를 넘고 넘어, 군가를 불러."
작두는 영호를 세워놓고 한 백 미터 이상 가서 벤치가 있는 곳에서 서성거렸다. 영호는 영문도 모르고 산책하는 사람이 지나갈 때마다 전우의 시체를 넘고 넘어, 군가를 불렀다. 산책객으로는 어울리지 않게 양복 정장을 한 신사가 혼자 어슬렁거리며 지나갔다.
영호는 군가를 불렀다. 산책객이 작두가 서있는 근처로 갔다.

영호는 갑자기 산책객이 퍽 쓰러지는 것을 보며 어, 했다.

산책객이 쓰러지자 작두가 산책객의 주머니를 뒤지는 것이 보였다.

2분도 지나지 않아 작두가 휘파람을 불며 영호에게 다가왔다.

"오늘 일당 벌었다. 그만 가자."

작두가 앞장서서 공원을 빠져 나갔다. 영호는 미처 무슨 일이 일어났는지 잘 알지 못하고 작두를 따라 공원을 나섰다.

공범 역할을 했던 영호는 다음 주 별 수 없이 아지트로 갔다.

"이곳에서 부를 별명을 지어주겠다. 한영호는 우리 조직 멤버들과 달리 너무 순하게 생겨 독사 중의 독사인 코브라라는 별명을, 병태는 더욱 거칠게 살라는 뜻으로 늑대, 폭스라는 별명을 준다."

두목이 빙 둘러선 부하들을 둘러보며 말했다.

영호는 내가 싫어하는 뱀을 별명으로 하라니, 하며 별명이 마음에 들지 않았으나 반대할 용기가 나지 않아 그대로 받아들였다.

"지난 주 성적이 좋았다. 그래서 모두에게 보너스를 준다."

두목이 흰 봉투 하나씩을 부하들에게 나눠줬다.

단원들은 봉투를 열어보고 그 속에 든 돈을 꺼내 세어보며 히히거렸다.

영호는 봉투 속에 그가 나무 두 짐은 팔아야 받는 돈이 들어있어 속으로 놀랐다.

"코브라는 이번 주 쌍칼을 따라가서 임무를 수행한다."

두목이 영호에게 임무를 부여했다. 영호는 쌍칼과 무엇을 하라는 것도 모르면서 부동자세로 명을 받았다. 각자 임무를 부여받은 단원들은 술잔을 돌리며 한참 술 파티를 하고 헤어졌다. 쌍칼은 영호에게 풍성동 동사무소 앞으로 밤 9시까지 나오라고 했다.

풍성동은 부자들이 제일 많이 사는 동네다.

영호는 병태에게 왜 별명을 지어서 부르냐고 묻자, 병태는 폼도 나고 혹시 경찰에게 잡혀 추궁당하더라도 본명을 모르니 다른 단원들의 신상을 자백할 수 없게 하려는 거라고 했다.

영호가 밤 9시, 시간에 맞춰 풍성동 동사무소 앞으로 가니 쌍칼이 골목길에서 나오며 왔어, 했다.

"저 골목을 따라 우리 시에서 아주 잘 사는 부자들이 죽 모여 산다. 오늘은 여기서 작업한다. 코브라, 골목 입구에 서 있다가 사람이 다가오면 홍도야 우지 마라, 노래를 부르도록 해라. 작업은 내가 한다."

쌍칼이 말하고 골목 안쪽으로 사라진다.

코브라라는 별명이 생소한 영호는 네, 하고 홍도야 우지 마라, 하며 노래 첫 소절을 읊조렸다.

골목은 칠흑같이 어두웠다. 몇 십 미터 간격으로 세워놓은 가로등 불빛은 어두움을 밀어내기에 역부족이었다. 저녁이 깊어서인지 인적이 드물었다. 영호는 사람이 골목으로 들어갈 때마다 홍도야 우지 마라를 불렀다.

신사복을 잘 차려입은 50대 남자가 술에 취해 비틀거리며 영호 앞으로 다가왔다. 영호는 그가 지나쳐 가자 또 홍도야 우지 마라를 불렀다.

몇 분도 되기 전에 쌍칼이 골목에서 뛰어나오며 가자고 했다. 그 신사를 퍽치기하고 금품 갈취가 끝났다는 신호다.

"오늘 땡 잡았다. 그치 현금도 많고, 손목시계도 고급이다."

쌍칼이 큰길로 나서며 영호에게 속삭였다. 영호는 그 말을 들으며 네가 무슨 짓을 한 거야, 하며 가슴이 덜컥 내려앉았다.

두 사람은 큰 길에서 헤어졌다.

영호는 곧 경찰이 잡으러 올 것 같아 학교에 가는 것이 무섭고 겁이 났다. 주말에 산으로 나무하러 가는 것도 꺼려졌다.

지난 수요일 두목으로부터 나무 두 짐 값을 받았으니 나무를 안 해도 나무 판 돈은 생긴 거다.

영호는 퍽치기 현장에 한 번 더 조연 노릇을 했다.

"코브라, 세 번 현장 실습했으니 이제 코브라도 주연을 해야지. 작두, 코브라에게 기술을 전수해 줘라."

두목 박지원이 지시했다.

지시를 받은 작두는 영호를 아지트 한쪽 구석으로 데려갔다.

"이 기술의 진수는 정확히 머리 급소를 때려 10분 쯤 기절시키는 거다. 절대 생명에는 지장을 주면 안 된다. 그럴 경우 경찰이 눈을 뒤집어 까고 범인을 잡으려 할 거니 도망 다니려면 귀찮다."

작두는 머리 뒷부분 사진을 꺼내 영호에게 보여주며 어느 부분을 가격하여야 하는지, 힘은 어떻게 조달하여야 하는지 설명했다.

영호는 그 설명을 들으며 어렸을 때 도살장에서 도살꾼이 황소를 도끼 일격으로 쓰러트리던 장면을 본 기억이 떠올랐다.

영호는 내가 어쩌다 이런 지경에 빠졌나, 어떻게 이 소굴에서 빠져 나갈까, 생각했다.

승리공원에서 피아골파와 백골파 패권 쟁탈전이 벌어졌다.

승리공원은 시내 외곽 야산을 정지하여 꾸민 공원으로 등산로가 산 정상까지 이어진다. 공원 한 자락에 6.25 참전용사를 기리는 충혼탑이 있다. 충혼탑 앞쪽에 100여 평쯤 되는 광장이 있다.

양측 삼십여 명의 덩치가 어우러져 각목을 휘두르며 싸우는 패싸움은 꼭 영화의 한 장면 같았다. 덩치는 크지만 싸움 기술을 익히지 못한 영호는 싸움판에 뛰어들지 못하고 충혼탑 뒤에 처져서 영화의 한 장면을 구경하고 있었다.

호각소리가 나자 싸움판에 엉켜 붙었던 패거리들이 산줄기를 따라 도망치기 시작했다. 영문을 모르며 어물거리다가 영호는 출동한 경찰에게 붙잡혔다.

영호의 행적이 학교에 통보됐다. 담임선생님은 영호에게 학부모를 모셔 오라고 했다. 영문도 모르고 학교에 간 아버지는 사연을 듣고 무릎을 꿇고 선생님에게 한 번만 용서해 주십쇼, 하고 빌었다.

영호는 머리가 허연 아버지가 젊은 선생님에게 무릎을 꿇고 비는 모습이 너무나 미안해서 막 눈물이 나려 했다. 영호는 자기 때문에 비참하게 무릎을 꿇은 나이 든 아버지를 보며 다시는 피아골 모임에 나가지 않겠다고 다짐했다.

학교는 영호가 장학생임을 감안하여 퇴학 처분은 유보하고 자성의 기회를 가지라며 일 개월 정학처분을 내렸다.

당장 아침에 등교할 일이 없는 영호는 아침을 먹고 바로 산으로 나무를 하러 갔다. 피아골 모임이 있는 날 병태가 집으로 찾으러 올 것 같아 지게를 지고 일찍 집을 나서 산으로 갔다.

영호는 신문 배달을 다녀와서 아침을 지었다. 쌀은 한줌 넣고 감자를 몇 알 넣었다. 밥이 다 되면 영호는 감자밥과 김치를 담은 종지를 개나리 밥상에 얹어 아버지 앞에 디밀었다.

우물물을 국 대신 상에 얹었다. 김치는 텃밭에서 뽑은 배추의 흙을 씻고 소금에 절여놓는 풀이 죽은 배추다. 고춧가루니 하는 양념은 넣지 않았다. 김치 맛이 짜고 쓰다. 부자는 그런 밥상 앞에 마주 앉아 입에 밥과 채소를 밀어 넣으며 생존을 위한 영양을 보충한다.

영호는 감자밥을 꾸역꾸역 입에 밀어 넣는 아버지를 보며 가슴이 미어졌다. 아버지 곁에서 아버지를 챙겨 주어야 할 사람들이 다 떠나갔다.

어머니는 막내아들 영호를 낳은 뒤 산후통으로 곧바로 이승을 떠나셨고, 큰아들은 종교 이념을 앞세우며 제사 문제로 아버지와 다투다가 음주 문제까지 겹쳐 갈등을 빚더니 쫓겨났다. 목사인 큰아들은 생물학적 아버지와 의절하고 영적 아버지인 여호와 하나님을 아버지로 섬기는 길로 떠나

버린 것이다.

아버지를 알뜰살뜰 보살피던 딸은 폐병이 들어 눈에 보이지 않는 병균이 아버지와 갈라놓았다. 딸은 기도원에서 절대자에게 매달려 기도하며 폐병이 쾌차하기를 빌고 있다. 그리고 집에 하나 남은 막내아들은 깡패 집단에 휘말려 돌아치다가 정학을 당하고 방황하고 있다.

영호는 형편없게 차린 밥상에 앉은 아버지가 너무도 안쓰러워 눈물이 나려 했다. 아침상을 치우고 영호는 바로 지게를 지고 산으로 향한다. 직경이 15cm 정도, 길이가 1.5m쯤 되는 소나무 몇 토막을 지게에 지고 집으로 돌아온 영호는 마당에 부려놓고 또 다시 아버지의 점심을 준비한다. 보통 아버지는 아침을 들고 외출하신다. 점심을 드시러 올지 잔칫집을 찾아가서 대낮부터 술타령을 하실지 대중을 잡을 수가 없다.

점심을 마친 영호는 지게를 지고 다시 산으로 향한다. 오후 4시쯤에 나무를 한 짐 지고 돌아온 영호는 통나무를 톱으로 자르고 도끼로 패서 장작을 만든다. 영호는 장작을 한 짐 지고 시장으로 팔러 간다. 영호는 학교를 쉬는 동안 부지런히 나무를 해서 장작을 팔아 돈을 모아 아버지에게 생선 한 마리라도 사드리고 싶었다.

영호는 지게를 시장 입구에 세워놓고 장작 살 사람을 기다렸다. 영호는 시장으로 들어가는 사람, 물건을 사들고 나오는 사람들을 하염없이 쳐다보며 저 중에 누가 내 장작을 사줄까, 생각한다.

영호는 저만치서 병태가 작두와 쌍칼과 함께 재잘거리며 오는 것을 보고 얼른 지게 뒤에 몸을 숨겼다. 영호는 나뭇짐 사이로 가슴을 졸이며 피아골 멤버들이 가까이 오는 것을 보았다. 주로 병태가 떠들고 두 형들은 웃음으로 박자를 맞추는 것 같았다.

"코브라, 나뭇짐 뒤에 숨으면 안 보일 줄 아나?"

쌍칼이 나뭇짐 옆으로 돌아와서 지게 뒤에 숨은 영호의 등을 탁치며 소리쳤다.

영호는 옴짝달싹 못하고 그들에게 잡혔다.

"따라와."

작두가 명령했다.

"나뭇짐은 어떻게 하고요?"

영호가 떨리는 목소리로 말했다.

"누가 안 업어가. 잔소리 말고 따라와."

작두가 영호의 손을 끌며 말했다.

영호는 어쩔 수 없이 그들에게 끌려갔다. 그들은 영호를 아지트가 있는 공설운동장이 아닌 그 반대편으로 끌고 갔다. 그들은 골목 안 허름한 창고 건물로 들어갔다. 두목 박지원을 제외한 멤버들이 서성이고 있었다.

"배신자 끌고 왔나?"

조직의 두 번째 형인 샤크가 영호의 머리를 탁치며 말했다.

영호는 움찔하며 뒤로 물러섰다.

"조직에 말도 없이 안 나오는 이 배신자를 어떻게 처벌할까?"

샤크가 말했다.

"뭘 물어봐. 조직의 규칙에 따라 엄지손가락을 자르면 되지."

작두가 말했다.

"형님들, 코브라가 다른 조직에 간 것도 아니고, 먹고 살려고 나무하며 버둥댔는데, 학교 정학까지 당하고. 한 번 반성할 기회를 주십시오."

병태가 영호를 두둔했다.

"그래? 그럼 잘못을 만회할 기회를 줄까?"

샤크가 멤버들을 둘러보며 말했다.

"그러면 규율이 문란해져. 처벌부터 하고 보자."

쌍칼이 말했다.

"내가 봐주자고 한 것은 그냥 봐주는 것이 아니라 형님 대신 자수하라고 하는 거야."

샤크가 말했다.

"어떻게 큰형 대신 자수해?"

쌍칼이 물었다.

"코브라는 등치가 큰형과 비슷하잖아. 자기가 때렸다고 경찰에 자수하는 거야. 그럼 큰형이 숨어 지내지 않아도 되지."

샤크가 말했다.

박지원이 깔치와 공원 벤치에서 서로 물고 빨고 하고 있을 때 술이 잔뜩 취한 50대가, 여기가 너희 안방인 줄 아느냐, 하고 호통을 치며 박지원을 밀쳤다.

화가 난 박지원이 주먹을 날렸다. 주먹 한방에 취객은 나가 떨어졌고, 앞니 세 대가 부러졌다. 지검장인 취객의 형이 경찰서장에게 범인을 색출 엄벌하라는 엄명을 내렸다.

경찰은 한 주먹으로 그런 상처를 낼 수 있는 범인은 깡패뿐이라고 판단하고 피아골과 백골단 조직을 감시하고 있다. 그 정보를 입수한 피아골 멤버는 모임 장소를 바꾸고 박지원은 몸을 숨기고 있다.

"코브라는 등치가 커서 큰형님 대신 자수하면 경찰이 더 이상 우리 조직을 주목 안 할 거야. 또 코브라는 미성년이라 감방 안 가고 소년원 잠시 다녀오면 될 거고."

샤크가 말했다.

"그거 좋은 생각이네, 고등학생한테 맞았다면 취객이 창피하여 그냥 그만 둘 수도 있고. 코브라한테 물어봐 손가락을 잘릴 건가, 형님 대신 자수할 건가."

작두가 말했다. 샤크가 시퍼런 칼을 들고 한 손으로 영호의 손을 잡아끌며 험상궂게 인상을 쓰며 물었다.

"어떨 거야? 손가락 잘릴 거야? 아님 형님 대신 자수할 거야?"

샤크가 칼을 치켜들며 말했다.

"저 아버지 먹여 살려야 해요."

영호가 울먹이며 말했다.

"그래? 아버지 먹는 거, 그것은 우리가 책임진다."

샤크가 말했다.

영호는 남의 죄를 뒤집어쓰고 자수하기도 싫고, 손가락이 잘리는 것은 더 무서워 대답을 못했다.

"대답 없는 것을 보니 그렇게 하겠다는 모양이다. 작두와 쌍칼이 경찰서까지 따라가서 자수하는 거 확인해."

샤크가 바로 결론을 내렸다. 작두와 쌍칼은 알았다고 했다.

영호는 작두와 쌍칼의 감시를 받으며 경찰서로 갔다. 경찰서까지는 30분은 걸어가야 한다. 영호는 죄도 짓지 않고 대신 자수하러 가며 마음이 착잡했다. 양쪽에 감시꾼이 붙어가니 도망칠 수도 없다.

자수를 하면 감방에 갈 거고, 폭행 상황을 자백해야 하는데, 영호가 들은 것은 박지원이 여자와 공원에서 껴안고 지랄하다가 시비 거는 취객을 한 주먹 먹인 것뿐이다.

지랄한 여자를 한 번도 본 적이 없는 영호는 그 장면을 꼬치꼬치 물으면 대답할 수가 없다. 왼손 주먹으로 쳤는지 오른손 주먹으로 쳤는지도 모른다. 피해자와 대면시키면 가짜가 탄로 날 수도 있다.

그냥 죄를 뒤집어쓰고 감방에 가면, 소년원도 감방이지, 이번에는 머리 허연 아버지가 담임선생님에게 아무리 빌어도 퇴학당할 거다. 아버지 상심이 클 거다. 누나가 알게 되면….

영호는 자신의 처지가 불쌍하고 그의 역할이 싫어 당장 도망치고 싶었다. 덩치는 크지만 싸움기술이 없는 영호는 양쪽에서 감시하는 두 깡패를 당할 수가 없다.

영호는 아주 힘이 센 자가 나타나서 그를 구원해 주었으면, 하고 빌며 터덜터덜 걸었다. 영호는 어머니가 열심히 믿었고 형과 누나가 열심히 다니는 교회라도 다녔으면 예수가 그를 구원해 줄 텐데, 하고 생각하며 교회라도 다닐 걸, 하며 후회했다.

어떻게 해서든 영호는 이 상황에서 도망치고 싶었으나 방법이 없다.

경찰서 정문이 눈앞에 나타났다. 영호는 어떻게 자수를 해야 하는지 모른다. 정문에 서 있는 경찰이 무섭다. 두 손을 들고 항복하는 자세로 경찰서 문을 들어가야 하나?

"경찰서 다 왔는데 자수하려면 두 손 들고 들어가요?"

영호가 물었다.

"손은 왜 들어, 누가 총을 쏘려고 하나. 그냥 들어가."

작두가 어이없다는 표정을 지으며 퉁을 줬다.

경찰서 정문을 지키는 경찰은 세 학생이 정문을 통과하는데 아무 제지를 안 했다. 경찰서 청사를 들어서며 영호는 갑자기 소변이 마려웠다.

"화장실 좀 갔다 가요."

영호가 작두를 보며 말했다. 작두가 고개를 끄덕였다.

쌍칼과 작두는 영호 혼자 화장실에 들여보냈다.

영호는 화장실에 들어가서 큰 것을 보는 공간으로 들어가서 문을 잠그고 변기에 앉았다. 변기에 앉아 영호는 어떻게 도망갈까 궁리했다. 화장실 문 앞에서 두 놈이 지킬 거다. 그냥 도망칠 수는 없다. 순경이 들어오면 그 뒤에 딱 붙어서 따라가?

화장실에서 떠드는 소리가 났다. 순경 셋이서 소변을 보며 떠든다.

영호는 손을 씻는 척하며 그들이 화장실을 나가기를 기다렸다.

영호는 순경 틈에 끼어서 화장실을 나갔다. 의외의 상황에 작두와 쌍칼은 눈이 커지며 어쩌지도 못하고 멍하니 서 있다.

영호는 복도를 돌자 쏜살같이 경찰서 뒷문으로 도망쳤다. 거리를 뛰며 뒤돌아보니 작두와 쌍칼이 보이지 않았다.

4

영호는 뒤를 힐끔거리며 경찰서로부터 멀리 도망쳤다. 작두나 쌍칼이 따라오는 것이 눈에 들어오지 않았지만 바로 뒤에 쫓아올 것 같아 두려웠다.

영호는 잽싸게 발을 놀리며 어디로 도망갈까 생각했다. 그들이 영호의 집을 안다. 그러므로 집은 도망갈 곳이 못 된다.

이번에 그들에게 잡히며 두목 대신 자수한다고 하며 손가락이 잘리는 위기를 넘기더니 경찰서까지 가서 도망친 죄까지 얹어 손목을 자를지도 모른다. 집으로 가면 틀림없이 잡혀 처벌받을 거다. 그럼 어디로?….

영호는 이 넓은 천지에 도망쳐서 몸 하나 숨을 곳이 떠오르지 않았다. 그를 숨겨줄 만한 사람을 찾지 못했다. 외톨이가 된 영호는 시내에서 머물다가는 피아골파들에게 들킬지도 몰라 그 도시를 떠나기로 다짐했다.

주머니에는 동전 한 푼도 없다. 호화롭게 버스를 타고 도망칠 수가 없다. 영호는 문득 중학교 때 담임선생님의 얼굴이 떠올라 선생님을 찾아갈까 하다가, 깡패 조직에 들어갔다가 그들을 배신(?)하고 깡패들에게 쫓긴다고 할 수는 없다.

영호는 시내를 벗어나서 정처 없이 도로를 따라 걸었다. 차들이 휙휙 지나갔다. 무심하게 시간은 지나가고 어둠이 밀려왔다.

영호는 어딘가 잘 자리가 필요했다. 조그마한 마을이 나왔다. 언덕 위에 십자가가 보였다. 영호는 교회당에서 밤을 새우기로 했다. 환하게 불이 켜진 교회에서 찬송가 합창소리가 들렸다.

영호는 교회 문을 밀고 안으로 들어갔다. 무대에 30명쯤 찬양대원이 줄을 맞춰 서서 피아노 반주에 맞춰 찬송가를 불렀다. 지휘봉을 든 지휘자가 두 손을 흔들었다. 영호는 맨 뒷자리에 앉아서 찬양 연습을 구경했다. 아무도 그에게 관심을 보이지 않았다.

영호는 여기까지는 피아골 멤버들이 쫓아오지 못할 거라는 안도감이 들었다. 긴장이 풀어지며 몇 시간 걸은 피로가 영호를 엄습했다.

영호는 의자에 쓰러지듯 누워서 찬송가 소리를 들었다. 노랫소리가 편안했다. 찬송가가 자장가가 되어 영호는 깊은 잠에 빠져들었다.

으스스 추위가 몰려와서 영호는 잠에서 깨어났다. 영호는 일어나 앉아 주위를 둘러봤다. 교회당 안이다. 찬양대원들은 그가 거기서 자고 있는 것을 몰랐던 모양이다.

오줌이 마려웠다. 교회 문이 바로 열렸다. 교회당을 나온 영호는 막 새벽이 오는 교회 마당 한구석에 가서 소변을 봤다. 방광에 가득 찬 물을 요도로 한참 빼낸 영호는 갈증이 왔다. 배도 고팠다.

영호는 교회당을 오르는 계단에 앉아 서편 하늘에 걸린 샛별을 보며 어디로 도망갈까 생각했다. 새벽예배를 보러 오는 신자들이 계단에 앉은 낯선 영호를 흘끔거리며 교회당 안으로 들어갔다.

영호는 집으로 갈 수는 없다. 형에게 갈까? 누나에게 갈까? 고민하다가 누나에게 가기로 정한다. 그런데 돈이 한 푼도 없어서 청평까지 걸어서 가야 한다.

"저 할아버지, 여기서 청평을 가려면 어떻게 가야 해요?"

영호는 새벽기도를 온 착하게 생긴 할아버지에게 물었다.

"청평? 여기서 청평으로 바로 가는 버스는 없고, 서울에 가서 갈아타야 해."

할아버지는 바로 대답하고 의아한 눈으로 잠시 영호를 쳐다보다가 계단을 올라갔다. 영호는 버스를 갈아타라고, 하며 돈이 없어 걸어가야 하는데 며칠 걸릴까, 중얼거리며 계단을 내려갔다.

영호는 묻고 또 물으며 걸어서 5일 만에 청평에 도착했다. 물로 배를 채우며 갔다. 물로 채운 배는 오줌 한 번 누고 나면 바로 꺼졌다.

요나기도원은 소오산 줄기에 있다고 했다. 청평에서 걸어서 두 시간 걸린다고 했다. 영호는 완전히 지친 다리를 끌고 포장이 안 된 도로를 따라 계곡을 타고 올라갔다.

산모퉁이를 돌자 평평한 공지가 나오고 건물 몇 채가 보였다. 가느다란 기둥 두 개가 서 있고, 기둥을 가로질러 걸린 요나기도원 간판이 흔들거렸다. 요나기도원이라는 간판을 보는 순간 영호는 그를 버티게 했던 힘이 다리를 통해 땅속으로 쑥 빠져 나갔다. 영호는 그 자리에 픽 쓰러졌다.

영호는 기도소리에 눈을 떴다. 희미하게 천장이 보이고 창문이 보였다.

영호는, 영호 정신 드니? 하는 소리에 고개를 소리 나는 쪽으로 돌렸다. 희미하게 여자의 얼굴이 보였다. 영호는 정신을 집중하며 여자에게 초점을 맞췄다.

누나다!

영호는 자신도 모르게 눈물이 흘러나와 얼굴을 적셨다. 누나가 영호의 손을 잡고 우리 영호 깨어났구나, 하고 탄성을 질렀다.

10대의 영호는 바로 원기를 되찾고 기도원 생활을 시작했다. 다섯 명이 잘 수 있는 방에 거처를 정하고 누나를 따라 식당에 가서 식사를 했다. 누나가 당장 입을 옷을 마련해 줬다.

기도원에는 원장 목사와 전도사 한 분이 있었다. 누나는 기도원 회계를 담당하고 있었다. 기도원에는 다인실이 스무 개 있다. 방마다 마태, 마가 등 서양식 복음 이름이 붙어있다. 숙박료는 만 원 이상의 헌금을 받았다. 식비는 실비에 가깝게 저렴했다. 식권을 사서 먹는다.

본당 베드로 성전은 200명쯤 예배를 볼 수 있고, 그곳에서 150m 쯤 산길을 올라가면 계곡을 끼고 원형 계단의 야외 예배당인 에베소 광장이 있다. 계단은 천막으로 지붕을 덮었고, 가운데 둥근 공간은 하늘이 보인다. 아래쪽에 무대가 있다.

누나는 원장에게 동생이 당분간 무료로 머무를 수 있도록 허락을 받았다.

영호는 5시에 새벽 예배를 간다. 10시에는 오전 예배도 참석한다. 밤 11시에 하는 철야 예배는 가지 않았다. 영호는 예배 보는 시간외에는 자유이므로 시간이 남아돌았다. 우두커니 방에 앉아 있을 수가 없어 지게를 지고 산에 가서 땔감을 해 왔다. 밥값을 하는 셈이다.

영호는 나무를 하러 산에 가며 누나의 그늘에 숨어 사는 자신이 너무나 불쌍했다. 언제까지 이 기도원에서 나무나 하며 살아야 하나, 믿지도 않으면서 잠자리와 먹을 것을 주는 원장과 누나의 눈치를 보며 예배에 참석하며 믿는 척해야 하나, 자신이 너무나 초라했다.

그를 이런 지경에 빠트린 피아골 놈들을 막 패주고 복수를 하고 싶었으나, 그들과 싸워서 이길 능력이 없다.

가족을 다 잃고 술로 세월을 보내고 있을 아버지가 걱정되었다.

영호는 누나를 따라서 베드로 성전에서 보는 새벽기도회에 가서 통곡하며 하나님 아버지에게 매달리는 신도들을 보았다. 대부분 여자들이다. 저렇게 기도한다고 무슨 수가 생길까, 하는 의문이 들었다.

영호는 기도원에 들어와 일주일도 되기 전에 요나기도원 이름인 요나는 구약성경에 나오는 인물로 물고기 뱃속에 들어갔다가 하나님이 베푼 기적으로 살아나온 사람이며, 성전 이름으로 쓰는 베드로는 예수의 열두 제자 중 수제자라는 것을 알게 됐다. 또 에베소 광장 간판을 보며, 이곳에 왜 애를 배는 광장이 있나, 하다가 에베소는 성경에 나오는 지명이라는 것도 알게 됐다.

세월은 눈치도 없이 흘러 영호가 기도원에 온 지 석 달이 지났다. 영호는 기도원 살림살이가 넉넉지 않은 것을 알게 됐다. 평소에는 열댓 명 남짓 기도원을 찾는다. 한 교회에서 수련회를 올 때에는 제법 많은 신도가 오지만 한 달에 몇 번뿐이다.

영호는 그냥 나무나 해다 주고 밥을 얻어먹는 것이 부담이 되었다. 원장과 누나에게 미안했다. 그렇다고 갈 곳도 없고 돈을 벌어 보탤 길도 없다.

정학기간이 지나도 등교하지 않아 학교에서는 퇴학 처분했을 거다. 또 고향에 가면 피아골 파에 잡혀 자칫 병신이 될 거다. 영호는 밤에 잠자리에 누워 산에서 우는 산짐승 소리와 베드로 성전에서 철야기도하며 외치는 간절한 간구의 외침을 들으며 어떻게 살아가야 하나 생각이 많았다. 그러나 전혀 앞이 보이지 않았다.

영호는 눈길을 헤치며 나뭇짐을 지고 에베소 광장을 지나 내려오며 기도원 마당에서 시끌벅적하는 소리를 들었다. 어린 목소리다. 영호는 베드로 성전 앞마당을 가득 메운 청소년들을 보았다. 서울 어느 교회 청년부에서 동계수련회를 온 모양이다.

영호는 그의 나이 또래 남녀 학생들을 보며 지게를 지고 나무를 해 오는 자신이 쪽팔렸다. 영호는 고개를 푹 숙이고 그들을 지나쳐 식당 건물 옆 공간에 나무를 부리고 학생들을 건너다 봤다.

잠바차림의 작두가 학생들 사이에서 떠들며 웃고 있다. 영호는 혼비백산하여 얼른 몸을 건물 뒤로 숨기며, 피아골 녀석들이 어떻게 이곳에 있는 것을 알고 왔지, 하며 공포심에 부들부들 떨었다. 영호는 숨을 몰아쉬며 몸을 숨긴 채, 작두 말고 또 누가 왔나, 하며 학생들을 살폈다.

작두 외에 다른 피아골 단원은 보이지 않았다. 그런데 학생들 사이에 있는 작두는 키가 크고 몸매가 호리호리하다. 작두는 어깨가 딱 벌어지고 몸이 단단하다. 영호는 잠바차림의 학생이 얼굴은 작두를 닮았으나 몸매가 작두가 아닌 것을 보며, 작두가 아니네, 하며 한숨을 내쉬었다.

작두를 닮은 학생이 모이라고 소리쳤다. 학생들이 옹기종기 모여섰다. 작두를 닮은 놈이 회장인 모양이다. 기도원 전도사가 넓은 돌 위에 올라서서 핸드 마이크로 생활 안내를 시작했다.

"이곳 하나님을 향한 기도의 전당 요나기도원에 입소를 환영합니다. 간단히 3박 4일간 수련 일정을 말씀드리겠습니다. 매일 새벽 5시부터 한 시간 새벽 예배가 있습니다. 오전 열시에 오전 예배가 있고, 오후 2시부터 5시까지 성경공부가 있습니다. 첫 시간은 이곳 원장 선생님의 구약 중 창세기와 출애굽기 해설이 있고, 둘째 시간은 여러분을 인솔하고 오신 김찬영 목사님의 신약 마태복음 등 4대 복음의 해설, 셋째 시간은 제가 사도행전 해설을 합니다. 저녁 시간은 친교의 시간으로 학생부 주관으로 다채로운 행사를 준비한 것으로 압니다. 식사시간은 아침은 7시부터 8시까지, 점심은 12시부터 1시까지, 저녁은 6시부터 7시까지입니다. 시간이 지나면 배식이 되지 않으니 시간엄수 바랍니다. 취침은 10시부터입니다. 이곳은 하나님을 만나는 전당이므로 교인으로서 품위를 지켜 하나님이 기뻐하는 수련회가 되길 바랍니다. 여러분의 숙소는 5인실로 배정표는 저기 게시판에 붙여놨습니다. 그럼 알차고 은혜 받는 수련회가 되기를 바랍니다."

와, 소리를 지르며 흩어진 학생들은 눈을 뭉쳐 눈싸움을 시작했다. 영호는 눈싸움을 구경하며 멍청하게 서서 피아골만 안 들어갔으면 나도 교복을 입은 학생인데, 하며 그의 입장을 한탄했다. 눈덩어리 하나가 휙 날아와서 멍청히 서 있는 영호의 머리를 맞췄다.

영호가 깜짝 놀라 눈이 날아온 방향을 쳐다봤다. 작두를 닮은 학생이 손을 번쩍 들며 미안하다는 표시를 한다. 영호는 순간 팍 화가 났으나 알았다고 손을 흔들어 줬다.

영호는 학생들이 노는 마당을 떠나 식당 옆으로 가서 그가 해온 나무를 때기 좋은 크기로 톱으로 자르고 도끼로 패서 식당 옆 추마 밑에 쟁였다.

저녁 시간이다. 학생들은 식판에 음식을 받아들고 삼삼오오 패를 이뤄 앉아 잠시 기도하는 흉내를 내고 떠들며 식사를 했다. 영호는 맨 구석자리에 혼자 달랑 앉아 빨리 밥을 먹고 자리를 피하려고 부지런히 밥을 입에 밀어 넣었다.

원장이 영호의 자리로 와서 앞에 섰다.

"여기 앉아도 돼?"

원장이 식판을 식탁에 놓으며 말했다.

영호는 자리에서 일어섰다가 네, 하고 대답하고 원장이 자리에 앉자 따라서 자리에 앉았다.

원장은 40대 중반의 목사로 공대 토목과를 나오고 사우디아라비아에서 근무하던 중 하나님의 계시를 받고 건설회사에 사표를 내고 신학대학에 다시 입학하고 서울 한 교회에서 부목사로 목회를 하다가 이곳에 기도원을 차려 내려왔다. 부인은 아들 딸 교육 때문에 서울에 산다. 주말에 초등학교 다니는 아들과 딸을 데리고 내려온다.

"이 겨울에 나무하기 힘들지, 영호 군이 나무를 안 해 오면 나무 사는 돈이 꽤 들 텐데. 누나랑 자매가 이 기도원에 크게 보탬이 돼, 누나는 성정이 바르고 신심도 깊어 이곳 생활이 아주 잘 맞아."

원장이 국을 입에 떠 넣으며 다정하게 말했다.

"마침 동년배 학생들이 왔고, 내일 오후에 성경공부를 하니 나무하러 가지 말고 듣는 것이 좋겠어. 이제 영호도 하나님을 좀 더 알 때가 된 거 같아."

원장이 영호를 빤히 쳐다보며 말했다.

"네. 그럴게요."

영호가 수줍게 말했다.

원장은 밥을 먹으며 기도원 운영에 대한 정보를 영호에게 알려줬다. 영호는 어슴푸레 알았던 기도원 운영을 좀 더 자세하게 알게 됐다.

다음 날 영호는 오후 성경공부를 하면 나무를 할 수 없을 것 같아 오전 10시 예배를 빼고 산에 가서 통나무를 베어 왔다.

영호는 오후 2시에 맞춰 베드로 성전에 들어갔다. 그는 수련 온 학생들이 앞자리에 죽 앉아있는 것을 보며 맨 뒷자리에 앉았다. 원장과 수련생을 인도한 부목사가 단상 한쪽에 놓인 의자에 나란히 앉아있었다. 2시가 되자 부목사가 나와서 기도를 했다.

“은혜의 하나님 우리를 이렇게 하나님 가까이 다가갈 수 있는 요나기도원에 불러주시고, 하나님 말씀을 흠향할 기회를 주셔서 감사합니다. 여기 모든 수련생이 하나님을 더 잘 알 수 있는 기회가 되도록 은총을 내려주옵소서.”

부목사의 기도가 끝나자 원장이 단상에 올라섰고, 부목사는 단 아래로 내려와서 맨 앞자리에 앉았다.

“저는 요나기도원 원장 박평수입니다. 오늘 내일 모레 3일간 창세기와 출애굽기에 대하여 말씀드리겠습니다. 성경은 구약 39권, 신약 27권 총 66권으로 이루어졌으며, 구약 1331페이지, 신약 423페이지 총 1754패이지나 되는 방대한 경전입니다. 그럼 하나님의 천지창조 일정을 말씀드리겠습니다.”

그때 영상 화면이 스크린에 떴다.

첫째 날 : 빛, 낮과 밤/ 둘째 날 : 물, 궁창/ 셋째 날 : 바다와 땅, 풀, 나무/ 넷째 날 : 해와 달/ 다섯째 날 : 새, 물고기/ 여섯째 날 : 가축, 사람(남자 여자)/ 일곱째 날 : 안식.

원장은 이 모든 창조가 말씀으로 이루어졌다고 했다. 영호는 영상을 보며 넷째 날에 해와 달을 만들었으면 지구의 빛 99% 이상이 태양에서 오는데, 첫날 나온 빛은 어디에서 온 것일까, 낮과 밤이 생기는 것은 지구가 자전하며 태양을 돌기 때문에 일어나는 거라고 배웠는데 첫날 해도 없는데 어떻게 밤과 낮이 생겼을까, 궁금했다.

원장은 흙으로 하나님 형상을 따서 사람, 아담을 빚고 코에 기를 불어넣어 생명을 주셨고, 아담의 갈비뼈로 여자 하와를 만드셨다고 하며, 어떻게 하와가 뱀에게 유혹을 받아 하나님이 먹지 말라는 선악과를 따먹었는지, 그리고 에덴동산에서 쫓겨났는지를 설명했다.

영호는 원장의 말을 들으며 하나님은 무소불위 전지전능하시다는데 당연히 하와가 뱀의 꼬임에 빠져 선악과를 따먹을 것을 미리 아셨을 텐데 왜 그런 사달이 일어나게 했을까, 궁금했다.

아담의 큰아들 카인이 동생 아벨을 살해하게 만든 하나님의 처사는 더욱 이해가 되지 않았다. 농사를 짓는 카인은 당연히 농산물로 제사를 올리고, 목축을 하는 아벨은 양 새끼로 제사를 올릴 수밖에 없었는데, 왜 농사꾼 제물은 물리치고 동생 제물만 받아 형이 화가 나서 동생을 죽이게 했을까? 하나님은 육식을 좋아하나?

원장이 소돔과 고무라 참사를 언급했다. 두 딸이 아버지를 만취하게 하여 동침하고 아들을 낳는 부도덕한 일도 설명했다. 영호는 하나님이 한 고을 백성을 다 멸절시키는 잔혹성에 놀라며, 성경은 성스러운 기록인데 어떻게 그렇게 부도덕한 사건을 다 기록했을까 의아했다.

첫날 강의는 노아의 홍수 이야기로 마무리했다. 영호는 축구장 크기도 안 되는 배, 방주 안에 어떻게 그 많은 동물을 한 쌍씩 넣었을까, 그 긴 장마 속에 무엇을 먹이고 그 배설물은 어떻게 처리했을까, 궁금했다. 수련생 누구도 질문을 하지 않았다. 영호는 얻어 듣는 처지에 궁금증을 물어볼 수가 없어 그냥 참았다.

영호는 노아의 홍수가 노아 나이 600세 되었을 때 일어났다는 강의를 들으며 옛날 사람들은 참 오래 살았네, 단군도 1,500세까지 살았다고 하는데, 하고 생각하며 여호와 하나님은 참 무서운 분이라 생각됐다. 아담과 하와를 단지 먹지 말라는 과일 하나 따먹었다고 에덴동산에서 쫓아내고, 형의 제사를 안 받아 줘 화가 나게 하여 형이 동생을 죽이게 하고, 소돔과 고무라 사람을 멸절하고, 노아의 홍수로 지상의 모든 동물을 다 죽이고….

영호는 멸절이라는 단어를 처음 대하며 그게 씨를 말린다는 뜻인데, 하며 사랑의 하나님이 임금들이 대역죄인의 구족을 멸하는 형벌보다 더 인정사정없이 멸절 처단하는 징벌을 하였다는 데 눈이 휘둥그레졌다.

쉬는 시간에 수련생들이 모여서 떠들었다. 영호가 멀리서 보니 수련생들이 그를 가리키며 뭐라고 하는 거 같았다. 나무꾼, 하는 소리가 들렸다. 작두를 닮은 놈이 그렇게 떠드는 것 같았다. 아마 자신들 패거리가 아닌 영호가 강의 듣는 것을 시비하는 것 같았다.

영호는 얻어듣는 처지에 시비를 걸 수는 없었지만, 자식들 나무꾼이 강의 듣는다 그 거지. 한 주먹도 안 되는 놈들이, 그래도 나 피아골 멤버야, 하며 분을 참았다.

두 번째 시간도 기도로 강의를 시작했다.

"마태복음은 주후 약 50년에서 70년 동안 예수의 제자 마태가 기록한 것으로 나사렛 예수가 구약에서 예언한 하나님이 메시아라는 것을 증거할 목적으로 기록했습니다. 모두 성경을 펴서 마태복음을 여십시오."

김찬영 목사의 목소리는 우렁찼다.

영호는 미리 챙겨간 기도원에 비치된 성경을 펼쳤다.

일견하니, '낳고' 라는 단어가 계속 반복되어 나왔다.

"마태복음은 예수의 가계, 족보로 시작합니다."

영호는 목사의 말을 들으며 어렸을 때 의문을 가졌던 하나님을 낳은 아버지와 어머니의 이름은 어디쯤 나오나, 했다.

"아브라함과 다윗까지 14대, 다윗부터 바빌론이 잡혀간 14대, 바빌론에서 풀려나 예수까지 14대, 총 42대 선조의 족보가 나옵니다. 이는 예수가 역사 속 인물이라는 증거입니다."

영호는 마태복음 족보에 아담이나 카인, 노아 등 이름은 없네. 그들은 예수의 조상이 아닌가, 하며 우리 청주한씨는 고려 태종 때 개벽벽산공신이신 한라로부터 시작하여 30여 파로 갈라졌는데, 아담 후손이 여러 파로 파가 갈라졌는데 아브라함파가 예수의 조상인가, 했다.

예수가 성령으로 잉태했으면 요셉은 의붓아버진데…, 왜 요셉의 족보가 나오지?

김 목사는 예수 탄생, 동방박사 참배, 이집트 도피, 나사렛으로 귀국, 성인이 되어 세례 요한으로부터 물세례, 성령이 비둘기같이 내리고, 황야에서 40일 금식기도, 사탄의 세 가지 시험, 선교 시작, 베드로 등 제자 영입, 그리고 병자 고치는 이야기를 이어갔다. 중풍, 귀신 들린 자로부터 귀신 쫓아냄, 장님, 손 마른 자, 문둥병, 벙어리 등등, 많은 치료 사례를 열거했다.

영호는 예수는 구약에 나오는 여호와 하나님같이 사람을 멸절시키는 일은 안 하고, 선한 일과 말만 했네, 했다. 영호는 영상으로 띄워놓은 열두 제자 이름을 보며 숙소의 방에 붙은 이름이 예수의 제자 이름이구나, 했다.

영호는 첫날 세 시간 강의를 듣고 믿음이 생기는 것이 아니라 의문만 더 커졌다. 그렇다고 의문을 누구에게 물어보는 것은 불경스러운 것 같아 그냥 혼자 새겼다.

저녁 시간 영호가 식판에 음식을 받아 자리로 갈 때 작두를 닮은 친구가 영호의 어깨를 툭 치며 강의 잘 들었어, 하고 말을 걸어왔다. 영호는 하마터면 식판을 엎을 뻔했다. 영호는 당황하며 식판을 바로 잡으며, 잘 들었어. 너 밥 먹고 좀 볼까, 했다.

작두를 닮은 친구가 좋지, 6시 반에 저기 느티나무 아래서 보자, 했다.

영호는 대답을 않고 눈을 흘겨주고 식판을 들고 식당 한 구석으로 갔다.

영호는 식사를 하고 약속장소로 가다 보니, 작두를 닮은 놈을 비롯하여 다섯 놈이 떠들며 그를 기다렸다. 영호는 5 : 1 싸움에 자신이 없어 그 자리를 피해 그의 방으로 들어갔다.

다음 날 새벽기도를 마치고 나오며 영호는 작두를 닮은 놈을 만났다.

"어제 왜 안 왔어?"

작두를 닮은 놈이 오른손 주먹을 왼손 손바닥에 딱딱 치며 말했다.

"자식 혼자 나오지 떼거리로 나오냐?"

"패거리? 너랑 싸우자는 거 아닌데, 그럼 오후 강의 끝나고 나 혼자 갈게."

작두를 닮은 놈이 말을 훅 던지고 지나갔다.

영호는 2시 강의에 들어가기 싫었으나 그에게 잠자리를 주고 밥을 주는 원장의 말을 거역할 수가 없어 어쩔 수 없이 강의실에 들어갔다. 그는 오늘도 맨 뒷줄 구석자리에 앉았다.

기도에 이어 강의가 시작되었다. 아브라함이 등장하고, 야곱이 등장하고, 요셉도 등장했다. 아브라함의 서자, 중동 민족의 선조라는 이스마엘, 본부인 사라에게서 백세에 얻은 이삭, 그가 이스라엘 민족의 정통이란다. 성경에서도 첩의 자식은 천대를 받는다.

영호는 강의를 들으며 작두를 닮은 놈을 어떻게 처리할까, 하는 생각이 머리에 가득차서 강의가 잘 들어오지 않았다.

녀석을 에베소 광장으로 끌고 가서 물고를 내? 그러다 잘못하면 이 기도원에서 쫓겨날 텐데…. 지금도 누나 덕에 겨우 붙어 있는데, 폭행까지 하면…. 그래도 그 녀석이 먼저 도발했는데 무릎 꿇고 물러설 수는 없잖아?

여호와 하나님이 100세에 얻은 자식, 이삭을 제물로 바치라고? 너무 심하다. 전지전능한 하나님은 이미 답을 다 알고 있으면서 아브라함에게 정말 너무 어려운 과제로 실험한다.

'그 녀석을 폭행하지 말고 말로 구슬러? 그런데 그 녀석은 내가 뭘 잘못했는데 만나자는 거지? 뭐 팥죽 한 그릇에 장자권을 넘겨?'

영호는 창세기를 들으며 그 줄거리를 속으로 시비하다가, 작두를 닮은 녀석을 어떻게 처리할까 궁리하다가, 첫 시간 강의를 들었다. 쉬는 시간에 학생들이 또 영호를 가리키며 뭐라고 자기들끼리 떠드는 것 같았다. 영호는 그를 놀리는 것 같아 당장 달려가서 패주고 싶었다.

영호는 강의가 끝나자마자 작두를 닮은 놈이 만나자는 장소로 갔다. 그치가 먼저 와서 기다리고 있었다. 혼자 왔다.

"형씨, 왜 보자고 한 거야?"

영호가 앞장서서 에베소 광장 쪽으로 가며 말했다. 에베소 광장은 계곡을 돌아서 위치하여 베드로 성전에서는 보이지 않는다.

"형씨가 이런 후미진 곳으로 나를 나오라 한 것은 나를 패기라도 할 모양인데 우리 아무 악감정 없잖아?"

작두를 닮은 놈이 여유를 부리며 말했다.

"너희들이 나를 무시했잖아?"

영호가 주먹을 쥐며 말했다.

"무시? 그런 적 없는데 크게 오해했구먼."

그치가 여유를 부렸다. 그치의 여유에 영호는 그치가 그를 놀리는 것 같아 벌컥 화가 났다. 영호는 주먹을 들고 칠 자세를 했다.

"왜 주먹을 휘두르려고 하나? 내가 태권도 3단이라 주먹으로는 나한테 안 될 텐데."

그치가 방어 자세를 취하며 말했다. 영호는 태권도 3단, 피아골 두목이 태권도 3단이었는데, 하며 주춤했다.

"뭔가 크게 오해한 것 같은데, 우리 예수 안에서 한 가족인데 우리들이 우리랑 나이가 비슷한 친구가 학교도 못 가고 나무를 하는 것을 보고 도와줬으면 해서 형씨를 보며 이야기한 건데 자기를 업신여긴다고 착각한 모양이구먼."

"도와줘?"

영호는 무슨 말을 하는지 알 수가 없어 눈이 커지며 말했다.

"우리는 예수 안에서 큰 사랑을 배우러 수련을 왔어. 마침 우리 청년회에 기금이 좀 있어. 그래서 형씨가 학교에 가고 싶으면 그 기금으로 등록금을 대주자고 의논했어. 기도원에서 일하는 걸 보니 믿음이 대단할 거고."

영호는 더 말을 못하고 귓불만 벌게졌다.

"이거 내 주소야. 전화번호고. 대학교 가게 되면 나한테 연락해. 그럼 등록금 대줄게. 그리고 저녁에 하는 우리 친교시간에 와서 같이 놀자."

작두를 닮은 놈은 소진영, 주소와 전화번호가 적힌 쪽지를 영호에게 건네고는 휘적휘적 계곡을 내려갔다.

영호는 여우에게 홀린 듯 정신이 멍하여 그 자리에 멍청하게 서 있었다.

5

영호가 기도원에 온 지 일 년이 되어간다.

지난 1년간 영호의 삶은 퍽 단조로웠다. 새벽기도를 가서 원장과 누나에게 인사를 하고, 아침을 먹고 바로 지게를 지고 산에 가서 나무를 한 짐 해 가지고 와서 부려놓고 오전 예배에 참석한다.

점심을 먹고 다시 산에 가서 나무를 한 짐 해 와서는 톱으로 자르고 도끼로 패서 장작을 만들어 처마 밑에 쌓는다. 그가 해 온 나무는 기도원 식당에서 쓸 땔감으로 충분하다. 그리고 저녁 시간까지 책을 읽는다.

그는 성경, 구약 창세기부터 신약 요한계시록까지 일독했고, 자료실에 비치된 여러 기독교 관련 종교 서적을 읽었다. 구약은 너무 등장인물이 많아 헷갈렸고, 요한계시록은 이해하기 어려웠다.

다행히 누나는 공기 좋은 기도원에서 요양해서인지 병이 완치되어 건강을 회복했다. 건강이 회복됐는데도 누나는 아버지를 모시는 대신 하나님을 모시는 길을 갔다.

영호는 아버지가 걱정되었으나 현실적으로 아버지를 도울 길이 없었다. 그는 나무를 해 주고 겨우 밥을 얻어먹는 처지라 돈은 한 푼도 생기지 않아 아버지에게 보내드릴 돈이 없다. 아버지 걱정은 컸으나 영호는 아버지를 도울 길이 없어 마음만 무거웠다.

영호는 주로 날씨가 좋으면 에베소 광장 계단에 앉아서 책을 읽었다. 책을 읽다가 주위의 나무들, 하늘을 떠가는 구름, 산새 소리를 들으며 인생, 그가 살아갈 날들을 생각했다.

영호는 우리는 하나님이 주신 소명을 타고 태어났다는 칼뱅의 글을 읽고 나는 어떤 소명을 타고 났을까, 하고 틈틈이 생각했다.

피아골에만 말려들지 않았으면 곧 3학년에 올라갈 거고, 2급 기능사 자격증을 따려 공부를 시작했을 거다. 그런데 하나님이 나에게 무엇을 시키려고 깡패 집단에 들어가게 하고 이 기도원에 피신을 오게 했나, 구름을 올려다보며 생각했으나 답이 떠오르지 않았다.

영호는 종교에서 믿는 신은 기적을 행하는 기적의 신과 천지의 질서를 창조하는 질서의 신이 있다는 구절을 읽으며, 기독교의 신, 여호와는 기적과 질서의 신을 겸한 분이네. 그런데 예수는 그의 아버지 여호와가 만들어 놓은 세상에서 작은 기적을 행하는 기적의 신이구나, 하고 생각했다. 사람들은 질서의 신보다는 기적의 신을 더 믿는데, 신이 무엇인가 자신의 부족한 점을 메워주고, 자신이 바라는 바를 이뤄주는 기복심리가 믿음의 바탕이 아닌가 여겨졌다.

영호는 문득 자동차과를 졸업하고 기능사 자격증을 따고 자동차 정비소에 취직하여 자동차 밑에 기어들어가서 기름 범벅이 되며 사는 인생과 기도원에서 나무를 해 주고 틈틈이 책을 읽으며, 하나님의 말씀을 듣는 삶 중에 어떤 삶이 더 나은 삶일까, 생각했다.

답이 나오지 않았다. 모든 것을 하나님께 맡기고 사는 누나와 상의하면 어떤 답이 나올까, 하는 생각만 하고 묻지는 않았다.

영호는 가끔 작두를 닮은 놈, 소진영의 말을 떠올리며 등록금을 대준다니 대학을 가봐, 하고 생각하다가 고등학교 졸업장도 없는 놈이 무슨 대학, 하며 픽 웃었다.

어느 날 원장이 영호와 누나를 원장 방으로 불렀다.

남매는 얌전한 자세로 원장을 보고 앉았다.

"영호가 기도원에 들어온 지 일 년이 지났는데 그동안 예배도 잘 나오고, 성실하게 나무를 하며 마음공부도 한 것 같은데 이제 더 큰 일을 하게 하고 싶은데…."

원장이 남매를 둘러보며 다정한 목소리로 말했다.

두 남매는 눈을 크게 뜨고 원장을 빤히 쳐다봤다.

"선영 자매는 믿음도 좋고 마음씨도 좋아 내가 중매를 할까 해. 성직자 아내로서 맡은 일을 잘 해 나갈 거야. 유능한 목사님에게 중매를 서려 하는데 선영 자매의 생각은?"

"저 결혼 생각해 보지 않았어요. 여기 기도원이 하나님을 섬기며 하나님에게 다가가는 보금자리로 알고 있어요."

누나가 얼굴이 빨개지며 말했다.

"여기를 떠나라는 말이 아니고 이제 제2의 인생을 살아가라는 말이야."

원장이 다정하게 말했다.

"그리고 영호 군, 학교 다닐 때 아주 공부를 잘 했다며. 어쩌다 친구를 잘 못 만나 쫓기게 됐고. 하나님이 영호 군을 하나님의 큰 일꾼으로 쓰시려고 그런 시련을 주는 것으로 생각돼. 그러니 이제 대학입학시험 자격증을 따도록 공부를 시작해. 소진영 군이 대학등록금 주겠다고 했다며?"

원장이 작두를 닮은 친구와의 대화까지 알고 있는 것에 영호는 깜짝 놀랐다.

"소진영 군 큰 부잣집 아들이야. 곧 대학 들어가겠네. 자기 말 지킬 거야. 대학등록금도 마련되었겠다, 그 좋은 머리로 공부하면 영호 군은 좋은 대학 갈 수 있을 거야. 선영 자매가 뒤에서 도와주고."

원장이 두 남매의 앞날에 방향을 제시해 주며 다정하고 너그러운 미소를 띠고 두 남매를 건너다봤다. 두 남매는 대답을 못하고 자애로운 원장을 올려다봤다.

주말에 원장 사모님이 기도원에 아이들과 남편을 만나러 오면서 영호가 대입 검정고시 준비를 하도록 참고서를 사왔다.

금요일에 서울 한 교회에서 단체로 2박 3일 일정의 기도회를 왔다. 원장은 강사로 젊은 목사, 김창석을 초청했다. 원장은, 김창석 목사는 30대 초반으로 아버지가 목사인 집안에서 자라 장로교신학대학을 나오고 미국 프린스턴대학에서 신학박사를 한 장차 기독교계를 이끌 큰 목자가 될 거라며 기대를 받는 목사라고 소개했다.

원장은 김창석 목사의 뒷바라지를 누나가 들도록 했다. 자연히 누나와 김창석 목사는 세끼 밥을 같이 먹고, 누나의 안내를 받으며 기도원 생활을 했다. 김창석 목사는 키가 크고 외모도 준수한 데다 목소리가 우렁찼다. 영호는 김 목사가 퍽 소탈하고 겸손하여 마음에 들었다.

영호는 평소와 같이 생활하며 남는 시간에 대입 검정고시 준비를 했다. 점심시간에 누나가 불러 김창석 목사와 같이 점심을 먹으며 그가 유머도 풍부한 것을 알게 됐다. 누나와 김 목사는 주로 성경에 대하여 의견을 나눴다. 영호는 두 사람의 대화를 듣기만 했다.

일요일 점심을 먹고 수련회를 왔던 교회 분들이 떠나갔다. 기도원이 조용해졌다.

저녁 침소에서 대입 검정고시 준비를 하던 영호는 화장실에 가려고 복도로 나왔다. 환하게 비추는 가을 달이 영호를 밖으로 불러냈다. 영호는 방금 외운 영어 문장을 되풀이하여 외우며 기도원 구내를 거닐다가 발길이 저절로 에베소 광장 쪽으로 향했다.

영호는 광장 계단에 앉아 추석을 앞에 두고 커가는 달을 올려다보다가 막 단풍이 들기 시작한 주위의 나무들을 둘러보았다. 나무들은 모두 검정색으로 보였다.

영호는 고즈넉이 혼자 앉아 그가 앞으로 살아갈 인생을 생각했다. 대입 검정고시에 합격하면 대학을 가야 하는데 무슨 과를 갈까, 의대를 가서 가난한 환자들을 돌볼까, 법대에 가서 힘없고 불쌍한 사람들을 대변하는 변호사가 될까? 누나나 원장은 신학대학에 가서 목회자가 되는 것을 바랄 텐데, 내가 목회자가 될 심성이 되나?

산새 우는 소리가 들렸다. 문득 고향에 계신 아버지가 떠올랐다. 아버지는 머리가 하얗고 허리가 휘었다. 아버지가 참 불쌍하다. 아버지는 막내 영호를 얻고 산후통으로 아내를 잃었다.

큰아들은 신학대학원까지 나오고 목사가 되었는데, 제사와 음주를 받아들일 수가 없다며 아버지와 의절했다. 가게를 책임지던 딸은 몹쓸 병에 걸려 요양을 위해 아버지를 떠났다. 아내를 죽게 한 막내 영호는 깡패 조직에 몸을 담고 깡패에 쫓겨 아버지에게 떠난다는 인사도 못 하고 도망쳤다.

가을걷이한 노적가리를 불에 태우지 않았으면 양식 걱정은 없었겠지만 누가 땔감을 해다 드릴까? 이제 노인이 되신 아버지는 지게를 지고 산에 가서 나무를 할 수가 없다. 소식도 없이 떠난 막내가 죽었을 거로 생각하고 얼마나 상심하실까?

영호는 문득 아버지가 보고 싶었다. 그리움이 눈물로 주르륵 흘러내렸다. 영호는 눈물을 훔치고 숙소로 돌아와서 나 영호, 하며 누나 방을 노크했다.

"이 밤중에 무슨 일?"

누나가 잠옷 바람으로 문을 열고 나오며 말했다.

"나 차비 좀 줘, 아버지 뵙고 올게."

영호가 떨리는 목소리로 말했다.

"아버지를 찾아가겠다고?"

누나가 복도로 나오며 말했다.

"영호가 나보다 낫다. 나는 여기 온 지 2년이 지났는데도 아버지를 찾아뵙지 못했는데."

남매는 나란히 베드로 성전 앞 정원 벤치에 앉아 달빛을 받으며 대화를 나눴다.

"아버지는 내가 떠나오며 인사도 못해 죽었다고 생각하실 거야."

영호가 처연한 목소리로 말했다.

"그거…, 내가 아버지한테 너 여기 와 있다고 편지했다. 답장은 없었지만."

"그래? 추석도 되어가고 아버지한테 인사 가고 싶은데, 돈이 없어."

"그렇구나. 누나가 그 생각을 못했다. 내일 차비 줄게 다녀와라. 나 잘 있다고 전하고…."

누나가 영호의 손을 꼭 잡았다. 잡은 손으로 따뜻한 가족의 정이 전해졌다. 영호는 누나의 손을 손바닥으로 덮었다.

영호는 오후 5시 경 고향에 도착했다. 그는 주위를 경계하며 버스를 내렸다. 아무도 그를 아는 체하지 않았다. 영호는 어둠이 깔려오는 거리를 두리번거리며 피아골파 깡패는 없나 주위를 살피며 조심조심 집으로 향했다. 시장에 들러 돼지고기 반근과 두부 한 모, 막걸리 한 병을 샀다.

사립문은 열려 있고 집은 캄캄했다. 아버지도 안 계셨다. 영호는 사온 물건을 마루에 놓고 방에 들어서며 불을 켰다. 곰팡이 냄새가 푹 나고 방바닥에서 냉기가 확 올라왔다.

영호는 추위에 몸을 떨며 윗목에 놓인 뒤주를 열어봤다. 쌀이 반쯤 차 있다. 곧바로 부엌으로 갔다. 두어 줌 땔감이 널려 있다. 항아리를 열어보니 소금에 절인 배추가 가득했다. 텃밭에서 뽑은 배추를 소금에 절여 넣은 모양이다.

시장기로 영호의 배에서 꼬르륵 소리가 났다. 영호는 뒤주에서 쌀을 한 바가지 퍼서는 우물에 가서 씻어 솥에 넣고 한 줌도 안 되는 땔감을 아궁이에 넣고 불을 지폈다.

어느 틈에 밥이 다 되어 구수한 냄새가 부엌에 퍼졌다. 영호는 배가 고팠지만 아버지가 들어오시면 같이 먹기로 했다. 두부찌개는 아버지가 오시면 요리하기로 하고 마루에 앉아 아버지를 기다렸다. 한참을 기다려도, 밤이 깊어가도 아버지는 오시지 않았다. 영호는 기둥에 기대 앉아 추위를 참으며 끈질기게 아버지를 기다렸다.

달이 동산에서 서너 발이나 떠올라 온천지를 환하게 비출 때, 이 풍진 세상을 만났으니, 하는 노랫소리가 들려왔다. 영호는 그 소리가 너무나 반가워 용수철처럼 튀어 대문 밖으로 나갔다. 아버지가 꾸부정하게 굽은 허리를 두 다리로 힘겹게 받치고 걸어오고 있었다.

영호는 울컥하여, 아버지 저 왔어요, 하고 소리쳤다. 반백의 노인이 바로 상황을 이해하지 못하고 달빛에 비추는 아들을 물끄러미 쳐다보다가, 영호 왔냐, 하고 대답했다. 영호는 달려가서 아버지를 부축하여 집으로 모셨다.

아버지가 마루에 걸터앉으며 힘없이 말했다.

"기도원에 선영이랑 같이 있다고 하던데 무슨 바람이 불어서 왔냐?"

"추석도 되고 아버지 걱정돼서 왔어요."

"아버지가 걱정돼? 그런 놈이 편지 한 장 안 남겨놓고 집을 나갔냐?"

"아버지 저녁 진지 드셨어요?"

"아랫마을 환갑잔치 집에서 밥도 먹고 술도 먹고 왔다."

"막걸리 받아왔는데 한 잔 더 하시겠어요?"

"됐다. 막걸리는 웬 막걸리. 요새 나이가 들어 술 못 이긴다. 안 먹겠다. 나 고단하니 자야겠다."

아버지가 우물로 가서 세수를 하고 방으로 들어갔다. 일 년 만에 만난 부자는 딸의 안부를 묻는 말 이외에 더 할 말이 없어 이불을 깔고 덮고 잠자리에 들었다.

영호는 혼자 밥을 먹기 뭐하여 저녁을 굶고 그냥 잠자리에 들었다.

1년 동안 새벽기도를 가던 것이 습관이 되어 영호는 새벽 일찍 잠에서 깨었다. 아직 어두움이 기시지 않은 밖을 내다보며 날이 밝기를 기다리다가, 밥 먹기 전에 나무라도 한 짐 해다 놓자, 하고 지게를 지고 눈에 익은 산길을 올랐다.

산에 오르며, 나무를 자르며 영호의 입에서 찬송가가 저절로 나왔다. 그는 찬송가, 전능하신 예수, 박자에 맞추어 톱질을 하며 나무를 넘어뜨리고 적당한 길이로 자르고 하였다.

영호는 십자가 군병, 찬송가를 부르며 나무를 지고 내려왔다. 아버지가 사립문에 서서 없어진 아들을 기다렸다. 아들이 지게에 나무를 한 짐 지고 나타나자, 이놈의 자식 나무 간다고 말을 해야지, 하고 막 화를 내면서 나무랐다.

영호는 아무 대답도 않고 부엌으로 들어가서 어제 저녁에 해놓은 밥을 데우고 두부찌개를 끓이고 소금으로 절여놓은 배추를 썰고 하여 밥상을 차려 들고 방으로 들어갔다.

"웬 고깃국!"

아버지가 남의 살 냄새에 얼굴 주름이 환하게 펴지며 말했다.

부자는 마주보고 앉아 아침을 들었다. 어제 저녁을 굶은 영호는 아버지에게 들키지 않으려고 속도를 조절하며 밥을 빠르게 입에 밀어 넣었다.

숭늉을 떠다 바치며 영호가 수줍게 말했다.

"저 대학 가려고 준비하고 있어요."

"대학? 무슨 돈으로?"

"학비 대준다는 사람이 나왔어요."

"그래, 너 형같이 대학 나와 목사 되어 아버지 버리려고?"

"아니요. 아버지를 왜 버려요. 아직 무슨 대학 갈지 안 정했어요."

"니 누나는 시집 안 간다더냐?"

"아직 생각 없는 거 같아요. 예수님과 결혼한 것 같아요."

"뭐라고! 양코백이 몇 천 년 전에 죽은 예수랑 결혼? 예수가 나랑 무슨 원수가 졌나? 큰아들 놈은 예수를 아버지로 모시고 진짜 아버지를 버리더니, 딸년은 예수를 신랑으로 삼아. 죽일 것들."

아버지가 게거품을 품으며 화를 냈다.

영호는 아버지의 화를 피하려고 저 나무 해 가지고 올게요, 하고 자리에서 일어났다.

"새벽에 한 짐 해 왔으면 됐지, 그래 언제 기도원으로 도망갈 거니?"

"한 이틀 더 아버지를 모시다가 갈 겁니다."

영호는 아버지의 말 폭탄을 피해 지게를 지고 도망쳤다.

영호가 나무를 짊어지고 집에 오니 아버지는 외출하고 안 계셨다. 영호는 나무를 부려놓고 항아리에 절여진 배추를 꺼내 우물물로 씻어 바구니에 담아 물기를 뺐다. 배추를 다 씻은 영호는 시장으로 달려가서 고춧가루와 새우젓을 사 갖고 집으로 왔다. 그리고는 새우젓과 고춧가루를 버무려 배추에 묻혀 항아리에 넣었다.

약식으로 김치를 담은 영호는 아침에 먹다 남은 밥을 그가 막 담은 김치를 반찬하여 점심으로 먹었다. 배추에서 매운 맛이 나서 그냥 소금에 절인 배추보다는 맛이 좋았다.

영호는 오후에 두 번 더 나무를 해 왔다. 그는 그날 해온 나무를 톱으로 자르고 도끼로 패서 장작을 만들어 처마 밑에 가지런히 쌓았다. 장작이 다섯 줄 높이로 쌓였다. 영호는 이틀만 더 장작을 해 오면 최소 연말까지는 아버지께서 땔감 걱정을 안 해도 될 것 같아 신이 났다.

그 다음날도 영호는 네 번이나 산을 다녀왔다. 그는 입에 밴 찬송가를 부르며 나무를 했다. 아버지는 오늘도 어느 잔칫집에서 술에 취해 들어오셨다. 아들이 와서 방을 따뜻하게 데워놓자 사람 살맛난다고 좋아하셨다.

영호는 처마 밑까지 장작을 가득 쌓아놓고 기도원에 가기로 마음을 정했다.

영호가 나무를 한 짐 지고 찬송가를 부르며 산을 내려와서 집근처까지 왔을 때다. 아랫집 할아버지가 영호, 오늘도 나무해 오냐, 하며 영호를 칭찬했다.

그때 저쪽에서도 달려오는 발걸음 소리와 함께 영호냐, 하는 소리가 들렸다. 영호는 소리 나는 쪽으로 고개를 돌렸다. 병태가 달려오고 있었다.

순간 영호는 도망치려 했으나 지게를 지고 달릴 수가 없었다.

"영호, 언제 왔니?"

병태가 웃으며 말했다.

"그제."

영호가 겁먹은 목소리로 말했다.

"어디 있었니?"

"기도원."

"어디 있는 기도원?"

순간 영호는 아차, 하며, 설악산 입구에 있어, 하고 거짓말을 했다.

"멀리도 갔네. 이제 완전히 돌아왔니?"

"아니. 아버지 땔감 해 드리고 다시 갈 거야. 그러니 피아골파에 나 봤다는 소리 하지 말아라."

"알았다. 일 년도 더 지났는데. 걱정 마라, 너 봤다는 말 안 할게. 근데 나 지금 피아골 친구들 만나러 간다. 그럼 잘 가라."

병태가 손을 흔들며 갔다.

집에 와서 나무를 부려놓은 영호는 나무를 하러 다시 산에 갈 생각을 못 하고 겁에 질려 움츠리고 마루에 앉아서는 혹시 피아골패가 들이닥치는 것이 아닌가 싶어 사립문 밖을 내다보고 있었다.

영호는 병태가 그가 왔다는 말은 않겠지만 무심코 그를 봤다는 말은 흘릴 수도 있을 것 같아 겁이 났다. 지난번엔 손가락을 자르겠다고 했는데, 두목 대신 자수하지 않고 경찰서에서 도망간 죄까지 합하면 다리를 분지른다고 할지도 모른다.

영호는 바로 피아골파가 집으로 닥치는 것 같아 무서워서 더 이상 집에 있을 수가 없었다. 영호는 아버지에게 급한 일이 생겨 기도원에 간다는 편지를 써놓고 집에서 도망쳐 나왔다.

영호는 저녁 8시경 청평 버스터미널에 도착했다. 그는 주변 해장국 집에서 간단히 저녁을 때우고 기도원을 향해 걷기 시작했다. 기도원까지 비포장 길이 나 있다.

이 밤중에 기도원에 갈 사람이 있을 리 없어 영호는 혼자 달빛을 벗하며 산길을 걸었다. 개울 물소리와 산에서 가끔 들리는 산새소리가 귀신이 우는 소리로 들려 영호는 무서워서 몸을 움츠렸다. 영호는 잘못도 없이 쫓기는 자신의 신세가 한탄스러운 데다 인사도 못하고 떠나와 아버지 걱정이 발걸음마다 밟혔다.

영호가 10시가 넘어 기도원에 도착하니 10시 취침시간이 지나 숙소에 불은 다 꺼지고 두세 개 가로등만 껌벅거렸다.

영호는 잠자는 누나에게 인사는 내일 아침에 하기로 하고 공동 세면대에서 간단히 손발을 씻고 그의 처소로 들어가서 이불을 깔고 자리에 누웠다. 창문을 통해 달빛이 교교히 그의 귀환을 반겼다. 그는 고단하여 바로 잠에 빠져들었다.

다음날 새벽기도회에서 누나와 원장에게 고향에 다녀왔다는 인사를 하고 아침을 먹으며 누나에게 아버지 근황을 알렸다. 누나는 눈물을 글썽이며 자신의 불효를 탓했다.

영호는 산에 가서 나무를 한 짐 해다가 부려놓고 오전 예배에 참석하고, 점심을 먹고 또 나무를 한 짐 해 왔다. 그리고는 그 나무들을 톱으로 자르고 도끼로 패서 장작을 만들어 쌓아놓고 거실로 가서 대입 검정고시 준비를 했다. 대입 검정고시 준비를 안 했을 때는 그 시간에 종교 서적을 읽었었다. 이제 영호의 검정고시 준비도 본격적으로 이어진 것이다.

서울 한 교회에서 수련회를 왔다. 원장은 또 김창석 목사를 강사로 초청했다. 이번에도 누나가 김 목사의 안내를 맡았다.

영호는 원장이 누나 중매를 설려고 하는 남자가 김 목사인 것 같은 느낌을 받았다. 영호는 김 목사가 매형이 되면 참 좋겠으나 누나와 김 목사는 너무 차이가 난다고 생각했다.

김 목사는 미국 박사인데 누나는 야간학교 고졸이다. 김 목사는 아버지가 목사인 기독교 집안인데 영호네는 농사꾼 집안이다. 누나의 믿음은 나무랄 것 없지만 김 목사가 누나를 아내로 맞으려고 할 것 같지가 않다.

누나가 김 목사를 좋아하는 것 같아서 영호는 뒤에 김 목사에게 차이고 가슴 아파할 누나가 불쌍해졌다. 자신이라도 잘 됐으면 누나 결혼 조건에 도움이 될 텐데, 그는 깡패에 쫓겨 퇴학당하고 기도원에서 나무하는 나무꾼 처지다.

6

영호는 봄에 치르는 대입 검정고시를 보기로 했다. 해를 넘기며 그는 원서를 접수했다. 그동안 수학 공부를 할 때 원장의 도움을 받았다. 영호가 어려운 수학문제로 골머리를 앓고 있을 때 원장은 쉽게 그 문제를 푸는 방법을 일러줬다. 원장은 설교만 잘 하는 것이 아니라 수학도 잘 했다. 하긴 원장 선생님은 공과대학 토목과를 나왔으니 수학을 못하면 이상하다.

영호는 검정고시 원서를 내고 가끔 진학할 대학에 대하여 생각했다. 검정고시를 합격하면 가을에 있을 수능시험을 준비하여야 하는데 이과나 문과 중 한쪽을 선택해야 수능공부의 방향을 잡을 수가 있다. 그는 의대를 가서 슈바이처 같은 생을 살고 싶었으나 의대는 공부하는 기간이 길고 등록금이 비싸다. 법대를 가서 변호사 자격을 따고 인권변호사도 할 만할 거다.

영호는 그의 주위를 돌아본다. 그는 완전히 기독교 분위기에 싸여 있다. 누나는 어머니가 예수님의 사랑을 몸소 실천하여 자신을 버리고 영호를 태어나게 했다고 했다. 어머니는 신실한 신자로 교회에서 권사 직분을 수행하며 신도들을 인도하셨단다.

영호를 임신했을 때 의사는 어머니의 건강이 좋지 않고 나이도 있으니 낙태를 권장했으나, 어머니는 새로운 생명을 주신 하나님의 뜻을 저버릴 수 없다며 자신의 목숨과 아들의 출생을 바꿨다.

형은 그를 낳아준 아버지와 의절하면서까지 예수를 섬기는 직분에 봉직하고 있다. 누나도 신실한 하나님의 자녀로 교회 유치부에서 열심히 봉사하다가 몹쓸 병을 얻고 목사님의 추천으로 기도원에 와서 하나님을 섬기는 일을 하며 병이 나았다. 누나는 사람과 결혼을 미루고 예수를 신랑으로 모시고 하나님을 섬긴다.

영호 자신은 별로 교회에 흥미는 없었으나 기도원에 온 후 기도원을 피난처로 삼고 생활하며, 기도원에서 최소한의 신앙생활을 하고 있다. 누나와 부부로 인연이 맺어질지도 모르는 김창석 목사는 예수를 배우러 미국까지 가서 공부를 했다.

영호는 김창석 목사의 눈에서 누나를 좋아하는 감을 잡고 김창석 목사가 매형이 되었으면 한다. 그럼 매형도 믿는 사람이다. 영호가 보기에 누나는 정말 천사 같은 성품을 가져 목사 부인으로 부족한 점이 없다.

영호는 그의 주위를 둘러싼 예수를 믿는 가족들을 이해하려고, 가족들이 하나님의 아들이라고 믿는 예수에 대하여 좀 더 알려고 4대 복음서를 몇 번 읽었다.

영호는 예수는 하나님의 아들이라고 스스로 밝히며 그것을 제자들에게 믿도록 강권했다. 영호는 하나님이 한 번쯤 쓱 대중 앞에 나타나서 예수가 내 아들이라고 선포해 줬으면 퍽 멋있었을 거라고 생각됐다. 그랬으면 예수의 입지가 더욱 공고해졌을 거다. 마라아가 예수를 잉태했을 때 천사가 요셉에게 나타나서 성령으로 잉태했다고 알려준 것만으로는 많이 부족한 느낌이다.

영호는 예수는 우주의 질서를 창조한 신이 아니고, 기적을 행한 신으로 인식됐다. 우주 질서의 창조는 그의 아버지 여호와께서 하셨다.

예수가 행한 기적 중 오병이어, 죽은 자를 살려낸 것, 물 위를 걷는 등의 기적은 과학으로는 설명할 수 없는 그야말로 큰 기적이다. 예수는 여러 병을 고치는 권세도 부리셨다. 그래서 사람들은 기적을 주는 하나님으로 그를 믿고 그를 믿는 자에게 기적이 일어날 것을 기대하며 기도하고 매달리며 신자가 되었다.

로마에게 핍박받던 이스라엘 민족에게는 희망이 필요했다. 이 세상에서는 희망이 없는 노예들에게는 내세의 천국은 꿈을 주는 메시지였다.

영호는 예수의 죽음과 부활의 기적에 대하여도 많은 생각을 했다. 그는 죽은 지 3일 만에 부활한 예수의 육신이 부패했을 텐데, 부활 후 측근들에게만 나타날 때 어떤 육신이었을까, 부활 후 제자들에게만 나타날 것이 아니라, 산상 수훈을 할 때같이 많은 청중들 앞에 척 나타나서 그의 부활을 보여줬으면 그 제자들이 선교하며 순교하는 아픔은 없었을 텐데, 하며 아쉬워했다.

2천 년 넘게 신자들이 눈이 빠지게 재림을 기다리는데 예수가 언제 재림할까? 예수가 승천했다는 하늘나라는 어디 있을까?

영호는 에베소 광장에 앉아 하늘과 주위를 돌아보며 그의 주위를 둘러싼 사람들이 믿는 하나님은 어떤 분일까 자주 생각했다.

하나님은 하늘도 땅도 나무도 다 창조하셨다. 사람도 창조하셨다. 그리고 자기를 닮은 모습으로 만든 인간에게 천지를 통치하도록 위임했다. 구약에 보면 하나님은 자주 사람들을 혼냈다. 멸절이니, 절멸이니 하는 엄중한 벌을 내렸다. 인간들이 악의 구렁텅이에 빠졌다고 한탄하며.

하나님은 선 그 자체인데 왜 악이 생겨났을까, 왜 사탄을 창조했을까? 악을 만들지 않고 사탄을 창조하지 않았으면 사람이 타락할 수 없는데…. 영호는 악과 사탄을 만든 하나님이 그들의 유혹에 빠진 사람을 혼내는 것을 잘 이해할 수가 없었다.

그런데 하나님의 아들 예수는 인간의 타락을 혼낸 적은 없고, 그냥 사랑으로 품었다. 영호는 예수의 33년 일생을 죽 복기하며, 그가 베푼 사랑의 크기를 가늠해 보곤 했다.

7

기도원 주변 산에 진달래가 지고 녹음이 흐드러지게 푸른 빛을 뽐냈다.

영호는 대입 검정고시에 합격했다.

대입 검정고시 한 달 전, 원장은 영호에게 나무하는 것을 그만두고 공부에만 전념하도록 배려했다.

영호는 고등학교 반년 다니고, 반년 간 대입 검정고시 준비를 하고 고등학교 졸업장을 땄다. 누나는 눈물을 흘리며 기뻐했다. 수학 과외선생님을 했던 원장도 기쁨과 축하의 대열에 합류했다. 원장은 반년 준비를 하고 합격한 영호의 비상한 노력과 머리를 칭찬했다.

영호는 김창석 목사의 축전을 받고 기분이 묘했다. 어떻게 알았는지 등록금을 대주겠다고 약속했던 소진영이 축하 편지를 보내왔다. 자기는 대학에 입학하여 공부 중이라며 자기 약속은 지키겠다고 했다. 같은 대학생으로 친교를 넓히자고 썼다. 영호의 합격 사실을 원장이 알려준 것 같다.

영호는 아버지에게 합격 소식을 편지로 알리며 미안한 생각이 들었다. 당연히 아버지를 찾아뵙고 말씀드려야 하는데 달랑 편지로 알리는 것이 불효 같았다. 그러나 고향에 갔다가 병태라도 만나고 피아골 멤버를 만나면 무슨 변고를 당할지 모른다.

영호는 김창석 목사에게 너무 형식적인 감사의 답장을 쓰며 뭔가 내용이 미진한 것 같은 기분이었다. 한 가족에게 보내는 따뜻함을 전하고 싶었으나 쑥스러워서 그런 글을 쓸 수가 없었다. 소진영에게도 답장을 쓰고 감사를 표했다. 대학생으로 친교를 두터이 하자는 말은 차마 쓰지 못했다.

영호는 소식을 끊고 지내는 형에게 편지를 쓸까 누나와 상의했다. 누나는 벌써 전화했다고 한다. 누나는 형과 서로 소식을 주고받는 모양이다.

원장은 영호가 대학 갈 준비가 되었고, 기도원에 온 지 일 년 반도 지났으며, 성경도 읽고 예배도 열심히 하니 세례를 받자고 했다. 영호는 세례를 받는다는 것은 기독인으로 생활하겠다는 약속을 하는 건데 그가 기독인이 될 자격이 있는지 자신이 없었다.

영호는 예배를 보며 매일 외우는 주기도문과 사도신경에 대하여도 의문이 많았다.

주기도문을 외우며 하늘에 계신 아버지를 부르는데 아버지가 계신 하늘이 어디 있을까, 구름이 떠다니는 그 하늘 위일까, 하고 궁금해 했다. 뜻이 하늘에서 이루어진 것 같이 땅에서도 이루어지리다, 하고 외우며 하늘에서 이루어진 뜻이 무엇이지, 하고 혼자 의문을 품었다.

우리가 죄를 지은 자를 용서한 것같이 우리 죄를 용서하여 주시고, 하고 외우며 순서가 바뀐 것이 아닌가, 하나님이 우리 죄를 먼저 용서한 것같이 사람들 사이의 죄를 용서하는 것이 맞는 순서가 아닐까, 하고 생각했다.

"세례 교육을 하여야 하나 기도원에서 영호 혼자 교육을 시킬 수 없으니 세례 문답집을 줄 테니 독학을 해. 문답집을 보고 모르는 부분이 있으면 나나 선교사님에게 묻고."

원장이 다정한 목소리로 말했다.

영호는 원장에게 아직 세례를 받을 만큼 믿음이 신실하지 않다는 말은 할 수가 없었다.

"2주 후에 세례 문답을 할 거니 그리 알고 준비해."

원장은 노란색 표지의 세례 문답집을 영호에게 건넸다.

누나는 이제 영호가 완전한 예수님 자녀가 된다고 좋아했다.

영호는 세례 문답집을 20분 만에 다 읽었다. 그동안 설교를 듣고 성경을 읽으며 익힌 거라 대개 알고 있는 내용이었다.

천지를 창조한 하나님의 지존성, 불변성, 완전성, 영원성, 전지성, 전능성을 믿고, 신성과 인성을 겸비한 그의 외아들 예수 그리스도의 화목제를 통하여 원죄를 구속받고, 성령의 역사로 구원을 받으며, 말씀 전파의 전당인 신실한 교회를 섬기며, 그리스도의 재림으로 이어질 인류의 종말, 세례로 그리스도와 합해지고, 배울수록 마음이 뜨거워지는 성경을 받들어 구원에 이르고, 예배에 참석하는 신자의 의무를 다한다.

영호는 세례는 일종의 신과 자신의 맹세요 서약인데 그가 그 맹세와 서약을 다 지킬 자신이 없었다.

그러나 세례를 받지 않겠다고 말할 수도 없었다.

그는 기도원에서 달랑 혼자 세례를 받았다. 영호는 세례문답을 하며 문답집에 있는 대로 대답은 했으나 그 서약을 다 지킬 자신이 없었다.

영호는 12월 수능시험을 치르려면 우선 문과냐 이과냐를 정해야 했다. 영호는 이과를 택하면 수학2를 독학해야 하는데 미적분이 나오는 수학2를 독학할 자신이 없어 문과 쪽 공부를 하기로 정하고 진학할 대학 학과는 수능성적을 보고 정하기로 했다.

겨울 초입에 수능시험이 있었다. 영호는 수능시험을 보고 가채점한 결과 1등급과 2등급 경계의 점수를 맞은 것 같았다. 그 정도 성적이면 SKY대학을 제외하고 어느 대학이나 지원할 수가 있다.

누나도 기뻐하고, 원장도 기뻐했다. 원장은 그 동안 고생했다고 칭찬하고, 본고사 준비는 하루 이틀 쉬고 하라더니, 기독교에 큰 영향을 미친 책이라며, 아우구스티누스의 '고백록'을 한 번 읽어 보라며 500페이지가 넘는 두툼한 책을 건넸다.

영호는 고백록을 읽어나갔다. 12장까지 읽고 영호는 눈을 쉬려고 에베소 광장으로 산책을 나갔다. 부지런한 단풍은 다 지고 게으른 단풍만 엉성하게 나무에 달려 있다. 그는 야외 원형 성전 맨 위 계단에 앉아서 져가는 가을을, 다가오는 겨울을 둘러보다가 성전 강단 위에 걸려 있는 글귀를 읽었다.

'너희가 전에는 어둠이더니 이제는 주 안에서 빛이라(에베소서 5 : 8).'

영호는 그 구절을 보며, 그런즉 누구든지 그리스도 안에 있으면 새로운 피조물이라 이전 것은 지나갔으나 보라 새것이 되었도다, 하는 고린도전서 5장 17절 말이 떠올랐다.

영호는 그 구절을 음미하며 과거, 현재, 미래의 시간에 대해 생각하며 그가 기도원에 와서 변한 모습을 떠올렸다. 그의 미래는 어떤 모습일까 생각하며, 주여 나의 앞길을 밝혀주소서, 하고 기도했다. 그는 내가 기도하는 방법이 틀렸으면 성령이여 고쳐 주소서, 하고 기도했다.

고백록을 보면 성 아우구스티누스는 아프리카에서 태어나 카르타고, 로마, 밀라노 등에서 살았으며 어머니는 신실한 신자였으나 아버지는 임종 때에 개종했다.

그는 젊은 시절 도둑질도 하고, 간음도 하고, 이교인 마니교에 빠져 마니교 선교에 열성을 부리기도 하다가 33세에 세례를 받고, 40년 동안 기독교 전파에 몸을 바쳤다. 하나님은 그에게 주교 자리를 주고, 그를 믿음을 전파하는 종으로 삼았다.

아우구스티누스는 초창기 구약성경의 신화적 설화에 회의를 느끼기도 했다.

영호는 어렸을 때부터 하나님의 어머니가 누굴까 궁금했었는데, 아우구스티누스는 하나님이 천지를 창조하시기 전에 무엇을 하였을까 궁금해 했다. 그 글을 읽으며 영호는 지구가 45억 년 전에 생겼다는데 영원부터 계셨다는 여호와 하나님은 영원과 45억 년 사이에는 다른 태양계를 만들고, 지구를 닮은 행성을 만들다가 생물을 만드셨나, 하고 생각했다.

예수가 독생자라고 하니, 다른 행성에서 사람을 만들지는 않은 모양이다. 구약 창세기에는 지구 창조와 해와 달 창조는 나오는데 별을 창조한 구절은 없다. 영호는 하나님은 태양계를 창조한 신이고 은하수를 창조한 신은 따로 있나, 하고 의문을 가져보기도 했다.

아우구스티누스는 아브라함의 부도덕성에 대하여도 회의했다.

영호는 설교시간에 자주 믿음의 조상 아브라함과 다윗을 거명하는 것을 들으며 어떻게 그렇게 부도덕한 인물이 믿음의 조상이 될 수 있을까 의아했었다. 아브라함은 자신의 안위를 위해 아내를 누이라고 거짓말을 했으며, 다윗은 우레아의 아내 밧사바가 목욕하는 것을 보고 음욕이 치솟아 그녀를 간음하고, 우레아를 전장 최일선에 내보내 죽게 했다. 모세의 십계에서 금하는 간음을 하고 살인교사까지 했다.

그런데 믿음의 조상이란다. 영호는 아우구스티누스가 그와 유사한 회의를 했다는 구절을 읽고 동류의식을 느끼며 기분이 환해졌다.

아우구스티누스는 원죄를 믿는다는 고백했다. 칼뱅의 『기독교 강요』 책에도 같은 구절이 있다. 영호는 어떻게 내가 태어나기도 전에 죄를 지었을까, 하며 그 고백에 동조할 수가 없었다. 우리나라에 연좌제가 없어진 지 한참 됐는데 어떻게 기독교에서는 아담과 이브가 지은 원죄를 어떻게 후손들에게 지게 하는 연좌제가 폐지되지 않나, 했다.

영호는 삼위일체를 믿는 고백도 납득이 되지 않았다. 어떻게 아버지와 아들의 위격이 같을까? 성령은 일종의 메신저 같은데 어떻게 하나님과 그의 아들과 위격이 같을까? 영호는 수련회 강사로 온 김창석 목사에게 같이 점심을 먹으며 삼위일체에 대하여 물어봤다.

"삼위일체 그거 아주 어려운 문제요. 3, 4세기 사회 분위기를 알아야 하고, 신학에 깊은 지식이 있어야 이해할 수가 있어요."

미국에서 신학박사까지 하고 온 목사가 한 마디로 시원하게 딱 부러지게 대답을 못해줬다. 영호는 더 물어볼 수가 없어 그냥 고개만 끄덕였다.

영호는 바람에 나부끼는 에베소서 5장 8절의 말씀을 올려다보며 '주 안에서 빛이라' 하는 구절을 되풀이하여 읊조렸다.

8

영호는 나무 등걸을 진 지게를 벗어 에베소 광장 입구에 세워놓고 첫눈을 두 손바닥으로 받으며 할렐루야, 하고 소리쳤다.

'누나가 시집간다.'

김창석 목사가 원장을 통해 누나와 결혼중매를 부탁했다. 원장의 전언을 들은 누나는 얼굴이 빨개지며 고개를 끄덕였다.

영호는 김창석 목사가 누나와 결혼하자는 청혼의 메시지를 들으며 기분이 묘했다. 어머니같이 챙겨주던 누나가 다른 남자의 품으로 간다는 것은 섭섭했으나 김청석 목사같이 잘 생기고 똑똑하고 학벌과 집안 좋은 남자를 매형으로 맞게 되는 것은 누나에게 넘치는 축복이요, 그에게도 큰 기쁨이었다.

영호는 두 손으로 흰 눈을 받으며, 누나가 시집간다, 하고 외쳤다. 영호는 누나가 김 목사에게 시집을 가게 된 것은 절대자의 섭리로 그렇게 된 것 같았다. 하나님은 상점 점원으로 일하던 착한 누나에게 폐병이라는 병을 주시고, 기도원으로 요양 오게 하시고, 그곳에서 몇 년 동안 하나님을 섬기는 직분을 맡기셨다. 그리고 김창석 목사를 누나의 신랑감으로 점찍고, 원장을 통해 누나와 만남을 주선하고 결국 짝지어 주셨다.

영호는 종교개혁자 칼뱅이 주장한 예정론을 떠올리며, 누나의 인생을 예정하신 아버지 하나님의 절묘한 섭리가 눈물 나도록 고마웠다.

영호의 입에 찬송가가 저절로 흘러 나왔다.

거룩 거룩하시도다, 만유의 주 여호와 그 은총이 온 땅에 충만하시도다.

거룩 거룩하시도다, 만유의 주 여호와 그 은총이 온 땅에 충만하시도다.

찬송가를 부르는 영호의 중추신경을 타고 뜨거운 열기가 죽 흘러내려 갔다.

영호는 눈발이 내리는 하늘을 올려다보며 얼굴에 눈발을 맞으며 나는 어떤 길로 살아가도록 예정되어 있나, 하고 생각했다.

영호는 문득 소명이라는 단어가 떠올랐다. 나는 어떤 소명을 타고 태어났을까?

인권 변호사? 아님 재벌 총수? 아님 목회자?

영호는 그를 둘러싼 사람들을 돌아보았다.

독실한 기독교 신자였던 어머니는 그에게 생명을 주려고 자신의 생명을 버렸다. 누나는 신실한 신자로 어머니 같은 사랑으로 그를 품으며 그를 키웠다. 형도 비록 아버지와 의절했지만 하나님을 섬기는 직분을 담당하고 있다.

하나님은 싸움 실력이 없는 영호를 깡패 집단에 들어가게 하고, 결국 하나님을 섬기는 기도원으로 발길이 오게 했다. 하나님을 섬기는 목회자를 누나의 짝으로 점지하셨다. 원장은 드러내지 않고 그가 믿음의 길로 가도록 인도하고 있다.

영호는 문득 하나님이 그에게 내린 소명은 목회자의 길이 아닐까, 생각됐다. 영호는 퍽치기 도둑질을 도운 죄를 지은 나 같은 죄인을 목회자로, 하고 가슴이 뜨끔했다.

여호와 하나님은 거짓말을 한 아브라함을 용서하고 그의 믿음을 높이 사서 축복을 주셨고, 간음과 살인교사죄를 범한 다윗을 용서하고 이스라엘 왕 중 가장 빛나는 왕이 되게 하시고, 하나님에 대한 사랑을 노래한 시편을 쓰게 하셨다.

성 아우구스티누스는 도둑질, 이교도 숭배 등의 죄를 범했으나 그가 회개하고 주님의 품에 들자 주교라는 직책을 주시고 고백록이라는 기독교 역사에 남을 참회록을 남기게 하셨다.

영호는 직접 도둑질을 한 것이 아니고 퍽치기 조역을 했다. 그는 그 잘못에서 빠져 나와 기도원에서 주님에게 다가가고 있다.

주님은 나를 용서하고 목화자의 자리를 소명으로 주시지 않았을까?

영호는 목회자의 길이 소명이라고 여겨지며 순간 기쁨이 샘솟고 전신에 전율이 왔다. 그는 두 팔로 하늘에서 쏟아지는 함박눈을 끌어안으며 자신도 모르게 할렐루야, 하고 외쳤다.

인간 세계 육신의 가족을 넘어서서 예수 그리스도를 매개로 하여 하나님의 자녀로 거듭 태어난다!

영호와 누나는 반달이 하늘에서 잔잔한 빛을 대지 위에 고루 비출 때, 베드로 성전 앞 벤치에 나란히 앉아 대화를 나눴다.

"누나, 나를 이 기도원에 오게 한 것은 나를 그의 종으로 쓰시려는 하나님의 뜻이 있는 거 같아."

영호가 북두칠성을 올려다보며 말했다.

"뭐라고? 하나님의 종?"

"응."

"할렐루야."

누나가 펄쩍 자리에서 일어나며 외쳤다.

"주님의 크신 뜻은 한이 없구나. 니가 그런 기특한 생각을 하는지는 몰랐다."

누나가 영호의 손을 꼭 잡고 무릎 꿇고 기도하는 자세를 취했다.

베드로 성전을 나서던 원장이 남매의 자세를 보고 멈춰 서서 두 사람을 내려다봤다.

"원장 선생님, 영호가 하나님의 종이 되는 길을 가겠대요."

"뭐라고 영호가 목회자 길을 간다고? 주님! 감사합니다. 할렐루야! 아멘."

원장이 영호의 손을 잡고 외쳤다.

원장과 누나와 영호가 손을 맞잡고 하늘을 올려다보며 기쁨에 찬 감사기도를 올렸다.

영호는, 주는 나의 목자시니 내게 부족함이 없으리로다, 하고 조용히 외웠다.

산새가 찌르르 울며 세 사람을 축복했다.

애독자

1

나는 애독자라고 하는 여자를 만나러 그녀가 정한 식당으로 가고 있다.

나는 7순을 기념하여 여러 문학 잡지사에 발표했던 단편 12편을 모아 창작집 내고 동창, 옛 직장 동료, 친지에게 책을 선물로 보내줬었다.

책을 보낸 지 보름쯤 후, 한 독자로부터 이메일이 왔다.

> 친척집에 갔다가 선생님 작품집을 접하고 얻어 읽었는데 작품이 좋아 그 중 한 편을 고등학교 동호인 카톡방에 올리고 싶습니다. 괜찮으신지요?

나는 바로 좋다고 답을 보냈다.

며칠 후, 그 독자로부터 다시 이메일이 왔다. 자기는 남녀공학 학교를 다녔는데 선생님 작품을 보고 여자 동창 중 한 분이 아주 감동받았다며 한 번 뵙고 싶어 하는데 어떻겠습니까, 하고 문의해 왔다. 나는 좋다고 답했다.

바로 그 애독자의 여자 동창으로부터 이메일이 왔다.

이름은 송명자. 페이스 북을 하시면 페북 친구로 서로 교신하자고 했다. 좋다고 했더니 바로 페북 친구 신청을 했다는 연락이 왔다. 페북 친구를 수

락했다. 송명자는 페북 소개란에 그녀의 사진 두 장을 올렸다. 한 장은 정면에서 찍은 사진이고, 한 장은 측면에서 찍은 사진이다.

그런데 두 사진이 서로 다른 사람을 찍은 모습 같다. 정면으로 찍은 사진은 안경을 쓴 착하고 야위어 보이는 타입인데, 측면 사진은 살이 찌고 억세게 보였다. 페이스 북에 올린 사진은 40대인데 그 사진을 언제 찍은 것인지 알 수 없어 그녀의 나이는 알 수가 없다.

그러나 그녀의 이름이 내 세대 여자들이 많이 썼던 영자, 길자, 순자 등과 같이 '자' 자로 끝나는 걸 보고 나랑 동시대 여자가 아닌가, 하고 짐작했다. 페이스 북에 올린 내 사진은 30년 전에 등산하며 찍은 사진이다. 사진만 보고는 내가 젊은 사람인 줄 오해하고 여자들로부터 페친하고 사귀자는 메일이 자주 온다.

우리는 몇 번 페이스 북으로 안부를 나눴다. 그녀가 봄도 되고 한 번 뵙고 싶다고 해서 좋다고 했다. 그녀가 강남역 근처에 있는 식당을 정하고 알려줬다. 자기는 분당 쪽에 사니 신분당선을 타고 올 거라고 했다.

그래서 지금 송명자를 만나러 가는 길이다. 나는 전철을 타고 그녀를 만나러 가면서 그녀가 몇 살이며, 페북에 올린 사진 중 정면 쪽일까, 측면 쪽일까 궁금했다. 식당에서 혼자 앉아 있는, 나이 들어 보이는 여인이 딱 한 사람이 있어 그녀라고 짐작하고 접근했다.

처음 만난 두 사람은 마스크를 쓴 채 인사를 나눴다. 마스크 속의 그녀는 안경만 보였다. 몸매는 정면 사진같이 야윈 편이다.

내가 메뉴를 뒤적이자 그녀가 이 집 해물 뚝배기 맛있어요, 했다.

나는 그 메뉴, 좋아요 했다. 식사가 나오자 둘은 마스크를 벗었다. 그녀의 얼굴은 페이스 북 정면으로 찍은 사진과 비슷했으나 사진보다 더 청초했다. 첫인상이 좋았다. 나이는 60대 초반 같다.

그녀는 내 책을 교보문고에 주문하여 샀다며, 줄까지 치면서 읽었다고 했다. 내가 소설을 다 줄까지 치면서 읽느냐고 하자, 좋은 구절은 메모도 한다고 했다. 작가 지망생이냐고 묻자, 작가가 되고 싶으나 자기는 그런 소질이 없어 그냥 남이 써놓은 글을 읽고 공감하며 즐기는 편이라고 했다.

"선생님 이공계 하셔서 그런지 글을 읽고 과학 상식 많이 배웠어요. 어떻게 이공계 하신 분이 작가가 되셨어요?"

그녀가 나를 빤히 쳐다보며 말했다. 그녀는 책 표지 날개에 있는 저자 약력을 보고 내가 공대를 나온 것을 안 모양이다.

"하다 보니 그렇게 됐습니다."

"선생님 책에 탈원전 비판하는 단편 몇 편 있어 덕분에 원자력 상식 좀 늘었어요. 그래서 궁금해서 그러는데 월성 1호기 관련해서 무엇을 조작했다고 신문에 나던데 뭣을 조작했다는 거지요?"

그녀가 수줍은 표정으로 물었다. 그녀의 수줍어하는 모습이 애교스럽다.

"경제성을 조작했다는 겁니다."

내가 간단히 대답했다.

"경제성? 뭐 싼 것을 비싼 거라 한 건가요?"

"비슷한 거요. 원자력발전소에서 전기 1kwh를 생산하는 데 비용이 40원이 드는데 70원, 80원이 든다고 부풀린 거지요."

"어떻게 그렇게 할 수가 있어요?"

"좀 전문적으로 말씀드릴게요. 발전소를 돌리려면 우선 발전소를 지어야 하지요. 그때 짓는 돈이 들지요, 건설비요. 발전소를 다 짓고 나서 돌리려면 연료가 있어야 하고, 돌리는 사람도 있어야 하고, 주기적으로 수리도 해야 해요."

"그렇겠네요. 자동차도 사는 데 돈이 들고 운전수가 있어야 하고 휘발유가 들어가는 것과 같이."

"네. 그래서 짓는 비용 투자비, 연료비, 수선유지비를 합쳐서 발전소에서 전기를 생산하는 비용이 되는데 원자력발전소는 처음 지을 때 돈이 많이 들어가요. 자동차로는 제네시스나 그랜저면 처음 사는 비용이 많이 들지요. 비싼 차는 연료비도 많이 들어가는데 원자력발전소는 짓는 비용은 많이 들어가지만 연료비는 아주 싸요. 그래서 지어놓으면 많이 돌릴수록 돈이 남아요. 일 년에 수리기간 빼고 한 열 달 이상 돌릴 수 있는데 다섯 달 밖에 못 돌린다고 하면 전기 만드는 값이 비싸지겠지요?"

"그렇겠네요. 그런데 왜 열 달 돌릴 수 있는 발전소를 다섯 달 밖에 못 돌린다고 하나요?"

"월성발전소를 죽여야 하는데 경제성이 있다고 하면 죽일 수가 없지요. 그래서 일 년에 열 달 돌릴 수 있는 발전소를 다섯 달 밖에 못 돌린다고 하라고 지시, 조작하고 경제성 없다면서 죽인 거죠."

"누가 그런 지시를 했어요?"

"탈원전 정책을 피는 대통령이 월성 1호기 언제 죽이느냐고 다그치자, 그 밑에 놈들이 경제성 조작하라고 산업자원부에 시킨 거겠죠. 산자부는 원자력발전소를 운영하는 한수원에 시키고. 그래서 누가 덜 돌린다고 하라고 지시를 했는지 검찰에서 지금 수사를 하고 있어요."

"그래서 산자부장관이 불려가고 국장, 과장이 줄줄이 불려가고 기소되고 하는 거네요."

"그렇지요. 한참 쓸 수 있는 몇 조 원짜리 발전소를 그렇게 조작해서 죽이는 것은 큰 범죄지요."

"그러네요. 그런데 7000억 원을 날린다고 신문에 났던데 그건 또 무슨 돈이에요?"

그녀가 진지하게 물었다.

"좀 긴 이야긴데, 1980년대 월성 1호기가 준공되었을 때 정부가 30년 돌리라고 허가를 해줬어요."

"발전소를 몇 년 돌리는 것도 다 정부가 정해 줘요?"

"고물자동차를 타고 다니면 사고가 날 위험이 많지요?"

"네. 엔진이 낡아서 매연도 많이 나오고."

"원자력발전소는 사고가 나면 대형사고가 나니 안전이 최우선이에요. 그래서 발전소 건설비의 약 1/3은 안전설비에 투자해요. 1980년대 초는 원자력발전 초창기라 자동차의 엔진인 원자력발전소의 원자로가 얼마 동안 안전이 유지될지 정확히 몰랐어요. 원자로는 강철로 만든 원통인데 그 속에 핵연료를 장전하고 물속에서 핵연료를 태워요. 그럼 핵연료가 핵분열이 일어나며 막대한 열이 나오는데 물이 그 열을 원자로 밖으로 실어내요. 그 물 온도가 350도쯤 되고, 원자로 내 압력이 100기압이 넘어요. 그렇게 고온 고압에서 강철 원통이 얼마나 견딜 수 있나 하는 것은 화력발전소에서 보일러를 이미 오래 전부터 운전하여 잘 알고 있었는데, 우라늄이 핵분열하면 막대한 양의 방사선이 나와요. 강철이 방사선을 맞으면 딱딱해지면서 부스러지기 쉽게 돼요. 그럼 원자로를 더 이상 쓰면 안 되지요. 1980년대 초는 한 30년은 안전하게 견딜 수 있다고 여기고 30년 동안 원자력발전소를 돌리라고 정부가 허가해 줬어요. 원자로 안에 금속 시편을 넣고 매년 한 개씩 꺼내서 얼마나 딱딱해지나 검사해요. 검사해 보니 방사선을 맞아도 강철이 그렇게 딱딱해지지 않는 거예요. 그래서 미국을 비롯한 여러 나라에서 발전소 운전 기한을 60년, 80년으로 연장해 주고 있어요."

"그럼 발전소 수명을 늘려주는 거네요."

"그렇지요. 우리나라 발전소도 초기 고리 1,2호기, 월성 1호기는 30년, 그 후 1980년대 후반 준공한 원자력발전소는 40년, 지금 짓고 있는 원자력발전소는 아예 처음부터 60년 운전을 허가해 주고 있어요."

"사람 수명이 늘어난 것같이 발전소도 수명이 두 배나 늘어났네요?"

"그런 셈이지요. 자동차 엔진이 낡으면 보링해서 자동차를 더 운전하잖아요. 그것과 같이 처음 30년 운전 허가를 받은 발전소를 정비하여 10년씩 더 돌리겠다고 정부에 신청을 하면 정부가 안전성을 따져 보고 안전하다고 판단되면 10년씩 더 연장해 줘요. 외국도 다 그렇게 하고 있어요. 월성 1호기도 30년 허가 기간이 끝나가서 7,000억 원을 들여 발전소를 완전 정비하고 정부에 10년 운전 기한 연장 신청을 하여 300여 명의 전문가가 각 분야별로 안전성을 2년여 검토하여 2022년까지 운전하라고 연장 승인을 해줬어요."

"그런데 그 발전소 죽인다고 하던데요?"

"네, 죽였지요. 정부가 2022년까지 운전하라고 허가해 놓고 죽이려고 하니 명분이 없잖아요. 탈원전하려면 죽여야겠고, 그래서 돌려봐야 밑진다는 핑계를 대려고 돌리면 실제는 돈이 남는데 밑진다고 경제성을 조작하라고 시킨 거지요."

"아주 나쁜 놈들이네요. 그런데 왜 새로 짓지 헌 발전소를 더 돌리려고 해요?"

"발전소를 하나 새로 지으려면 한 4조 원이 들어요. 돌리던 발전소를 손보는 데는 몇 천억 들고. 월성도 7,000억 원 들여 다 고친 거는 10년만 더 돌리려고 한 것이 아니라 30년쯤 더 돌리려고 그런 큰돈을 들였어요. 미국은 지금 80년까지 연장해 주고 있어요."

"그럼 앞으로 50년 더 돌릴 수 있는 발전소를 죽인 거네요?"

"그런 셈이지요. 한참 더 쓸 수 있는 국가재산을 탈원전이라는 대통령의 이상한 철학 때문에 죽인 거죠."

"선생님 말씀 들어보니 신문에 난 것이 무슨 말인지 좀 이해되네요. 문학에 대한 것 배우려고 했는데 원자력 이야기 듣느라 미처 이야기 못했네요."

"식사도 끝나 가는데 나가서 커피 한잔 하며 이야기하지요."

"좋아요. 식사 끝나고 자문해 주세요."

그녀가 환하게 웃으며 말했다.

점심 값을 누가 낼 것인가 잠시 실랑이를 벌였다. 나는 여자와 밥을 먹으면 남자가 밥값을 내야 하는 구세대라고 우기며 밥값을 냈다.

커피숍에 마주 보고 앉았다. 커피 값은 그녀가 냈다. 나는 값이 싼 아메리카노를 주문했다.

"자문하실 것이 있다고 하셨는데 소설을 어떻게 하면 쓸 수 있나 하는 자문은 해 드릴 수가 없어요. 저 고등학교 때 이과였고, 공대 다녔고, 평생 기술 분야에서 근무했고 하여 소설작법 강의를 들은 적도 없고 작법 책을 읽은 적도 없어요."

"선생님 소설 잘 쓰시던데, 참 재미있고, 반전도 멋있고."

"겨우 기승전결만 알아요."

"선생님 창작집 보면 4차 산업혁명, 인공지능 로봇, 원자력 등 다양한 과학적인 줄거리가 나오던데, 저는 밤하늘의 별을 보며 우주를 소재로 한 소설을 쓰고 싶어요."

"우주를 소재로…. 그럼 천문학을 아셔야 하는데, 천문학 책으로 칼 세이건의 코스모스 읽으셨어요?"

"아니요."

"그 책을 보면 138억 년 전 빅뱅부터 어떻게 쿼크 전자 등 입자가 생겨났고, 빅뱅 후 30만년 후 수소가 생기고, 몇 억년 후 별이 생기고, 별이 늙어서 적색 거성이 되었다가 백색 외성이 되고, 초신성이 폭발을 하고, 다시 별이 되고 하는 과정이 잘 기술되어 있어요. 당연히 블랙홀도 기술되고. 그 책을 보다 보면 인간이 얼마나 미미한 존재인지 개똥철학을 하게 돼요."

"그럼 그 책 사서 봐야겠다."

그녀는 잊어버리기 전에 메모한다며 수첩을 꺼내서 저자와 책 이름을 썼다.

"내가 그 책 사서 보고 또 자문 받을게요."

그녀가 활짝 웃으며 말했다. 고르게 난 하얀 이가 보기 좋았다.

두 사람은 코로나 백신 이야기도 하고, 서울시장 재보선 이야기도 하며 한참을 떠들다가 헤어지며, 그녀가 추천받은 책을 다 읽고 난 후 다음 달에 만나자고 하고는 헤어졌다.

2

내가 단편을 쓰다가 잠시 눈을 쉬러 시선을 창밖의 야들야들한 신록에 두고 있을 때 송명자가 전화를 해 왔다.

"선생님 다음 주 만나면 어때요?"

내가 전화를 받자 그녀가 말했다.

"다음 주? 좋아요. 요사이 집콕이라 별 약속이 없어요."

"그럼 다음 주 화요일 12시에 지난번 뵈었던 식당에서 뵈면…?"

"그래요."

"그런데 선생님을 뵙고 싶어 하는 분이 있는데 같이 나가면…?"

"저를 보고 싶다는 분이 있어요?"

"네, 저 남녀 공학했던 건 아실 거고 법대 나온 동창에게 선생님 책 보여 드렸더니 공대 나오신 분 작품이 대단하시다며 뵙고 싶대요."

"그래요? 그럼 같이 나오세요. 그런데 소설 작법 같은 건 제가 말해 줄 수 없어요. 천문학 책은 보셨어요?"

"네, 봤는데 어려워요. 별을 주제로 하는 거, 쓰는 거 포기했어요. 다음 주에 뵈어요."

나는 네, 하고 대답하고 법대 나온 친구가 뭐 하러 나를 보려 하지, 하며 전화를 끊었다. 시간에 맞춰 음식점에 가니 그녀가 동년배 남자와 먼저 나와 기다리고 있었다. 김동수라고 자신을 소개한 남자는 키가 훤칠하니 크고 마스크 위로 보이는 눈매가 서글서글하다. 마스크를 벗고 보니 미남이다, 남녀 공학 학교에서 여학생에게 인기가 있었을 거 같다.

김동수는 법학박사, 대학 특임교수라는 명함을 나에게 건넸다. 그는 묻지도 않았는데 고시에 4번 떨어지고는 고시 포기하고 미국 유학 가서 박사를 하고 왔다고 자기를 소개했다.

나는 한 번 만난 여자와 처음 만난 남자와 밥을 먹으며 기분이 묘했다.

김동수는 공대 나오신 분이 어떻게 그렇게 글을 잘 쓰시냐고 입치레부터 했다. 자기도 책을 쓰는데 책을 쓰는 어려움이 큰 걸 안다며 존경한다고까지 하여 나를 어색하게 했다.

세 사람은 서울시장 선거 이야기도 하고, 코로나19 방역에 성공하여 마스크를 벗은 이스라엘 이야기도 하며 밥을 먹었다.

"선생님 공대 나오셨으니 뭐 하나 물어봐도 될까요?"

식사가 끝나갈 무렵 김동수가 진지한 표정으로 말했다.

"네, 말씀하시지요."

나는 나보다 한참 젊은 사람에게 깍듯이 말했다.

"2050년까지 탄소중립을 하고 중립위원회를 구성한다 하는데 우리나라가 휴전하고 중립국위원회 만든 생각이 나요. 뭘 중립하겠다는 거지요?"

"아 그거, 좀 길게 설명해도 되겠어요?"

"네, 그거 여쭈어 보려고 나왔습니다. 들을 준비됐습니다."

김동수가 말하자 송명자도 고개를 끄덕였다.

"한 2백만 년 전에 인류는 불을 만드는 방법을 알아냈어요. 불씨를 잘 보관하여 추위도 막고 사람보다 힘센 동물로부터 자신을 보호했지요, 그러다가 음식을 익혀 먹는 법도 알아냈지요. 그때 불은 나무나 마른 풀을 이용하여 일으켰어요. 불로 물을 끓이면 김이 나오는데, 한 3백 년 전에 그 김의 힘을 이용하는 방법을 알아냈어요. 증기기관을 발명한 거지요. 그리고 김을 만드는 데 나무 대신 석탄을 쓰기 시작했고, 그 다음 석유와 천연가스를 쓰기 시작했어요. 석탄이나 석유의 주요 성분이 탄소입니다. 그래서 석탄이나 석유를 태우면 탄산가스가 나와요."

나는 쉽게 설명하려고 단어 선택에 신경을 썼다. 두 애독자는 눈을 똑바로 뜨고 내 말을 경청했다.

"여름에 길가에 주차한 차속 온도가 50도도 넘게 덥지요."

두 사람이 내 말에 고개를 끄덕였다.

"그것은 유리창이 차 밖으로 자외선이 방출되는 것을 막기 때문입니다. 탄산가스는 태양에서 온 열을 대기 밖으로 방출하는 것을 막는 이불 역할을 해요. 그것을 지구온난화라고 하지요."

"아, 그렇게 설명해 주시니 지구온난화 잘 이해되네요. 지구온난화라는 말은 자주 들었는데 왜 그런지 잘 이해가 안 됐었는데…."

김동수가 고개를 끄덕이며 말했다.

"지금 석탄 석유 등 화석연료를 써서 일 년에 약 510억 톤 탄산가스가 방출돼요. 산업혁명 전과 비교해서 두 배쯤 늘었어요."

"얼마 안 늘었네요."

"산업혁명 전에는 탄산가스를 식물이 흡수하여 탄소동화작용으로 산소를 배출하여 자연적으로 균형을 잘 이루었는데 문명이 발달하며 화석연료 사용량이 늘어나자 지구가 소화할 수 있는 양보다 많은 탄산가스가 배출되어 자연이 소화하지 못한 탄산가스가 그대로 대기에 남아 이불 역할을 하며 지구온도를 올리기 시작했어요. 그래서 약 1.5도 올랐어요. 균형추가 무너지자 대기가 불안정하여 산불이 나고, 홍수가 나고, 태풍이 불고, 남극 북극의 얼음이 녹아 해수면이 높아지고, 사람이 살아가는 환경이 나빠지고 있어요. 그래서 탄산가스 배출을 줄이자는 운동이 탄소중립운동이에요."

"그런데 그것이 가능해요? 석탄 석유 안 쓰고 살 수 있어요?"

"그 이야기는 커피 마시면서 하시지요."

내가 밥을 거의 다 먹은 것을 보고 바로 일어나서 밥값을 계산하고 와서 말했다.

"저희들이 밥값을 내야 하는데, 그럼 제가 커피 사겠습니다."

김동수가 정색을 하고 말했다. 김동수가 각자 주문한 커피를 쟁반에 들고 와서 나눠주고 자리에 앉았다.

"선생님을 저희가 모셔야 하는데 오히려 대접을 받았습니다."

김동수가 미안한 표정으로 말했다.

"나이 많은 사람이 지갑을 열어야지요."

내가 너그럽게 웃으며 말했다.

"선생님 책을 두 권 사서 저의 동기들이 돌아가면서 보고 있어요. 모두 재미있다고 이틀이나 삼일이면 다 읽고 다음 사람에게 넘겨줘요. 보통 소설의 줄거리가 빈약하거나 무슨 말인지 알 수 없도록 장황하게 써서 지루한데 선생님 소설은 공대를 나오셔서 그런지 아주 스토리가 정연하고 필체가 간결하며 재미가 있어요."

김동수가 진지하게 말했다.

"잘 봐 주셔서 감사합니다."

"선생님 점심을 얻어먹었는데 술 하세요?"

김동수가 물었다.

"네, 아직 소주 한 병은 합니다."

"그럼 저녁을 모시겠습니다. 시간 내주시겠어요?"

"그럽시다. 빈대떡에 막걸리 먹는 집이면 좋지요."

"그럼 날짜를 주시면, 강남역에서 가까운 곳에 파전 빈대떡에 막걸리 마시기 좋은 집이 있어요. 그리로 모실게요."

"요사이 코로나로 집콕하는 형편이라 시간 많아요."

"그럼 다음 주 수요일 6시 어떻습니까?"

"좋아요."

"선생님 책 읽고 만나고 싶어 하는 동기들이 있으니 몇 사람 더 데리고 나올게요."

"5인 이상 만남 금진데요."

"인사만 나누고 두 테이블로 나눠 앉으면 돼요. 저희들 그렇게 하고 있어요."

"그럼 팬클럽이 되겠네요."

송명자가 말했다.

"팬클럽? 나 그런 모임 가질 만큼 큰 작가 아니에요."

"겸손의 말씀. 저희들은 선생님 작품에 푹 빠졌어요. 각 작품마다 주제가 있고 읽기 쉽고. 어쨌든 다음 수요일에 뵈어요. 제가 핸드폰으로 음식점 약도 보내 드릴게요."

김동수가 말했다.

송명자는 미소를 머금고 고개를 끄덕이며 김동수의 말에 동의를 표했다.

"선생님, 다음 만나는 약속은 됐고, 식사하시면서 끝내지 못한 토론 계속하시지요. 거창하게 탄소중립이라고 하는 것은 결국 탄소를 줄이겠다는 말이네요."

"네, 탄소를 제로로 하겠다는 말을 그렇게 하는 거죠."

"그런데 석탄 석유 안 쓰고 우리 생활이 정말 가능해요?"

"우리가 석탄 석유 등 화석에너지를 제일 많이 쓰는 분야는 제조분야로 우리가 쓰는 에너지의 30% 이상을 제철, 시멘트 제조, 생필품 제조 등 제조분야에 써요. 전기 생산에 또 30%보다 약간 덜 쓰고, 교통 운송에 약 20%, 동물 사육 재배에 약 16%, 나머지는 냉난방에 쓰지요."

"전기를 만들 때 탄산가스가 제일 많이 나오는 줄 알았는데 제조분야가 더 많네요."

김동수가 말했다.

"제조분야가 워낙 넓잖아요? 그런데 제조분야에서 바로 탄소를 줄이기는 어렵고 그래서 탄소중립을 달성하려면 더 많은 분야에 전기를 쓰도록 하려고 해요. 전기는 탄소가 덜 나오는 방법으로 생산할 수 있거든요. 예를 들면 수송분야에 전기자동차, 전기선박 등, 또 온도를 올리는 데 석탄이나 석유 대신 전기를 쓰고, 난방도 전기를 쓰고 하면 탄소가 안 나오는 전기를 만들면 탄소중립에 더 가까워지겠지요."

"그렇겠네요."

송명자가 눈을 크게 뜨고 나를 쳐다보며 말했다.

"태양광이나 풍력, 원자력 등은 탄소가 안 나오고 전기를 만들 수 있어요."
"아, 그래서 정부에서 풍력단지를 만들고 태양광 발전을 장려하는군요."
송명자가 말했다.
"그래요. 그런데 태양광이나 풍력은 기술 발달로 발전단가가 많이 싸지기는 했지만 아직 화석연료보다 비싸요. 또 발전이 간헐적이라 수요에 맞춰 발전할 수 없는 단점이 있고."
"간헐적이라는 말이 무슨 말이에요?"
송명자가 물었다.
"바람이 안 불면 풍력발전을 할 수가 없고, 해가 안 뜨면 태양광 발전을 할 수가 없어요."
"그러네요. 대관령 지나다 보면 풍차가 서 있는 것을 자주 보는데 그땐 발전기가 노는 거네요."
송명자가 말했다.
"그럼 원자력은? 값이 제일 싸다던데."
"네. 어떤 발전 방법보다 값이 싸요. 또 한참, 24시간 계속 발전할 수 있고."
"탄소중립을 하려면 원자력이 좋은 거 같은데 왜 문정부는 탈원전해요."
김동수가 물었다.
"원전이 안전하지 않다는 이유이지요."
"정말로 원전이 불안해요?"
송명자가 물었다.
"사람이 만든 기계 시스템 중 제일 안전한 축에 들어요. 지금 400여 기 원자력발전소가 돌아가고 있고 원전을 운전한 지 70년이 지나는 동안 큰 사고가 딱 세 번 났어요. 미국 TMI 사고, 소련 체르노빌 사고, 일본 후쿠시마 사고. 처음 두 사고는 운전원이 실수를 하여 난 사고고, 일본 건은 지진 후 쓰나미에 의한 자연재해지요. 자동차 사고와 비교하면 처음 두 사고는 운전수가 잘못 운전하여 난 사고고, 마지막 사고는 태풍이나 폭우로 휩쓸려 간 사고지요."
"70년에 세 번이면 많이 난 거 아니네요. 그런데 문통이 어디 연설하면서 후쿠시마 원전 사고 때 방사선으로 천삼백 몇 명 죽었다고 했는데."
김동수가 나를 빤히 쳐다보며 말했다.
"후쿠시마 원전 사고 때 방사선 피해로 죽은 사람 한 사람도 없어요."
"대통령이 그렇게 말했는데요?"
"천삼백 몇 명은 쓰나미로 죽은 사람 숫자이고 방사선으로 죽은 사람은 한 사람도 없어요. 일본 정부도 확인하고 국제원자력기구도 확인했어요. 고리 1호기 폐로식에서 대통령이 한 연설인데 밑에 놈들이 틀린 정보로 연설문을 써준 거죠."
"거 참, 나는 대통령의 말이라 믿었는데."
김동수가 혀를 끌끌 찼다.
"원자력 사고가 날 때마다 다시 나지 않도록 계속 기술 개발하여 새로 짓는 발전소는 초창기 발전소보다 천 배는 안전해요."
"그래요? 그럼 다른 나라도 탄소중립하려고 할 텐데 원자력을 제외하고 해요?"
"탄소중립에 당연히 원자력을 바탕에 깔고 하지요. 제일 싸고 탄산가스 방출이 없는 발전 방식이거든요."
"그런데 우리나라는 원전은 빼고 탄소중립한다는 것이 앙꼬는 빼고 만두 만드는 것 같네요. 억지 같다."
김동수가 심각한 표정으로 말했다.
"그래요. 그래도 문정부는 탈원전이 무슨 종교같이 밀어붙여요. 그 치들이 반대하는 이론을 잘 몰라요. 그냥 탈원전 선언하고 밀어붙이며 그 타당성 설명을 들은 기억이 없어요."
"그것도 내로남불, 이 정부의 한 면 같네요. 오늘 선생님 만나 또 공부했다."

송명자가 말했다.

"문학에 대해 말해 주지 못해 미안해요."

"전혀. 그래도 상식적인 거 많이 배웠는데요."

세 사람은 코로나에 대하여 좀 떠들다가 다음 만남을 기약하고 헤어졌다.

3

시간에 맞춰 민속주점에 들어서니 송명자와 김동수가 먼저 와서 처음 보는 여자와 한 식탁에 앉아있었다. 나는 그 식탁으로 다가가서 그들과 인사했다. 여섯 사람이 같이 왔는데 세 사람은 몇 테이블 건너 식탁에 앉아 있다가 우리 식탁으로 와서 내게 인사를 했다. 서로 이름을 대고 인사를 했으나 나는 그들의 이름은 외우지 못한다.

식당 종업원이 와서 서로 아는 체하다 신고당하면 300백만 원 벌금 문다며 세 사람을 그들의 자리로 돌려보냈다. 송명자 옆자리에 앉은 여인, 이성심은 신문사 신춘문예로 등단한 시인이라고 했다.

"처녀 때 등단했는데 결혼하고는 아이 둘하고 남편 뒤치다꺼리 하느라 동동거리며 시심이 다 날아가서 이제는 창작을 할 수가 없어요."

이성심이 수줍게 말했다.

"이제 애들도 다 컸는데 다시 시작하시지요. 한 번 시인은 영원한 시인인데. 저같이 문학수업 한 번도 안 받고 등단한 사람도 계속 작품을 쓰는데."

"창작 열정이 일지 않아요. 그냥 애독자로 만족할래요. 선생님 작품은 참 쉽고, 줄거리가 있고, 무엇을 쓰시고자 하는지 분명하고, 반전도 있고 하여 퍽 재미있게 읽었어요. 또 하나 과학적 상식도 배웠고요. 특히 탈원전 문제점을 쓴 단편을 읽고 탈원전이 무슨 문제가 있는지 알게 됐어요."

이성심이 차분하게 말했다.

"그렇게 말씀하시니 감사합니다."

내가 고개를 숙여 감사를 표했다.

"선생님, 코로나 백신 맞으셨어요?"

송명자가 물었다.

"아직 제 차례 안 왔어요. 다음 달에나 차례가 올지."

네 사람은 정부가 코로나 백신을 확보했다고 큰 소리 치고, 대통령도 해외 제약회사 회장과 전화하여 확보했다고 선전했었는데, 계약도 안 됐는데 뻥친 거 아니냐며 잘못을 솔직하게 인정하지 않는 정부를 성토했다.

"저 문통이 아스트라 제네카 백신 맞았다고 한 거 거짓이지요?"

송명자가 얼굴을 붉히며 말했다.

문재인 대통령이 아스트라 제네카 백신 맞는 장면을 티브이로 보여줬는데 화이자 백신을 맞으며 쇼를 했다는 SNS 글이 돌아다니고 있다.

"그 백신 맞은 거는 맞을 거요. 그런 루머가 돌아다니는 것이 문제지요. 대통령이 얼마나 국민에게 신용을 잃었으면 그런 유언비어가 다 돌아다니겠어요?"

내가 이맛살을 찌푸리며 말했다.

"그러게 말이요. 정치 이야기 재미없고 탄소세 물린다고 하던데 어떻게 공기에 세금을 물려요?"

이성심이 물었다.

"지금 지구온난화를 막는 것이 하나뿐인 지구를 살리는 급박한 과제로 대두되고 있어요. 그런데 지구온난화가 일어난 주요 원인은 산업혁명 후에 마구잡이로 쓰기 시작한 화석연료 때문입니다. 그래서 지구온난화 가스, 탄산가스를 배출하는 화석연료 사용을 억제하기 위하여 탄소세를 부과하고 있습니다."

내가 막걸리로 목을 축이며 담담한 목소리로 말했다.

"그럼 얼마나 물려요?"

송명자가 눈을 크게 뜨며 말했다.

"유럽은 톤당 6만원, 미국은 오바마 대통령일 때는 톤당 51불이었는데,

기후변화협약 탈퇴를 단행한 트럼프 대통령 때는 8불로 낮췄다가 기후변화협약 복귀를 선언한 바이든 시대에는 다시 51불로 돌아갔어요."

"트럼프 대통령은 왜 기후변화협약을 탈퇴하고 탄소세를 낮췄어요?"

"지금 기온이 오르는 것은 지구에서 빙하기가 왔다가 간빙기가 오는 등 자연적인 순환현상으로 보는 학자가 있어요. 탄산가스 방출 때문에 지구온난화가 일어난 것이 아니고 지구환경 순환과정의 하나로 보는 거지요. 트럼프가 그런 학자들의 말을 들은 거겠지요. 또 탄산가스 방출원인 화석연료를 사용하는 인프라가 아주 잘 짜여 있어 그 사용을 억제하면 당장 경제에 마이너스 영향이 와요. 산업을 일으켜 일자리 만드는 것을 최우선 정책으로 하는 트럼프는 그의 임기 중 산업에 마이너스 영향을 주는 정책을 폐기하는 쪽으로 정책을 정한 거죠."

"미국이 중국 다음으로 온난화 가스를 많이 방출한다고 하던데 너무 이기적인 정책 아닌가요?"

김동수가 말했다.

"힘센 놈이 자기 마음대로 하겠다는데 누가 말려요?"

내가 시니컬하게 말했다.

"그럼 우리나라는 탄소세가 얼마에요?"

송명자가 물었다.

"지금 국회에서 도입을 논의하고 있어요. 톤당 4만원에서 8만원을 검토하고 있지요."

"우리나라는 아직 없네요? 그럼 석탄을 많이 쓰는 기업에게 탄소세를 물리게 되면 제품가격을 올려야겠네요?"

"네, 발전분야나 철강, 시멘트 생산업체들은 제품 값을 올려야겠지요."

"결국 그 세금을 소비자인 우리가 물어야 하네요."

"우리나라 석탄발전소 발전단가가 원자력 다음으로 싼데 탄소세를 물리면 수력발전보다 비싸지겠지요."

"우리나라 전기 값이 싸다고 들었는데 탄소세 물리면 올라가겠네요."
김동수가 물었다.
"지금 우리나라 전기 값은 일본의 반, 독일의 1/3 수준인데 그 차이가 줄어들겠지요."
"우리나라 전기 값이 그렇게 싸요, 다른 나라에 비해서?"
이성심이 눈을 크게 뜨고 말했다.
"네. 그렇게 전기 값이 싼 이유 중 하나는 발전원가가 싼 원자력 발전이 밑에서 받쳐주고 있어서입니다. 이 정부 들어 탈원전하는 바람에 원전 가동률이 뚝 떨어진 2017년 2018년 한전이 적자로 돌아섰다가 가동률이 정상을 찾은 2020년에는 흑자로 돌아섰어요."
"신문에서 본 것 같아요. 그런데 탄산가스는 기업이 배출하는데 그 비용은 우리가 다 물어야 해요?"
이성심이 심각한 표정으로 물었다.
"그럼 누가 뭅니까? 우리가 소비잔데. 우리 쓰라고 전기 만들고, 시멘트 만들고 하는데."
"그런가요? 2050년까지 탈원전하고 탄소중립하면 전기 요금이 많이 오르겠네요?"
"그럴 가능성이 크지요. 지금 우리가 쓰는 에너지의 약 25%만 전기로 공급하고 있는데 2050년 탄소중립 달성을 위해 전기 쓰는 분야를 더 늘리려고 하고 있어요. 다른 분야는 탈탄소가 쉽지 않아요. 전기는 화석연료가 아니라도 태양광, 풍력, 원자력 등으로 생산할 수 있지요."
"그래요? 지금 얼마나 전기를 만들어요?"
"우리나라 발전시설 용량이 약 1억3천만 kw 돼요. 2019년 약 5억8천만 GWH 발전했고요. 재생에너지는 그중 약 7%를 담당했어요."
"그 숫자가 얼마나 큰지는 잘 모르겠고 북한은 7백만 kw인가 된다고 신문에서 봤는데 남한의 1/20 밖에 안 되네요."

이성심이 말했다

"그래요. 북한은 극도로 전력난에 허덕이고 있지요. 발전량이 우리나라의 1/300 정도예요. 정부는 2050년까지 2019년 발전량만큼의 에너지를 태양광 발전으로 메우려 하고 있어요. 지금 태양광 효율이 약 20%인데 35%로 올리는 연구가 막바지 단계에요. 35%로 되면 국토 면적의 약 3%를 태양광 패널로 덮으면 2019년에 생산한 전기량만큼 전기를 태양광으로 생산할 수 있어요."

"와, 국토면적의 3%나 태양광 패널로 덮는다고요? 그럼 국토가 시커멓겠다. 지금 산비탈에 세워진 태양광 발전소 보면 경관을 해쳐 보기 싫은데."

"지상에만 까는 것이 아니라 지붕, 아파트 벽 등에 패널을 깔 겁니다. 유리창에 덮는 투명한 패널이 곧 나올 거고."

"신문 보니 태양광 발전하면 중국만 좋다던데 그게 무슨 말이에요?"

이성심이 나를 빤히 쳐다보며 말했다.

젊은 여자가 빤히 쳐다보자 나는 좀 쑥스러워졌다.

"태양광 패널 시장을 중국이 다 먹어요. 셀 시장 60% 이상을 중국에게 빼앗겼어요."

"왜 우리나라 제품이 더 좋을 텐데요?"

"약간 효율은 높은데 가격 경쟁이 안 돼요. 그래서 시장에서 중국에 밀리고 있어요. 태양광 발전하면 정부에서 세금으로 보조금 주는데 중국이 그 보조금을 다 먹는 셈이지요. 2000년대 초부터 태양광 발전 건설을 열심히 한 독일은 중국에게 시장을 다 빼앗겼어요. 20년 수명이 다 된 패널을 폐기해야 하는데 패널에 든 중금속을 분리하고 폐기해야 하는데 독일 내에 태양광 패널 생산업소가 하나도 없어 지금 고민하고 있어요."

"잘못하면 우리나라도 독일같이 되겠네요. 그럼 외국에도 원전을 없애는 나라가 있지요?"

"대표적인 나라가 독일입니다. 2001년부터 탈원전을 시작했어요. 그 여

파로 전기요금이 유럽에서 제일 비싸요. 다른 나라들은 탈탄소 방법의 가장 좋은 방법으로 원전을 꼽고 있어요. 원전은 기술이 확립됐고, 간헐성도 없고, 대량 생산이 가능하고. 국제에너지협회, IEA에 의하면 지금 세계에너지의 5%를 원자력이 담당하는데 각국이 탄소중립을 달성하려면 원자력의 비중을 늘릴 수밖에 없어 2050년에는 원전 비중이 11%까지 늘어날 것으로 예측하고 있어요."

"그래요, 두 배 이상 느네요. 국토도 좁은 우리나라가 2050년까지 탄소중립한다면서 탈원전하는 것은 잘못된 정책이네요."

김동수가 막걸리 씹으며 말했다.

"잘못한 것은 맞는데 문통 고집이 쇠심줄이라 잘못한 것을 고치지 않아요."

"문통은 잘못한 정책을 절대 바꾸지 않잖아요. 소득주도 성장, 최저임금 급등, 주 52시간 근무 등 문제점이 노출돼도 바꾸기는커녕 보완할 생각도 않잖아요."

김동수가 시니컬하게 말했다.

"이제 임기 일 년 남았으니 1년만 참읍시다."

송명자가 말했다.

"참 선생님 RE 100이 뭐에요?"

김동수가 물었다.

"그거 탈탄소운동인데 탄소를 대량 배출하는 곳은 기업체예요. 그래서 기업체가 2050년까지 그 기업체서 쓰는 에너지 100%를 탄소중립 에너지로 쓴다는 운동입니다. 2014년에 발족했는데 지금 약 300개 기업이 참여했고, 우리나라는 SK그룹과 아모레 퍼시픽이 참여했어요."

"기업체가 솔선하여 더 비싼 에너지를 쓰며 지구환경을 지키겠다는 운동이네요?"

"네, 그런 운동이지요."

"그런데 지소미아는 알겠는데 텍소노미는 뭐에요?"

김동수가 또 물었다.

"지소미아는 한일정보협정을 문정부가 파기하려고 하여 자주 언론에 보도돼서 아실 거고, 텍소노미는 그린 텍소노미라고 하여 녹색 탄소 분류체계입니다. 에너지 중 어느 에너지가 탄소를 덜 내는 에너지인가 분류하는 거죠. 태양열과 풍력 등은 이의 없이 녹색 에너지로 분류되는데, EU에서 프랑스 등 친원전 국가는 원자력을 녹색 에너지로 분류하자고 하고 독일 등 반원전 국가는 그럴 수 없다고 우기고 있어요. 결국 잠정적으로 그린 에너지를 분류하기로 결정하였지요."

"그런 거군요? 그런데 탄소국경세를 물린다던데 공기가 국경을 넘어가는 것을 어떻게 규제해요?"

"제품을 생산할 때 얼마나 탄소를 적게 배출하려고 노력했나를 측정하는 겁니다. 그래서 EU에서 생산할 때보다 탄소저감 노력이 적은 나라 제품에는 세금을 물리는 거죠. 2025년까지 모니터링하고 2026년부터 시행하겠다는 겁니다. 포항제철 등이 문제가 되겠지요."

"그런 거예요? 선생님 이야기 저쪽 테이블에 앉은 일행이 같이 들었으면 좋았을 텐데 우리만 들어 아쉽네요. 빨리 우리나라도 이스라엘같이 코로나 청정국이 되어야 할 텐데."

이성심이 아쉽다는 표정을 지으며 말했다.

"이 시인님도 이제 아이들도 다 크고 하니 다시 시심을 불러일으키시지요."

내가 이성심을 빤히 쳐다보며 말했다.

"무슨 계기가 있어야 하는데 선생님이 좀 계기를 마련해 주세요."

이성심이 얼굴을 붉히며 말했다.

"와, 이 시인이 선생님한테 데이트하자고 프러포즈하네."

송명자가 이성심을 쳐다보며 놀렸다.

"그렇게 들렸나? 우리 나이에 연애는 그렇고, 가끔 이렇게 만나서 선생님에게 이것저것 배우다 보면 무슨 영감이 떠오르지 않을까?"

이성심이 천장을 보며 혼잣말을 했다.

나는 그녀의 공허해 하는 모습을 매력적이라 생각하며 그냥 허허 웃었다.

4

나는 강남역에서 신분당선을 탔다. 애독자들을 만나러 간다.

송명자는 수지에 살고, 김동수는 기흥에 살아 매번 서울까지 나를 만나러 오는 것이 번거로울 것 같아 이번엔 내가 그 쪽으로 가기로 했다.

경로석에 앉은 나는 한참 동안 지하철을 타야 해서 핸드폰을 꺼내 뉴스를 검색했다. 코로나19 환자가 1,700명 선으로 다시 늘어났다는 기사가 떴다. 나는 교회, 성당, 절, 사원에서 전세계 신도들이 코로나를 물리쳐 달라고 그렇게 간절히 기도하는데 여호와, 부처님, 알라는 무엇을 하시기에 코로나 창궐을 보고만 계실까, 했다.

인도에서 하루에 30만 명이 넘는 신규 확진자가 발생했다는 뉴스다. 힌두교의 브라만, 비슈누, 시바 등 3신과 인도인이 섬기는 그 많은 신들은 경배만 받고 손 놓고 있나, 했다.

중세 유럽에 흑사병이 유행할 때 신부, 수녀 등이 일반인과 차별 없이 죽는 바람에 모든 세상사를 여호와 하나님의 섭리로 해석하던 중세 사람들의 인지가 깨어나서 르네상스가 일어났던 역사가 떠올랐다.

내가 사는 아파트 상가 3층 한 칸을 빌려 목회를 하던 작은 교회가 코로나 거리두기 바람에 문을 닫았다.

그 목사님은 지금 무엇을 하여 일용할 양식을 구할까? 택배 일꾼을 하는 거 아냐? 하나님이 그의 종에게 좋은 직장을 마련해 주셨을까?

뉴스를 뒤지며 실없는 생각을 하는 사이 전철이 목적지인 수지구청역에 도착했다. 김동수가 알려준 민속음식점은 찾기 쉬웠다. 나는 안주를 가리지 않고 술을 즐기는 편인데, 김동수는 내 나이를 고려하여 매번 민속주점을 약속장소로 정했다.

오늘 송명자는 네 번째, 김동수는 세 번째, 이성심은 두 번째 만난다. 지난번 모임에 나왔던 다른 독자들은 다른 식탁에 앉아 작가와 대화 한 번도 할 수 없는 모임에 나오지 않겠다고 했단다.

애독자들이 먼저 와서 자리를 잡고 나를 반겼다. 파전, 빈대떡, 조개탕 안주에 동동주를 한 동이 시켰다. 표주박으로 술잔을 채우고 건배를 하고 첫잔을 죽 들이켰다. 송명자와 이성심은 술을 잘 하는 편이다.

"선생님 2주일 만에 뵙는데 더 건강해 보이십니다."

김동수가 입치레를 했다.

"집콕하여 햇빛을 덜 받아 얼굴이 하얗겠지요."

내가 미소를 띠며 답했다.

"선생님, 오늘도 좀 배워야겠어요, 후쿠시마 오염수 배출한다고 신문에 난리인데 정말 그렇게 위험한 겁니까?"

송명자가 물었다.

"감정적으로 말할까요, 기술적으로 말할까요?"

내가 웃으며 말했다.

"무슨 말씀?"

이성심이 눈을 크게 뜨고 나를 쳐다봤다. 그 눈길이 참 예쁘다.

"대일 감정을 가지고 말하면 방출은 말도 안 되는 겁니다. 기술적으로 말씀드리면 그 오염수에 제일 먼저 노출되는 사람들은 누구지요?"

"일본 사람들이지요. 일본 어민."

송명자가 그런 걸 왜 묻느냐는 투로 말했다.

"일본이 우리보다 잘 살지요?"

"네."

세 애독자가 동시에 대답했다.

"일본 정부가 자기 백성 죽이는 일 하겠어요?"

세 사람은 서로 쳐다보며 대답을 안 했다.

"세 분 해수욕하면서 물속에서 소변 본 적 있지요?"

김동수가 예, 하고 대답했다. 두 여자는 얼굴을 붉히며 서로 쳐다봤다.

"바다 물속에서 해변까지 나오기 귀찮아 물속에서 그냥 소변보고 바닷물이 더럽다고 수영 안 하고 그냥 모래사장으로 나오셨어요?"

"아니요. 그냥 수영했지요."

김동수가 대답했다.

"일본 정부가 현재 저장중인 120만 톤 오염수를 몇 십 년에 걸쳐 여과장치에서 거르고 희석하여 방출한다고 했어요. 30년 걸려 방출한다면 일 년에 4만 톤 방출하는 거요. 그 큰 바다에 오줌 누는 수준이에요. 거른다고 해도 세슘이나 스트론튬 등이 미량 방출될 거요. 그 양은 국제원자력기구가 정한 기준보다 훨씬 낮은 수준일 겁니다. 열강들이 핵무기 개발하면서 2천 번도 넘게 핵실험했어요. 그래서 우리나라 땅 어디를 파도 흙에서 세슘137 검출돼요. 더구나 체르노빌 사고 때 다량이 대기로 방출되었어요."

"세슘이 뭐예요?"

이성심이 물었다.

"아, 자연에 있는 원소 중 하나예요. 산소나 수소같이. 자연에 있는 세슘은 안정된 원소인데 세슘137은 자연에는 없고 핵무기 실험을 한다든지 원자력발전소에서 핵분열을 할 때 생기는 원소로 반감기 30년 쯤 되는 방사성원소예요."

"반감기는 뭐요?"

"불안정한 원소가 저절로 방사선 붕괴를 일으켜 안정된 원소로 바뀌는데 그 절반이 붕괴되는 시간입니다."

"그러니까 30년이 지나면 저절로 나오는 방사선이 절반으로 준다는 말씀이네요."

"네. 카이스트 교수가 분석한 바에 따르면 그 방출수를 일 년 마시면 X선 한 번 찍는 것의 1/1000쯤 방사선을 추가로 받는다고 했어요. 우리가 일상적으로 받는 방사선의 수백분의 일 수준이지요. 우리 정부도 후쿠시마 원전사고 나고 그 영향이 우리 해양에 미치나 계속 모니터링하고 있는데 그 영향을 찾지 못했어요."

"그래요? 우리가 일상적으로 방사선을 받아요?"

이성심이 눈을 크게 뜨고 물었다.

"네, 지각에는 우라늄, 토륨 등 방사선을 내는 물질이 매장되어 있어 방사선을 내고 있고, 우주에서 방사선이 들어오고 있어요. 우주선이라고 하지요. 그래서 우리 몸에서도 방사선이 나와요. 한 7,000베크렐쯤."

"베크렐 그건 또 뭐에요?"

송영자가 물었다.

"아, 길이를 잴 때는 미터, 무게를 잴 때는 킬로그램 하는 거같이 방사선 세기를 재는 단위예요. 우리 몸은 그렇게 작은 방사선에는 면역이 되어 있어 맞아도 아무 문제없어요."

"그럼 일본이 오염수 방출하는 거 문제없다는 말씀이네요."

"일본이 국제기준을 준수하는 한 문제없습니다. 또 일본 정부는 국제원자력기구와 협의하여 방출 때 기준치 이하로 방출하는지 국제원자력기구의 감시를 받기로 했어요. 다 자기 국민 건강 지키려 할 테니 그런 거 너무 신경 쓰지 맙시다. 신경 쓰면 늙어요. 편히 삽시다."

"정부가 대일감정을 이용하여 언론몰이하는 거구나."

이성심이 결론을 내렸다. 나는 이성심의 말에 대답은 안 했다.

"참 2050 탄소중립 말씀해 주셨는데, 에너지의 많은 부분을 전기로 쓰도록 유도하고, 전기는 탄산가스가 덜 나오는 원전, 태양광, 풍력 등으로 한다고 하셨는데 그렇게만 하면 2050년에 탄소중립은 되는 건가요?"

송명자가 나를 빤히 쳐다보며 말했다.

나는 나보다 한참 젊은 여자가 빤히 쳐다보자 무안해서 시선을 피했다.

"그 외에 탄산가스 포집장치를 개발하고 있고, 수소를 연료로 쓰는 방안도 추진하고 있지요."

"공기, 탄산가스를 다 잡아요?"

이성심이 눈을 크게 뜨며 물었다.

"우리나라 초창기 가난할 때 화력발전소를 싼 값에 지어야 해서 석탄이나 석유 속에 들어 있는 유황이 탈 때 나오는 아황산가스나 산화질소가스를 그냥 대기로 내보냈었어요. 그럼 그 가스가 황산이 되고 질산이 되어 산성비가 내렸고, 수목이 죽고 호수가 황폐화해지지요. 국민 소득이 5,000불을 넘어서자 환경에 관심을 가지기 시작하여 발전소에 1억불씩 들여 탈황설비와 탈질설비를 갖추게 되었으며, 그 후 미세먼지를 잡는 시설도 갖추어 환경에 피해를 극소화하고 있어요. 그러나 아직 탄산가스를 잡는 시설은 없어요. 몇 년 내에 화력발전소에서 나오는 탄산가스 대부분을 포집하여 지구온난화를 막을 겁니다. 석탄을 많이 쓰는 제철 공장, 시멘트 공장 등에도 도입되면 탄산가스 감축에 크게 기여할 수 있을 거요."

"탄산가스를 잡는다? 좀 신기하네요. 며칠 전 수소기지 건립한다는 기사를 봤는데 수소를 쓰려는 거지요?"

이성심이 말했다.

"지난 200년 동안 세계 인구는 8배, 국민 소득은 120배 늘었어요. 그렇게 생활이 좋아지는데 에너지가 큰 역할을 했는데 에너지 수요가 30배나 늘었어요. 앞으로도 인구도 늘고 더 잘 살게 되면 에너지가 더 필요할 거요. 수소가 타면 산소와 결합하여 물이 됩니다. 그러므로 수소를 태우면 오염물질이 안 나오지요. 그래서 수소자동차도 나오고. 그런 수소를 2050년 약 5억 톤 생산하여 에너지 수요의 약 20%를 충당할 계획입니다. 그런데 지금 쓰는 수소는 석유정제 과정에서 나오는 수소를 모아서 쓰는 겁니다. 그 양이 제한적이지요. 수소는 자연에 혼자 있지 못하고 산소와 결합하여 물의 형태로 있어요. 물에서 수소를 분리해야 하는데 쉬운 방법은 전기분해하는 거요. 그런데 수소에서 얻는 에너지의 값이 전기분해하는 데 들어가는 전기 값이 3배나 더 들어요. 그래서 잉여 재생 에너지 전기를 수전해 전기분해하는 거 추진하고 있어요. 다른 방법으로 물을 약 1,000도까지 데워서 촉매제를 넣어 산소와 분리할 수 있는데 물을 1,000도까지 끓이려면 화석연료를 써야 하고, 거기서 탄산가스가 나오며 그렇게 생산하면 수소의 경제성이 없어요. 원자력을 이용하여 고온을 얻는 방법이 있어요. 지금 고리나 월성 등에서 운전하는 원전은 물의 온도가 350도 정도여서 사용할 수 없고, 가스 냉각로는 값싸게 높은 온도의 물을 얻을 수 있어요. 정부에서 연구개발비를 대면 세계에서 제일가는 원전 기술을 가진 우리나라가 수소 생산의 선두주자가 될 수 있을 거요."

"탈원전한다는데, 그런 연구비를 댈 것 같지 않은데요. 그런데 잉여 재생 에너지는 뭐예요?"

김동수가 고개를 갸웃하며 물었다.

"아, 재생에너지는 그 생산이 간헐적이에요. 바람이 잘 불고 해가 쨍쨍하면 재생에너지 생산량이 전기 수요보다 더 많이 생산될 수가 있어요. 그 잉여전기를 이용하여 물을 전기분해하자는 거지요."

"우리나라는 그 방법이 그렇게 현실적인 방법이 될 것 같지 않은데요."

이성심이 말했다.

"그렇지요. 우리나라는 국토도 좁고 하여 잉여 재생에너지 생산을 기대하기 어려워요. 또 수소가 생산돼도 충전소를 건설해야 하는데 수소가 대기로 새어 나오면 산소와 결합하여 폭발하는데 그 폭발력이 대단하여 주거지 이웃에 저장소를 건설하려면 민원이 대단할 거요. 어쨌든 수소 이용도 탄소 제로 추진 방안의 하나입니다. 그래서 정부에서 수소법도 만들고 수소위원회도 결성하여 수소 이용을 추진하려 하고 있어요. 문제는 어떻게 싸게 수소를 생산하느냐는 겁니다."

"탄소중립 달성이 말같이 쉽지 않네요. 탈원전정책은 탄소중립한다며 택할 정책은 더더욱 아닌 거 같네요. 한수원에서 발표한 여론조사 결과를 보면 국민의 14.5%만 원전을 반대하던데 문정부는 왜 탈원전을 고집하지요? 수소 만드는 데도 원자력이 좋다고 하시는데."

김동수가 말했다.

"그 패거리들 탈원전은 일종의 사이비 종교를 믿는 것 같아요. 2050년까지 탄소중립 달성하려고 기술개발 상황도 안 보고 밀어붙이면 산업이 망가질 수 있어요. 탄소 포집기술 개발도 안 됐는데 제철회사보고 탄소중립하라고 하면 공장 문을 닫을 수밖에 없어요. 우리나라 자동차산업, 조선산업 등이야말로 포항제철 등 제철산업이 밑에서 받쳐줘서 세계적인 회사가 됐어요. 탄소중립을 마구 밀어붙이면 제철회사가 죽고 나머지 산업도 죽어요. 탄소중립은 중요하지만 탈탄소 기술개발을 봐가면서 추진해야 해요."

"그럴 것 같네요. 이렇게 선생님 만날 때마다 좋은 정보 얻을 수 있어 감사합니다."

김동수가 깍듯이 인사를 했다. 다른 두 애독자가 고개를 끄덕이며 동의를 표했다. 나는 허허 웃으며 애독자를 건너다봤다.

"참 선생님, 저더러 시심을 불러일으키라 했지요? 그 계기를 좀 만들어주세요."

이성심이 나를 빤히 쳐다보며 말했다.

"선생님, 성심이가 선생님과 데이트하자는데 저 질투 안 할 거니 두 분이 따로 만나시지요."

송명자가 웃는 얼굴로 말했다.

"저더러 데이트를 하라고요?"

나는 허허 웃으며 젊은 애독자와 데이트를, 하며 로맨스그레이를 즐겨봐, 하고 생각하며 웃음을 삼켰다.

메타버스 속으로

1

오병선은 또 계장 진급에서 탈락했다. 벌써 4년째다. 그의 입사 동기 대부분이 진급했는데, 그는 이번에도 진급자 명단에 이름을 올리지 못했다.

오병선은 자괴감이 든다. 아내를 볼 낯이 없다. 가족들 볼 낯이 없다.

오병선은 인사처에 근무하는 입사 동기인 인사계장에게 그가 진급에서 탈락한 이유를 물었다.

"직속 상사 우 계장의 근무평정이 나빠 진급서열이 낮아 진급에서 밀린 거야. 우 계장이랑 관계가 왜 그리 나빠?"

인사계장이 오히려 반문했다.

오병선은 구매부서에 근무한다. 우 계장은 오병선보다 2년 늦게 입사했는데 먼저 진급했다.

오병선이 그보다 늦게 입사한 상사에게 불손하게 굴지는 않았지만, 그의 부당한 지시(?)를 고분고분 따르지 않고 원리 원칙대로 업무를 처리하려 한 것이 우 계장의 눈 밖에 난 모양이다.

회사 규칙상 5천만 원 이하 계약은 수의계약으로 구매할 수가 있다.

우 계장이 계장으로 부임하고 한 달쯤 지나 회사가 쓸 사무용품을 구입할 일이 있었다. 총 구입금액이 5천만 원 미만이라 수의계약으로 구입하면 된다.

오병선은 우 계장에게 사무용품을 납품한 실적이 있는 태평양상사와 우주상회 두 곳의 견적을 받아 더 싸게 견적한 회사 물건을 사면 된다고 우 계장에게 건의했다. 우 계장은 그렇게 추진하라고 지시했다.

두 회사가 오후 5시 시간에 맞춰 견적서를 냈다. 견적서를 개함하니 태평양상사의 견적 가격이 더 쌌다.

오병선이 태평양상사와 계약하겠다고 결재를 올리자, 우 계장은 오늘 일과 시간도 다 됐으니 내일 아침에 결재 올리라고 하며 처리를 미뤘다. 오병선이 결재 서류를 거둬들고 그의 자리로 가자 바로 우 계장이 누구와 농담을 주고받으며 전화했다, 전화하는 소리가 오병선의 자리까지 들렸다.

오병선이 퇴근하려고 책상을 치울 때 우주상회 사장이 허겁지겁 사무실로 들어오더니 우 계장에게 봉투를 전했다. 우 계장이 봉투를 열어 보고, 오병선에게 건네며 이대로 결재를 올리라고 했다.

오병선이 봉투를 받아 내용물을 확인하니 새 견적서다. 바꿔낸 견적서 가격이 태평양상사보다 백만 원 더 싸다.

"이거 태평양상사에서 알면 문제 되는데요."

오병선이 이의를 제기했다.

"그걸 어떻게 알아? 오병선 씨와 나만 아는 건데."

우 계장이 직위로 오병선을 윽박질렀다.

오병선은 저는 그렇게는 못합니다, 하고 봉투를 우 계장 책상에 던지고 퇴근해 버렸다.

다음 날 오병선이 출근하니 우 계장이 우주상회에서 구매하는 것으로 전결권자인 과장이 결재한 서류를 오병선에게 내밀며 이대로 추진하라고 했다.

오병선의 결재란에는 그의 서명이 들어있었다. 누군가 그의 서명을 대신 했다. 오병선은 어이도 없고 화도 나서 우 계장을 노려보고 결재 서류를 우 계장 책상에 던지고 이 무슨 야바위요, 소리치고 사무실을 뛰쳐나갔다.

오병선은 회사 근처 다방에 가서 차를 마시며, 이 일을 어떻게 처리할까 처절하게 고민했다. 당장 경위를 과장에게 보고하고 바로 잡을까 아님 모르는 체할까 고민했다. 그래도, 하며 그는 바로 결론을 내리지 못하고 생각에 생각을 거듭하며 고민하다가 다방을 나와 한강 고수부지로 가서 산책로를 걸으며 뭐 그런 새끼가 다 있어, 얼마 받아 처먹은 거야, 팍 고발해 버려, 하다가 일을 키워봐야 이미 우주상회에 구매를 통보했을 텐데, 까발리고 뒤집으면 아주 시끄러워질 텐데. 좋은 게 좋은 거, 눈감고 넘어가, 안 되지 이런 부정을 그냥 눈감아 줘, 하고 두 갈래 길에서 고민했다.

오병선은 인생이 뭐 이래, 하고 한탄하다가 좋은 것이 좋은 것이지, 하며 그냥 이 일을 모른 체하기로 하고 자신의 힘없음을 한탄하며 오후에 회사에 슬며시 복귀했다.

그 후 우 계장은 그보다 입사 선배인 오병선을 눈엣가시로 여겼다. 오병선은 과장에게 다른 부서로 전보시켜 달라고 청했으나 과장은 우 계장이 발령받은 지 얼마 안 돼 아직 구매 업무에 서투르니 도와주라며 그의 요구를 묵살했다.

그렇게 우 계장과 같이 근무한 2년 동안 직속 상사로부터 최하위 고과를 받은 오병선은 진급하지 못했다.

"당신 또 미역국 먹었다며."

풀이 죽어 퇴근한 오병선은 아내의 칭찬(?)을 들으며 부끄럽기도 하고 화도 나서 서재로 들어가서 컴퓨터를 키고 메타버스 속으로 자신을 숨겼다.

오병선은 Battle Archery Game을 열었다.

배틀 아춰리 게임은 올림픽 양궁 경기에서 따온 게임이다. 올림픽 경기는 70m 거리에서 화살을 쏘지만 배틀 아춰리 게임은 30m, 50m, 70m, 100m 거리에서 화살을 조준한다.

30m 거리에서 상대를 한 번 이기면 5유니트를 획득한다. 25유니트를 확보하면 50m 사거리에 버티고 있는 Queen에게 도전할 수 있다. Queen을 열 번 이기면 다음 단계인 70m 사대에 서서 King에게 도전한다. King을 20번 꺾으면 100m 사대에 선다. 대망의 100m 사선에서 Emperor에게 도전할 수가 있다. Emperor를 이기면 축하 팡파르가 울리고 천하의 주인공이 된다. 500유니트 상품도 주어진다.

돈으로 도전권을 살 수도 있다. 1,000원을 내면 Queen에게 도전할 수 있고, 2,000원을 내면 King에게 도전할 수가 있다. 5,000원을 내면 바로 Emperor에게 도전할 수가 있다.

오병선은 그동안 모아놓은 유니트를 다 걸고 50m 사대에 서서 Queen에 도전했다. 그는 Queen이 고과를 엉망으로 준 우 계장이라고 생각하며 우 계장의 심장을 쏘는 기분으로 한 발 한 발 화살을 쐈다. 마음이 흐트러진 상태에서 쏜 화실은 10점 과녁을 비껴갔다. 화살이 8점, 7점까지 빗나갔다.

그는 Queen을 꺾지 못하고 벌어놓은 유니트를 다 날렸다. 그는 다시 게임을 시작하여 누군지 모르는 활꾼과 겨뤄 다섯 번을 이기고 25유니트를 확보하여 다시 Queen에게 도전을 할 만큼 마음의 여유가 없었다.

현실 세계에서는 우 계장의 농간으로 진급에 실패했지만, 메타버스 세계에서마저 어기적거리며 다시 다섯 번 이기는 게임을 할 만큼 마음의 여유가 없었다. 그는 1,000원을 내고 25유니트를 사서 바로 Queen에게 도전했다.

조급하고 평정심을 잃은 그는 당연히 또 Queen, 우 계장을 꺾지 못하고 참패했다. 그가 다시 1,000원을 던지고 도전권을 사려는 순간 아내가 당신 뭐해 저녁 먹어, 하고 소리쳤다. 오병선은 주춤하며 베팅을 멈추고 컴퓨터 화면에 뜬 과녁을 응시했다. Queen, 우 계장의 심장을 꿰뚫고 복수를 하고 싶었으나 아내의 목소리가 그의 복수를 늦추게 했다.

아무런 반응이 없자, 아내가 서재로 들어와서, 당신 저녁도 안 먹고 다 큰 어른이 진급에 떨어지고 게임이나 하는 거야, 하며 그를 질책했다.

"진급에도 떨어진 놈이 무슨 밥."

오병선이 의미 없는 저항을 했다.

"진급에 떨어진 것은 떨어진 것이고 우선 먹고 힘을 내야지. 밥 안 먹고 버티며 나 과부 만들 거야?"

아내가 남편의 손을 끌며 쫑알거렸다.

"과부는 무슨 과부, 나 죽으면 새 시집가면 좋잖아, 제 때 진급하는 놈에게."

아내는 남편을 꼬나보고 토라져서 서재를 나갔다.

오병선은 더 이상 메타버스 세계에 머물 수가 없어 아내를 따라 식탁으로 갔다.

2

오병선은 하루 종일 우 계장의 보이지 않게 하는 무시를 견디며 근무를 마치고 축 처진 기분으로 퇴근했다. 기분 같아서는 우 계장의 멱살을 잡고 뺨을 후려갈기고 내팽개치고 싶었지만 아내를 먹여 살려야 하는 의무와 곧 태어날 복중의 아이 부양 의무가 그를 참게 했다.

"당신 어서 씻고 밥 먹어. 당신 좋아하는 두부찌개 해놨어. 돼지고기도 듬뿍 넣고."

아내의 표정은 시무룩한데 말씨가 곱다.

오병선은 아내의 상냥한 말씨에 우 계장에게 받았던 스트레스가 살짝 풀리는 거 같았다. 오병선은 식탁에 아내와 마주보고 앉았다.

"당신 두부찌개에 소주 좋아하잖아."

아내가 냉장고에서 시원한 소주병을 꺼냈다.

오병선이 찬 소주를 한잔 마시며 아내를 건너다봤다. 아내의 표정이 어둡다.

“무슨 일 있어? 당신 기분이 별로인 거 같은데.”

오병선이 소주잔을 아내에게 건네며 말했다.

“무슨 일은, 밥 먹고 이야기할게.”

“밥 먹고? 나 화 안 낼 테니 말해 봐.”

“화낼 일 아니야. 들으면 소화 안 될 텐데.”

“궁금하다, 말해 봐.”

오병선이 아내의 눈을 빤히 쳐다보며 말했다.

“낮에 집주인이 다녀갔어.”

“2년 전세 기한이 이제 두 달 남았네. 전세 값 올려 달래?”

“응. 넘 많이 올려 달래.”

“얼마나?”

“2억5천.”

“뭐, 2억5천. 지금 전세 값의 배도 더 올려달라고?”

오병선은 전세금 2억 원에 살고 있다.

“그래 미쳤어. 정부의 부동산 정책이 어떻고 하던데, 그 소리는 안 들리고 2억5천 소리만 귀에 쟁쟁해.”

“우리 월급쟁이가 일 년에 천만 원 모으기도 어려운데 2억5천이라.”

“전세 싫으면 월세로 바꾸겠대. 월 백오십.”

“내 월급이 2백 좀 넘는데 백오십 월세 주면 뭐 먹고 사나? 도둑질하라는 소리네.”

“도둑질 않고 어떻게 그런 비싼 전세를 감당하나?”

부부는 밥 먹는 것을 잊고 한탄했다.

“정부는 서민 생각 않고 그런 탁상행정을 하나?”

오병선이 비명을 질렀다.

"집값 잡는다고 내놓은 정책이 우리 같은 서민 죽이는 정책만 내놓잖아."

아내도 비명을 질렀다.

"당신 집이나 우리 집에서 도움 받을 수도 없고, 서울에서 한참 떨어진 곳으로 밀려가야겠네."

"그럼 회사 다니는데 한 시간 훨씬 더 걸릴 텐데."

"없는 놈이 몸으로 때워야지."

부부는 한탄을 반찬으로 하며 밥을 입에 밀어 넣었다.

오병선은 소주 한 병을 다 비웠다. 알코올은 그의 딱한 사정을 봐주지 않고 그를 취하게 했다. 숟가락을 놓자마자 오병선은 서재로 들어가서 컴퓨터를 켰다.

제법 취한 오병선은 2억5천, 2억5천하면서 컴퓨터가 부팅되기를 기다렸다.

2억5천은 내 월급으로 먹고 살고 20년을 모아도 모을 수가 없다. 정부 놈들 세입자 보호한다며 어떻게 법을 그렇게 바꿔, 이런 곤욕을 당하게 하나? 정부 놈들 공급 우선이 아니라 수요억제 부동산 정책만 펼치더니 전세 값만 올려놨다. 나같이 세 사는 놈은 죽어나는데 집주인은 집 가지고 있다는 특권으로 집값 폭등하여 몇 억씩을 그냥 벌었다. 집값 올라 돈 벌었으면 그걸로 만족해야지, 전세까지 올려?

오병선이 불만을 삭이고 있을 때 고물 컴퓨터가 더디게 부팅되었다.

오병선은 Block Cage 게임을 열었다.

Block Cage 게임은 집을 짓는 게임이다. 매번 플레이할 때마다 1,000원을 게임비로 지불해야 한다.

게임비를 지불하면 자동으로 건축 자재가 공급된다. 게이머는 그 자재를 써서 그가 마음속에 꿈꾸던 집을 짓는다. 한 달에 한 번 게이머가 지은 집들을 품평하여 우수 작품은 백만 원의 상금을 게임비로 적립해 주며 계속 게임을 하도록 유혹한다.

13평 아파트 전세살이 하는 오병선은 아담한 정원이 있는 2층 단독주택에서 살고 싶다. 현실 세계에서는 도저히 이룰 수 없는 꿈이다.

오병선은 가상세계에서 블록을 쌓아 2층집을 짓는다. 아래층은 방 네 개에 넉넉한 거실, 2층에는 큰방 하나를 서재로 하고 손님용 방 두 개를 마련한다. 발코니를 근사하게 장식한다. 지붕은 빨간색 기와를 얹다가 불난 집 같을 것 같아 청와대를 본받아 청기와를 얹는다. 탱자나무로 울타리를 하고 대문은 간소하게 만든다, 서부활극에서 나오는 목장의 대문같이 두 개의 기둥을 세우고 목제 미닫이식 문을 달고 가로로 옥호를 걸기로 한다.

오병선은 잠시 옥호를 무엇으로 할까 고민한다. 7개월 후에 태어날 첫 아이까지 세 식구가 오순도순 사는 집이라고 하여 '행복의 집' 하고 옥호를 생각하다가, '은혜의 집' 으로 바꾸고, '사랑의 집' 으로 할까 하다가 너무 평범한 것 같아 'Sweet Home' 하고 영어로 옥호를 생각해 본다.

오병선은 정원을 꾸미기 시작한다. 대문에서 현관까지 1,5m 넓이로 자갈길을 낸다. 무슨 색 자갈을 깔까 고민하던 오병선은 까만색 자갈을 선택했다가 너무 어두운 것 같아 감색으로 바꾼다.

길 왼편에 연못을 파고 그 너머에 잔디밭을 일구고 바비큐 파티를 할 수 있는 잔디밭 공간을 둔다. 길 오른쪽에는 큰 소나무를 정원 가운데에 심고 그 주위로 단풍나무도 심는다. 1.5m 넓이의 자갈길 양편에 향나무를 심어 정원과 구획을 짓는다.

오병선은 심취하며 그가 살고 싶은 집을 메타버스 속에서 요모조모 꾸민다. 게임 속에서 완성된 집을 둘러보던 오병선은 2층 베란다가 마음에 들지 않아 헐고 다시 꾸민다. 그래도 마음에 들지 않아 오병선은 2층을 완전히 헐고 다시 짓는다.

"당신 뭐해? 9시 뉴스 시작해."

거실에서 혼자 연속극을 보던 아내가 연속극이 끝나자 서재를 빠끔히 열고 컴퓨터 속에서 열심히 꿈에 그리는 집을 짓고 있는 남편에게 거실로 나와서 같이 놀자고 한다.

"어 곧 끝나 나갈게."

남편이 어눌하게 대답한다.

"미국 LA 근처에 큰 산불이 났대."

아내가 거실에서 외친다.

"LA 근처에 불이 나? 거기 좋은 집들 많은 것 같던데 아깝다."

오병선이 막 지은 집을 저장하고 거실로 나온다. 품평회에서 우수작으로 선정되는 바람을 안고.

"미국 사람들은 집이 산불로 타면 어떻게 하지?"

아내가 묻는다.

"보험 들었으면 보험에서 보상받을 거고, 아님 정부에서 좀 대주겠지."

"미국은 전세는 없고 전부 월세라던데 정말 그래?"

"나 미국 안 가 봐서 잘 모르지만 그렇다고 들었어. 전세는 우리나라에만 있는 독특한 제도래."

"미국에서도 월세를 두 배 이상 올리나?"

"그렇지 않을 걸. 미국은 부동산 공급을 시장에 맡겨놓지. 우리나라 정부같이 감 놔라 배 놔라 안 한다고 들었어."

"자식들 간섭하려면 제대로 하지. 우리같이 전세 사는 사람 어떻게 하라고 그렇게 세를 올리도록 정책을 하냐?"

가난하고 힘없는 젊은 부부는 그들의 힘으로 어떻게 할 수 없는 현실을 한탄하며 정부를 탓하며 스트레스를 푼다.

메타버스 속에서 그가 살고 싶은 근사한 집을 짓던 오병선은 그런 집을 언제나 가질 수 있나, 하며 어둠에 싸인 창밖을 내다봤다.

3

사회적 거리 두기라는 신조어가 우리의 삶을 옥죄인다. 중국 우한에서 퍼지기 시작했다는 코로나19 바이러스가 인간의 삶을 마구 흩트려 놓았다.

그동안 메르스, 사스 등 바이러스가 창궐했었으나 그 바이러스는 일부 지역을 국부적으로 오염시키며 소란을 떨다가 스러졌다. 그런데 코로나19는 온 지구를 휩쓸며 5대 주를 감염시킨다.

코로나19가 기승을 부리자 정부는 사회적 거리 두기 2단계, 2.5단계, 3단계, 4단계로 격상하며 사람의 활동영역을 제한했다. 그에 따라 오병선은 재택근무, 회사에 출근하지 않고도 월급을 받는 한 번도 상상해 보지 못한 호사(?)를 누렸다.

오병선은 집 서재 컴퓨터 앞에 앉아 출근 도장을 찍고 그의 업무를 시작한다. 물품 구매서를 작성하여 우 계장에게 전파로 보낸다. 결재가 된 서류가 오병선에게 전달되면 오병선은 과장에게 다시 전송하고 과장의 결재가 나면 직무권한에 따라 더 위의 직위를 가진 상관에게 결재를 올리든지 한다. 결재를 마치면 구매업체에 전산으로 구매 요청한다. 물품 수령처에서 물품을 수령했다는 통보가 오면 그는 서재에 앉아서 경리부서에 대금 지불을 컴퓨터로 의뢰한다.

어느 주일은 3일 출근하고 2일 재택근무하고, 어느 주일은 이틀 출근하고 3일 재택근무를 한다.

재택근무를 하면 오병선은 하루 세 시간 남짓 잉여시간이 생긴다.

2억5천만 원을 마련할 길이 없었던 오병선은 수원 이남 기흥으로 이사를 왔다. 2억 원 전세금으로 서울 전셋집보다 평수를 넓혀서 이사를 왔다.

출퇴근을 하려면 그의 아파트에서 전철역까지 20분 도보로 가야 하고, 신도림역에서 2호선을 갈아타고 회사에 간다. 한 시간 반은 걸린다. 그래서 9시 출근시간을 맞추기 위해 그는 7시 20분이면 아침을 먹고 출근길에 나선다.

재택근무를 하며 시간을 번 오병선은 아침에는 공원을 조깅하며 신체를 단련했다. 마스크를 쓰고 달리다 보니 숨이 찼다. 그는 마스크는 목걸이에 걸고 마스크를 준비하고 다닌다는 징표를 보이고 마스크를 벗고 달린다. 저녁 시간은 영어 인터넷 강의를 들으며 외국어 실력을 길렀다.

코로나 시태가 계속되고 사회적 거리두기가 지속되자 회사에서 오병선이 할 일이 차차 줄어들었다. 제품 판매가 줄어들자 생산이 줄고 구매할 물품이 줄어들었다. 그렇게 반년이 지나자 회사에서 인원조정할 거라는 소문이 돌기 시작했다.

오병선은 해고당할지도 모른다는 걱정을 하기 시작했다. 아내도 오병선의 고민에 동참하여 같이 걱정을 하며 스트레스를 나눴다.

사회적 거리두기 1년이 지났다. 오병선은 회사에서 해고기준을 마련한다는 입소문을 들었다. 진급에 여러 번 탈락한 직원을 우선적으로 해고한다는 소문이 돌았다. 오병선은 걱정으로 잠을 이룰 수가 없었다.

드디어 D-데이가 왔다.

오병선은 재택근무를 하던 중 컴퓨터 화면에 뜬 인사명령을 보고 그가 해고된 것을 알았다. 그가 망연자실 창밖을 보고 있을 때, 우 계장이 전화로 위로의 말과 함께 해고 사실을 유선으로 통보하며 확인 사살했다.

"코로나 사태가 풀리고 생산이 궤도에 오르면 바로 복직시킨다는 것이 사장님 방침입니다."

우 계장은 위로한답시고 그 말을 덧붙였다.

오병선은 해고당한 사실을 아내에게 오전 내내 말하지 못하고 컴퓨터 앞에 앉아 Capture King 게임을 하며 그를 해고한 사장을 사살하려 했다.

Capture King 게임은 5단계로 되어있다.

1단계는 게이머가 Sergeant(상사)와 겨룬다. 이기면 2단계 Captain(대위)과 대결한다. 3단계는 Colonel(대령), 4단계는 General(장군)과 대결한다. 4단계를 통과하면 King(왕)과 대결한다. Sergeant를 이기면 5점, Captain 이기면 10점, Colonel 이기면 20점, General을 이기면 30점, King을 이기면 100점 보너스를 받는다.

대결을 할 때 무기는 게이머가 선택한다. 주먹, 칼, 창, 총 중에서 고를 수가 있다. 단계를 뛰어넘어 도전하려면 이미 따놓은 점수를 사용하든지 현금을 내면 된다. 이기면 딸 수 있는 점수에 100을 곱한 현금을 결재하면 된다. 도전 금액은 2단계 500원, 3단계 1,000원, 4단계 2,000원, 5단계 10,000원이다.

오병선은 먼저 Sergeant에게 도전했다. 무기는 주먹으로 정했다. 오병선은 그의 고과를 형편없이 주어 진급을 못하게 한 우 계장을 Sergeant로 치고 사정없이 주먹을 휘둘렀으나 너무 흥분하여 주먹이 헛나가는 바람에 형편없이 두들겨 맞고 게임에 졌다.

다음 판은 정신을 바짝 차리고 주먹을 휘둘러 우 계장을 박살냈다. 그는 Captain에게 도전했다. 그가 다른 자리로 옮겨 달라고 부탁했을 때 그의 말을 들어주지 않아 계속 우 계장 밑에서 일하게 한 과장을 Captain이라고 치고 무기로 주먹을 택하고 과장을 후려팼다. 과장은 녹록치 않아 다섯 번 도전 끝에 겨우 이겼다.

Colonel과 대전할 때는 그래도 부장인데 주먹으로 막 칠 수는 없잖아, 하고 무기를 칼로 정했다. 오병선은 오전 내내 게임을 했으나 부장 Colonel을 이기지 못했다.

아내의 독촉으로 게임을 중단하고 점심을 먹고 다시 게임을 시작했다. 그는 오후 내내 부장을 이기려고 용을 쓰다가 겨우 이기고, General에 도전하였으나 그를 이기지 못해 그를 해고한 사장 King에게 도전할 기회를 잡지 못했다.

저녁을 먹으라는 아내의 독촉에 쫓기며 그는 10,000원을 내고 King에게 도전하였으나 처참하게 패하고 돈만 날렸다.

“당신 해고당했으면 어디 직장이라도 알아봐야지 하루 종일 컴퓨터 앞에만 앉아 있으면 어떻게 해.”

아내가 핀잔을 줬다.

오병선은 대답할 말이 없어 머리만 긁적였다.

“나 시간제 알바라도 알아볼 거다.”

아내가 선언했다.

“당신이 시간제 알바를 한다고?”

“그럼 산 입에 거미줄 칠 거야. 곧 출산해야 하는데.”

아내가 팍 화를 내고 안방으로 들어가 버렸다.

오병선은 게임의 세계로 도망쳐 숨을 수도 없어 망연자실 천장만 쳐다봤다.

4

오병선이 실직자가 된 지 6개월이 지났다. 그 동안 고용보험에서 나오는 돈과 쥐꼬리만 한 퇴직금으로 지출을 줄이며 최소 생활을 했다.

코로나19는 수그러들지 않고 계속 확진자가 늘었다가 줄었다가 했다. 정부는 탁상에 앉아 자영업자가 죽든 말든 2.5단계, 3단계, 4단계 거리두기를 높였다 낮췄다 했다.

직장을 잃고 고정적으로 갈 곳이 없는 오병선은 거리두기 단계가 별 차이 없었다.

그는 집콕하며 메타버스 세계에서 그의 울분(?)을 풀었다. 그는 눈을 뜨자마자 컴퓨터를 켜고 게임을 시작했다. 아내가 몇 번씩 독촉하고 지청구를 듣고 아침을 먹고 또 메타버스 속으로 숨어들어갔다.

그는 Revolution 게임에 푹 빠졌다. 게임을 한 번 하는 비용은 1,000원이다. Revolution은 쿠데타 게임이다. 게임비를 내면 그에게 사병 1만 명과 군 장교 100명이 주어진다. 장교의 계급은 소위부터 대령까지다. 장군은 없다.

오병선의 아바타는 1만 명의 군대로 정부를 전복하고 새 정부를 수립한다. 그의 아바타는 혁명의 최고 지도자다. 아바타는 소령에게 대대병력을 주고 청와대로 쳐들어가서 대통령을 생포하여 교도소로 이송하여 수감하라 한다. 아바타는 미리 대위에게 일개 중대 병력을 주고 교도소를 접수하고 이송되는 대통령을 비롯한 고위직 공무원을 수감할 준비를 시킨다. 아바타는 2개 대대 병력을 중령에게 주고 국방부를 점령하라 한다. 연속극 제3공화국, 제5공화국을 본 기억이 오병선의 혁명게임을 하는 데 크게 도움이 된다.

아바타는 적당한 직위의 군 간부를 골라 적절한 수의 병력을 주고 국무총리, 내무부장관, 국방부장관, 법무부장관, 안기부장, 경찰청장 등을 생포하여 교도소로 이송하도록 한다. 언론사의 규모에 따라 병력을 보내 신문과 방송도 장악한다.

혁명본부는 서울 시의회 건물로 한다. 서울시 광장에 텐트를 치고 일정 수의 병력을 배치하여 혁명본부 경계임무를 맡긴다.

D-day 새벽 6시, 전 방송국에서 혁명 사실을 알리고 혁명공약을 낭독한다. 그때는 이미 요인들을 생포하여 수감한 후다. 대통령을 비롯한 정부 요인 체포 사실도 알린다.

6시 10분, 합참의장, 3군사령관, 해병대 사령관, 한미연합사 부사령관, 수방사 사령관등이 혁명본부에 자진 출석하여 생방송으로 혁명지지를 전 국민에게 알리며 대북경계 강화를 다짐한다.

혁명지도자인 오병선의 아바타는 바로 전국에 비상계엄을 선포하고, 육군참모총장을 계엄사령관에 임명한다. 계엄사령부는 서울시청에 둔다.

오병선의 아바타는 미국대사에게 전화하여 혁명 취지를 알리고, 미국의 혁명 지지를 당부한다. 아바타는 한미연합사 사령관과도 통화하여 혁명의 취지를 알리고 사령관의 반혁명 군사행동을 하지 말도록 부탁한다.

거기까지 숨 가쁘게 혁명을 지휘하던 오병선은 커피를 한잔 마시며 다음 어떻게 아바타를 조정하여 혁명을 완수할 것인가 머리를 굴린다.

아바타는 계엄령 1호로 국회와 지방의회를 해산한다. 의회를 대신하여 50인 이내 입법위원회를 구성한다고 공표한다. 종교행사와 체육행사 등의 집회는 허용하되 정치집회는 금한다.

오병선의 아바타는 청와대 컴퓨터를 접속하고 인재풀을 연다. 아바타는 국무총리 적임자를 물색한다. 어제 게임을 할 때는 국무총리를 인문계에서 찾았었다. 오병선은 오늘은 국무총리 후보를 이공계에서 찾기로 한다. 아바타는 공대 & 민간기업 & 공기업 & 고위 공직자 범주에 드는 인물을 검색한다.

김형철이 떴다. 그는 재수하여 서울공대 전기과에 입학, 학도병 1년 반 근무하고 병역의무를 마쳤다. 졸업 후 중견기업에서 2년 근무한 후 한국전력에 입사 15년 근무 후 당시 막 성장하는 대기업에 스카우트되어 공장장을 거쳐 대표이사를 했다. VVIP와 동향 동창 인연으로 이공계 몫 전국구 국회의원을 하고, 동자부장관을 했다.

오병선의 아바타는 그가 재수를 하며 좌절도 경험했고, 사기업, 공기업 경험도 있고, 국회의원, 장관 경력도 있어 국무총리 적임자로 판단하고 그를 국무총리에 임명한다.

아바타는 인재풀을 뒤져 법률, 외교, 국방, 노동, 산업, 기술, 체육, 예술 등 각 분야 전문가 50명을 선정하여 입법위원으로 임명한다.

오병선은 인재풀을 뒤져 전문가를 찾아내고, 현실 세계에서는 꿈도 꾸지 못할 높은 직위인 각부 장관을 임명하며 어깨가 으쓱하고 신이 난다.

입법위원회는 법을 고쳐 선거로 뽑게 되어 있는 광역단체장, 기초단체장, 교육감을 임명직으로 바꾼다. 오병선의 아바타는 인재풀에서 적당한 인재를 찾아 광역단체장과 교육감을 임명한다. 그는 혁명정부를 지탱할 정보부장과 경찰청장도 임명한다.

오병선은 점심 먹는 것도 잊고 요직 인사에 몰두한다.

오병선은 이 게임을 할 때마다 임명할 직위가 너무 많다고 생각한다.

오병선은 입법위원회가 주관이 되어 어떻게 하면 기업을 활성화하여 일자리를 창출할 것인지 공청회를 열고 필요한 입법을 하도록 한다. 자신과 같은 실업자가 생기지 않도록 제도적 장치를 마련하라고 지시한다.

"당신 아직도 게임해?"

아내가 서재 문을 열고 막 고함쳤다.

아내의 고함소리에 깜짝 놀란 오병선은 아내를 쳐다보며 어, 하고 비명을 질렀다.

오병선이 퇴직한 후 6개월은 고용보험에서 나온 보험금에 퇴직금을 조금 보태 생계를 영위했다. 그 사이 아들이 태어났다. 아들을 낳을 때 병원비와 조산원 비용으로 퇴직금을 다 날렸다. 친가나 외가에서 경제적인 도움을 받을 처지가 아닌 오병선 가족은 당장 끼니를 해결해야 했다.

오병선은 인터넷을 뒤져 먹을거리를 벌 직장을 찾았으나 코로나19 창궐로 거리두기가 지속되어 자영업이 폭망하는 판에 직장이 보이지 않았다.

오병선은 코로나가 진정되어 그가 다니던 직장에서 그를 다시 불러줄 날을 예상할 수도 없고, 퇴직금마저 바닥이 나서 끼니 걱정을 하게 되어 허공에 손을 휘저으며 희망을 건지려 하였으나 어디에도 희망이 보이지 않았다. 그는 무기력을 곱씹으며 메타버스 속으로 자신을 숨긴다.

아내가 동네 24시 편의점에 알바 자리를 구했다. 그녀는 저녁 11시부터 아침 7시까지 근무한다. 그녀가 벌어오는 급료는 세 식구 목구멍에 겨우 풀칠할 수 있는 수준이다.

그녀는 퇴근하면 샤워를 하고 간단히 아침을 챙겨 먹고 안방에 커튼을 쳐서 방을 어둡게 하고 낮잠을 잔다. 그녀는 아들을 안고 잔다. 아들은 엄마 품에서 배가 고프면 젖을 빨고 순하게 엄마랑 같이 잠을 잔다. 밤중 출근 시간 전에 아내는 아들에게 젖을 먹이고 아들을 아빠에게 인계하고 출근한다.

그때부터 아들은 아빠가 챙겨야 한다. 긴 낮잠을 잔 아들은 밤잠이 없다. 오병선은 밤새 울면서 뻗치는 아들과 씨름을 해야 한다. 아들은 오병선의 밤 시간을 더욱 어둡게 한다. 아이에게 물릴 젖이 없는 오병선은 아들이 울면 우유 꼭지를 입에 물리나 엄마 젖 맛을 알고 있는 아들은 우유병 꼭지를 뱉어낸다.

"당신 오늘도 하루 종일 게임만 한 거요? 악동도 아니고, 애 아빠가 어떻게 애 먹을 것 벌 생각은 않고 게임만 해?"

아내의 목소리가 높아진다.

게임 속에서 아바타를 조종하며 나라를 다스리던 오병선은 아내 앞에 졸병으로 쭈그러져 기합을 받으며 현실과 메타버스 속 세계의 괴리를 느끼며 어느 것이 그의 진짜 삶인지 헷갈린다.

한참을 남편을 공격하던 아내는 제풀에 지쳐 우는 아들을 안고 안방으로 들어간다. 멍청하게 거실 소파에 앉아있던 오병선은 다시 서재로 들어가서 컴퓨터를 키고 메타버스 속으로 들어간다.

그런 생활이 몇 달 지속되었다.

코로나는 수그러들 줄 모르고 창궐하고 정부는 4단계 거리두기를 발표했다. 저녁에는 2인 이상 모임이 금지됐다. 메타버스 속에서 세월을 보내는 오병선에게는 거리두기 단계를 높이고 내리는 것이 살아가는 데 전혀 영향이 없다.

자영업이 폭망하는 형국이 계속되고 소비가 죽어 그가 다니던 회사의 일감이 정상을 찾아 그를 다시 부를 기회는 점점 멀어지고 있다. 그렇다고 먹을 것을 벌 다른 직장이 나올 것 같지도 않다. 그냥 아내에게 얹혀 살며 메타버스 속에서 아바타를 조정하여 지상천국을 건설하는 꿈을 꾸는 것 이

외에 할 일이 없다.

"또 게임이요?"

낮잠을 자고 난 아내가 꿈자리가 사나웠는지 잔뜩 인상을 쓰고 고함을 친다.

일 년 가까이 듣던 잔소리라 오병선은 멀뚱멀뚱 아내를 쳐다본다.

"당신 그 무책임한 태도 더 못 봐줘요. 그만 헤어집시다."

"헤어지다니?"

"이혼하자고 이혼!"

아내가 고함쳤다.

"이혼, 이혼이 뭔데?"

"뭐라고? 나를 놀리는 거야, 헤어지자고. 당장 이 집에서 나가라고?"

"어디로?"

"그걸 내가 어떻게 알아. 컴퓨터 속으로 기어들어가던지."

오병선은 아내의 말이 무슨 말인지 잘 이해가 되지 않는다.

아내와 헤어지면 뭘 먹고 살지?

오병선은 아내의 말에 심한 충격을 받고 정신이 멍해진다. 이 집을 나가면 메타버스 속에서 지은 2층짜리 집에 들어갈 수도 없고, 그가 게임 속에서 임명했던 장관들이 그의 일자리를 찾아줄 리도 없다.

오병선은 메타버스 속으로 도피할 생각도 못하고, 망연자실 허공에 시선을 두고 한숨만 내쉰다.

바람둥이 친구

1

나는 농촌에서 초등학교를 다녔다. 초등학교 때부터 불알친구인 김석호는 초등학교 때 나보다 키가 한참 컸고 힘도 셌다. 우리 반에서 제일 주먹이 셌었다.

그래도 석호는 반에서 1, 2등을 다투는 나에게는 곰살맞게 굴며 밤을 따러 갈 때나 물고기를 잡으러 갈 때, 병장놀이를 할 때 나를 꼭 끼워줬었다.

석호는 초등학교 5학년 때부터 여선생님을 골탕 먹여 선생님을 신처럼 아는 우리 반 아이들을 놀라게 하며 일종의 존경 비슷한 경외감을 갖게 했다. 뒤에 안 일이지만 그는 나보다 세 살이 위였다. 그의 아버지가 이곳저곳으로 전근을 다니시며 입학이 늦어졌다고 하는데 사실인지는 모른다.

경찰인 석호의 아버지는 정복을 입고 항상 근엄한 표정으로 아들의 친구들을 대했었다. 석호의 어머니는 석호 아버지보다 더 키가 크고 얼굴이 예뻤다. 반 친구들이 그의 집에 놀러 가면 환한 미소를 지으며 맛있는 것을 내놓으셨다.

도청 소재지로 나와 같은 중학교를 다녔던 석호는 공업고등학교로 진학했고, 나는 인문고등학교로 진학하여 만나는 횟수는 줄어들었으나 한 달에 두세 번은 만나 그가 신나게 늘어놓는 연애 이야기를 들으며 사춘기의 내 여자에 대한 호기심을 채웠다.

그는 중학교 3학년 때 고등학교 여학생과 사귀며 잔디밭에서 여자를 쓰러트렸다고 자랑했다. 나는 중학생인 그가 고등학교 여학생과 연애했다는 말을 뻥으로 치부하고 믿지 않았다.

고등학교에 다니며 그를 만날 때마다 그는 여러 여학생들과 연애하는 이야기를 했었으나, 한 번도 사귀는 여학생을 나에게 보여준 적이 없어 그의 말이 사실인지는 알 수가 없었다.

고등학교 2학년 때 어느 일요일, 나는 석호를 만났다. 그는 S누나 집에 가자고 했다. S누나가 전매청에 다닌다고 했다. 당시 10대 후반 20대 초반의 남녀가 S누나, B동생을 맺고 연애 비슷한 짓을 공개적으로 하는 것이 유행이었다.

나는 B동생 하자는 여자가 없어 의기소침했다. 나는 20대 초반의 S누나를 가진 석호를 부러워하며 그를 따라갔다.

"S누나 이름이 귀녀인데 이름처럼 귀엽게 생겼다. 나랑 한살 밖에 차이 안 나는데 내가 고2라고 애기 취급한다. 더러워서 한 번만 달라고 사정해도 끗내 나는 어린애라며 애기 취급한다. 내가 꼭 한 번 따먹어야지."

석호는 나를 그의 S누나 집에 데려가며 큰 소리쳤다.

시골에서 올라온 귀녀는 문간방을 얻어 혼자 자취를 하고 있었다. 그녀는 석호가 자랑한 대로 아담한 몸매에 얼굴이 귀엽게 생겼다. 나는 그런 귀여운 여자를 S누나로 두고 그녀 앞에서 아양을 부리는 석호가 부러웠다.

귀녀는 우리를 중국집에 데리고 가서 탕수육에 짜장면을 사줬다. 정말 맛있었다. 점심을 얻어먹은 석호는 나더러 그만 집에 가보라고 했다. 맛있는 음식을 얻어먹었으니 집에 따라가서 한 번 달라고 조르겠다고 했다.

나는 일이 있다고 하고 자리를 비켜줬고, 석호는 귀녀의 어깨를 치며 웃고 떠들며 멀어져 갔다. 나는 그날 석호가 목표를 달성했는지는 모른다.

그 후 석호는 귀녀와 S누나를 깼다고 하며, 귀녀가 니가 귀엽다고 하니 가서 S누나 하자고 접근하라 했으나, 숫기가 없는 나는 그럴 용기가 없었다.

뒤에 들은 이야기인데 지나치게 몸을 보채는 석호를 귀녀가 밀쳐냈단다.

고등학교 때 석호의 엽색행각의 하이라이트는 친구 애인을 가로챈 것이다.

초등학교 동창으로 영호가 있다. 그 녀석은 나랑 같은 고등학교에 다녔다. 그는 여자 고등학교 동급 여학생, 영자와 연애를 했다. 그는 몇 번 우리 노는 장소에 영자를 데리고 왔었다. 영자는 고등학생으로는 조숙하여 몸매가 풍만했고, 웃을 때 보조개가 콕 찌르고 싶을 만큼 귀여웠다. 나는 그런 애인을 사귀는 영호가 부러웠다.

어느 날 영호가 나를 찾아와서 울분을 토했다.

"석호 녀석한테 영자를 소개했더니 그 새끼가 영자를 덮쳤다."

영호는 주먹을 부르르 떨었다.

"어떻게 친구 애인인 줄 알면서 그럴 수 있냐?"

내가 영호를 위로했다.

"그 녀석 패죽이고 싶지만 힘으로 녀석을 이길 수가 없다."

영호가 한탄했다.

나보다 세 살 위인 석호는 초등학교 땐 나보다 한참 컸지만 중 3때는 나보다 조금 컸고, 지금도 조금 더 크긴 하다. 그는 초등학교 때 워낙 키도 크고 주먹이 세서 우리들은 그를 힘으로 넘볼 생각을 못했었다.

그 후 영호는 첫사랑 영자와 헤어졌다. 영호는 선을 보고 결혼을 하고도 술을 마시면 아직도 영자 이야기를 하며 석호를 비난한다.

얼마 후 석호를 만날 기회가 있어 어떻게 친구 애인을 건드렸냐고 힐책했더니 석호는 웃으며 말했다.

"야, 친구 애인은 여자 아니냐. 어느 날 교외로 같이 놀러 갔는데 머리카락이 바람에 날리는 것이 삼삼하더라. 그래서 눕혔지. 친구 애인 것이라고 안 들어 가냐? 여자가 가만히 대주는데."

석호는 아무렇지도 않게 말했다.

"한 번 딱 하고 더는 안 했다. 영호 녀석 그냥 스치고 간 자리 표도 안 나는데 그냥 사귀고 놀다가 버리면 됐지 뭐 거창하게 그러냐, 촌스럽게. 우리 나이에 사귄 여자랑 결혼하려고? 못난 놈."

석호는 오히려 속 좁은 영호를 나무랐다. 나는 어이가 없어 멍한 표정으로 석호를 쳐다봤다.

석호는 바로 영자와 관계한 이야기는 잊은 듯, 다른 여자와 하룻밤에 열 번 한 이야기를 늘어놓았다.

"한 번 하고 달걀 하나 깨먹고, 또 한 번 하고 나서 달걀 하나 탁 깨먹고, 그렇게 열 번 하고 나니 날이 새더라. 코피를 쏟았다. 어떻든 나는 원 없이 여자랑 해 봤다. 너는 바보같이 아직 숫총각이지. 나는 숫처녀 열 명은 따 먹고 결혼할 거다."

그는 의기양양하게 말했다. 나는 그가 부럽기도 하고 딱하기도 했다.

석호는 자주 성교할 때 여러 자세를 떠벌렸으나 나는 무슨 말인지 잘 이해하지 못했다. 후에 미국 출장을 가서 X급 영화관에서 포르노 영화를 보게 되었는데 석호가 그때 한 말을 실제 영상으로 확인해 보며, 석호는 어린 나이에 어떻게 그런 자세를 다 알았을까, 의아했었다.

2

나는 대학에 진학했고, 나보다 세 살이나 많은 석호는 징집적령이 되어 공군 기술하사관으로 입대했다.

서로 사는 공간이 달라 석호를 만나는 일은 거의 없게 됐다. 내가 학병으로 병역의무를 마치고 4학년 졸업 때가 됐을 때 석호는 제대했다.

나는 부대장 여동생이 석호의 집까지 찾아와서 울며 매달렸다는 소문을 들었다. 부대장까지 찾아와서 석호의 아버지를 만나 자기 여동생과 깊은 관계를 맺었으니 결혼을 시켜야 한다고 강권했으나, 어떻게 했는지 모르지만 석호는 부대장 여동생과의 관계를 아무 탈 없이 정리하고 고향 양가집 규수와 결혼했다.

석호는 그의 큰아버지가 중매를 섰다고 하며, 나에게 결혼식 사회를 부탁했다.

석호는 결혼 전에 신부를 딱 두 번 만나봤다고 했다. 나는 바람둥이가 딱 두 번 만난 시골 처녀와 결혼한다고 하자 웃음이 나왔다.

나는 결혼식 사회를 보려고 고향으로 내려가서 시간에 맞춰 예식장을 찾아갔다. 나는 결혼식장 진행 직원이 준 안내지에 적힌 순서에 따라 사회를 보았다.

한복을 입은 신부 아버지의 손을 잡고 입장하는 신부는 살이 통통하게 찌고 복성스러운 얼굴이었다. 세련미는 없었으나 시골 어른들이 좋아할 종갓집 며느리 타입이었다. 나는 바람둥이 석호가 촌티 나는 여자와 선뜻 결혼을 하게 된 것을 신기하게 여기며 사회를 마쳤다.

석호는 경찰관 시험에 합격하여 경찰로 사회생활을 열었다.

나는 국영기업에 취직하고 지방에서 근무하게 되어 몇 년을 석호와 만나지 못했다. 나는 입사한 지 12년 만에 과장으로 진급하고, 3년을 더 지방에서 근무한 후에 서울 본사로 발령을 받았다.

아내는 그 동안 저축한 돈으로 15평짜리 아파트를 샀다. 계속 사택에서만 살았던 내가 처음으로 내 집을 가지게 된 것이다.

약사를 하는 초등학교 동창이 내가 서울로 올라온 것을 어떻게 알았는지 자기가 동창회 회장이라며 만나자고 했다. 우리는 저녁에 명동에서 만났다.

약사 회장을 통해 서울에 사는 초등학교 동창들 소식을 듣게 됐다. 동창 촌놈들 중 십여 명이 서울에 올라와서 살고 있었다.

고향에서 선출된 국회의원 보좌관을 하는 놈, 순경이 두 놈, 경제신문사 기자, 초등학교 선생님, 우체국 배달부, 삼성에 다니는 놈, 문방구를 하는 놈, 복덕방을 하는 놈 등 직업이 다양했다.

순경하는 한 놈은 중부경찰서 보안과에 근무하고, 석호는 이파리 세 개를 달고 회현동 파출소에 근무한다고 했다.

"촌놈들이 한 달에 한 번씩 만난다. 이번 봄 야유회로 남이섬을 가기로 했으니 일요일 10시까지 동부터미널로 나와라."

나는 약사 회장의 말에 고개를 끄덕이며 시간 맞춰 나가겠다고 했다.

일요일에 시간 맞춰 동부터미널에 가니 나까지 일곱 놈이 나와 있었다. 불알친구들은 흉허물 없이 서로 어깨를 치며 떠들어댔다.

보좌관 하는 놈은 의원님이 고향에 행사를 하러 가는데 따라갔고, 중부경찰서에 다니는 놈은 갑자기 소집이 있어 못 왔고, 우체국 다니는 놈은 모임에 잘 안 나온다고 했다.

우리는 청평 가는 버스를 탔다.

복덕방 하는 놈이 내 옆자리에 앉았다. 그는 거여동에서 복덕방을 하는데 곧 개발될 좋은 땅이 있다며 나더러 사라고 했다. 개발만 되면 노 난다고 했다. 친구 간에 복비는 안 받을 거니 술 한 잔 사면 된다고 했다.

내가 돈이 없다고 하자, 너 좋은 회사에 다니니 돈을 빌릴 수 있을 거고 빌려서 사놓으면 노가 난다고 했다. 나는 거여동이 어디 있는지도 모르고, 빚을 내서 부동산에 투기할 생각이 없어 화제를 돌렸으나, 복덕방 친구는 끈질기게 투자를 권했다.

청평 버스터미널에서 택시를 타고 남이섬 유원지 도선장으로 갔다.

우리는 남이섬 산책로를 떼 지어 걸었다.

"니가 결혼식 사회를 잘 봐 줘서 아들 둘, 딸 하나 낳고 잘 살고 있다."

석호가 나랑 어깨를 나란히 하고 걸으며 말했다.

"정말 오랜만에 본다. 불알친구들 보니 반갑다. 너는 이제 여자편력은 끝냈냐?"

내가 무심한 말투로 물었다.

"하하. 여자 편력이라? 끝나? 요새는 여자 꼬시러 애쓸 거 없다. 내 관내에 요정이 많은데 봐달라고 심심찮게 성상납한다. 날씬하고 쓸 만한 애들 바치는데 그거 먹기도 바쁘다."

"허, 그래? 너는 여복이 많구나. 그때 그렇게 한 번 달라고 졸라대었었는데 귀녀가 한 번 주더냐?"

"그게 언제 이야긴데…. 너 귀녀에게 마음이 있었구나. 내가 양보해 주는 건데. 귀녀랑 나랑 한 살 차이 밖에 안 되는데 고것이 내가 고등학생이라고 한참 어린 줄 알고 어린애 취급하여 그만 뒀다. 귀엽게 생겼었는데, 귀녀 아니더라도 가랑이 벌려주는 여자애들 많았었는데 그때는 왜 귀녀한테 매달렸는지…."

석호가 허허, 웃으며 허풍스럽게 팔을 휘둘렀다.

"야, 석호 여자 꼬시는 재주는 타고 났다. 나랑 버스를 타고 여행을 갔었는데 같이 타고 가는 사이 옆에 앉은 여자를 꼬셔서 버스를 내리자마자 바로 러브호텔로 가더라. 정말 무슨 재주인지."

복덕방이 우리의 대화에 끼어들었다.

우리는 유유자적 숲길을 걸으며 왁자지껄 떠들며 우정을 쌓았다.

"야, 이거 이 좋은 곳에 사내놈들만 다녀서 되겠냐? 어느 식당에서 점심 먹을 거냐?"

석호가 큰 소리로 말했다.

"왜 벌써 배고프냐?"

약사 회장이 말했다.

"내가 같이 놀 암놈 두어 마리 데려올게."

석호가 호기롭게 말했다.

"저 녀석 산에 가면 무슨 수를 부리는지 꼭 여자를 꾀어 온다. 오늘 그 실력 발휘하려고?"

초등학교 선생님 하는 친구가 말했다.

"어느 식당에서 점심 먹을 거야?"

석호가 단도직입적으로 물었다

약사 회장이 손가락으로 한 식당을 가리키며 저 식당에서 점심 먹을 거야, 하고 알려줬다. 석호는 알았다, 하고 휭하니 우리 일행에서 멀어져 갔다.

석호가 떠나자 친구들은 도봉산, 관악산 등 서울 근교 산에 같이 등산 갔을 때 석호가 어떻게 하는지는 모르지만 여자를 꼬여 와서 같이 술과 밥을 먹고 식사가 끝나면 여자를 데리고 사라진다며 그의 엽색 이야기로 잠시 웃음을 나눴다.

우리가 식당에 둘러 앉아 닭갈비를 안주하여 막걸리에 소주를 타서 마시며 떠들고 있을 때 석호가 20대 여자 두 명과 같이 식당에 들어섰다.

양장을 한 두 여자는 빨갛게 칠한 입술이 눈에 확 띄었다. 얼굴이 반반했다. 석호는 스스럼없이 우리 불알친구야, 하고 여자들에게 우리를 소개하고 여자들을 가장자리에 앉히고 그는 그 옆자리에 앉았다.

젊은 여자가 자리에 끼자 분위기가 활기차졌다. 촌놈들은 술을 퍼마시며 즐겁게 점심을 먹었다. 점심을 마치고 우리는 여자까지 끼어서 섬을 돌고 사진을 찍고 하다가 4시쯤 남이섬을 떠났다.

석호는 여자들을 모셔야 한다며 우리 일행과 헤어졌다. 우리는 석호 재주는 알아줘야 한다며, 허허 웃으며 석호를 보내줬다.

3

석호가 경찰 순찰차, 차를 흰색으로 도색하여 백차라 부르는 차를 탔다. 주로 교통 규칙을 위반하는 차를 단속한다고 했다. 석호는 장모가 영부인과 동향으로 잘 알아 부탁하여 백차를 타게 됐다며 장모자랑을 했다.

석호는 장화를 신고 백차를 운전한단다. 교통위반으로 잡히면 면허증과 함께 소액의 뇌물을 건네고 딱지 떼는 것을 면제받는 것이 당시 관행이었다.

나도 면허증 뒤편에 5천원짜리를 넣고 다녔다. 교통법규를 위반하여 경찰이 면허증 제시를 요구하면 5천원을 감춘 면허증을 건네주면 경찰은 5천원만 빼가고 그냥 훈방했었다.

석호는 집에 가서 장화를 벗으면 그 속에 쑤셔 넣었던 돈이 우르르 쏟아진다고 했다.

석호는 백차 2년을 타고 텃밭이 있는 2층 양옥을 샀다. 석호는 수입의 일정 분은 상납한다고 했다. 백차를 타는 자리는 워낙 경쟁이 심해 1년 버티기가 어려운데 상관의 비위를 잘 맞추며 상납을 잘 해 2년 넘게 그 자리에서 버틴다고 석호는 자랑했다.

백차를 탈 때 석호는 주말에도 바쁘다며 촌놈들이 한 달에 한 번 하는 모임에 거의 나오지 않았다.

어느 봄날 석호가 회사로 전화를 해 왔다. 일요일 교외로 드라이브를 하고 몸도 풀게 해 주겠다며 약속이 없으면 10시까지 청량리 역전에 있는 보리수 다방으로 나오라고 했다.

나는 시간에 맞춰 보리수 다방으로 갔다. 석호가 먼저 와서 기다리고 있었다.

"비싼 돈 내고 커피 마실 것 없이 바로 나가자."

내가 석호와 악수를 하며 말했다.

"올 사람 있다. 잠시 기다리자."

"같이 갈 사람 있냐?"

"너 몸 풀어준다고 했잖아."

"몸 풀어?"

“그래, 저기 들어오네.”

다방으로 등산복을 입은 젊은 두 여자가 들어오는 것이 보였다. 한 여자는 빨간색, 한 여자는 파란색 등산복을 입었다.

석호가 손을 흔들자 두리번거리던 두 여자가 우리에게 다가왔다.

남자와 여자가 마주 보고 앉았다. 남자들은 출입문을 마주 보고 여자들은 문을 등지고 앉았다.

석호는 묻지도 않고 쌍화차 두 잔과 커피 두 잔을 주문했다. 석호는 내 귀에 대고 파란색은 자기 여자이니 나더러 넘보지 말라고 했다.

순간 석호의 얼굴이 바짝 긴장하더니 잠깐 나갔다 올게, 하며 출입문 쪽으로 성급히 걸어갔다.

나는 석호 부인이 다방으로 들어서는 것을 보며 현장을 딱 잡혔네, 하며 가슴이 콩닥했다.

석호가 부인 어깨를 감싸고 다방을 나가는 것이 보였다.

나는 마누라한테 바람을 피는 현장을 들켰으니 머리채라도 잡고 싸우는 거 아냐, 하며 걱정이 되었다.

사연을 모르는 여자들은 그녀들을 초대한 석호가 황급히 자리를 뜨자 의아한 눈으로 나를 쳐다봤다. 나는 모르는 체했다.

10분쯤 지나 석호가 다방에 들어섰다. 부인이 따라 들어오지 않았다.

차를 다 마시자 석호는 차가 청량리역 주차장에 있다며 가자고 했다.

남자 둘이 앞장서고 여자들이 뒤에서 따라왔다.

“개같이 어떻게 마누라가 냄새를 맡았지. 보내느라고 힘들었다.”

석호가 나에게 속삭였다.

“너 재주 좋다, 현장을 들키고도 조용히 수습하고.”

“그런 재주도 없으면 어떻게 오입하나?”

석호가 큰소리쳤다.

석호는 파란색 등산복을 백차 앞자리 그의 옆에 앉히고, 나더러 빨간색 등산복과 같이 뒷좌석에 타라고 했다.

석호는 백차를 청평으로 몰았다.

석호는 옆자리 여자와 다정하게 떠들며 직선도로가 나올 때는 오른손은 파란색 등산복 여자의 손을 잡거나 허벅지를 주무르며 왼손으로 운전을 했다.

강변 식당에서 쏘가리 매운탕으로 점심을 먹고 석호는 드라이브를 하자며 산골길로 들어갔다. 석호는 으슥한 숲 입구에 차를 세우고는 30분 후에 보자며 파란색 등산복 여자의 손을 잡고 숲속으로 들어갔다.

나는 빨간색 등산복 여자와 석호가 사라지는 것을 보고 어색하게 숲 가장자리를 거닐며 서툴게 대화를 나눴다.

10여 분쯤 지났을까 석호가 상기된 얼굴로 혼자 나타났다.

"더러워서 야, 타라. 가자."

석호가 나에게 큰 소리로 말했다.

나는 엉거주춤하게 서서 여자들은, 하고 물었다.

"잔말 말고 그냥 타."

석호가 명령조로 말했다.

나는 어리둥절하며 백차 뒷자리에 탔다.

석호가 쌩 발동을 걸고 차를 출발시켰다.

"여자들은?"

내가 물었다.

"여자들? 지들이 알아서 오겠지."

"같이 와서 그런 법이 어디 있냐?"

"개 같은 년, 여기까지 따라왔으면 당연히 줄 것을 각오했을 텐데 못 주겠대. 지가 무슨 열녀라고. 사정해도 못 주겠다고 해서 강제로 벗기기도 그렇고 하여 주먹으로 면상을 쥐어박고 그냥 왔다."

"그래도 그렇지 여자를 산속에 놓고 오면 어떻게 하냐?"

"내가 한 번 먹으려고 오늘 일당도 포기하고 밥 사주면서 돈 썼는데 뭐 그렇게 버티며 써도 닳지도 않는 거 못 주겠다는 거야. 개 같은 년."

석호는 씩씩거리며 난폭하게 운전을 했다.

나는 과속운전을 하는 석호에게 말을 걸면 정신이 분산되어 사고가 날까 두려워 입을 닫았다.

4

석호는 50대 중반에 계급정년에 걸려 경찰을 퇴직했다. 퇴직 후 그는 바로 개인택시를 몰았다. 자연히 한 달에 한 번 모이는 모임에 자주 빠졌다.

몇 달에 한 번 모임에 오면 석호는 택시를 몰며 겪었던 재미 있는 일화를 떠벌였다. 당연히 엽색행각 자랑이었다.

우선 혼자 타는 중년여자가 운전석 옆자리에 앉으면 그가 노리는 대상이 된다. 먼저 말을 붙이고 대화가 잘 풀리면 실수하는 척하고 손으로 여자 허벅지를 건드리며 반응을 본다. 그는 육감으로 여자가 미끼를 물었는지 바로 알 수 있단다.

반응이 오면 바로 수작을 걸면 대부분의 여자가 먼저 야외로 드라이브를 가자고 한단다. 시외로 드라이브를 나가 좀 달리다가 러브호텔로 들어가서 밥을 시켜 먹고 일을 벌이고 여자가 주는 일당 팁을 받고 서울로 태워다 주고 깨끗이 헤어진단다. 서로 이름도 사는 곳도 알 것 없고 한 번의 인연으로 종을 친단다.

내가 죄책감이 안 드느냐고 했더니, 석호는 웃으며 나를 불쌍히 여기는 눈으로 쳐다보며 말했다.

"그거 일종의 보시다. 아직 쓸 만한 여자가 육욕의 미망에 허우적거리는데 원초적 갈망을 해결해 주는 육보시를 하는데 뭐가 죄가 되냐? 내가 그걸 빌미로 돈을 뜯는 것도 아니고 몇 푼 팁을 받는 것은 봉사하느라 못 번 돈 보충하는 건데."

주말 모임에 올 때마다 석호는 꼭 육보시 사례를 자랑했다.

친구들이 60이 다 되어가는 놈이 힘도 좋다, 하면서 목마른 여자에게 봉사하려고 마누라랑은 딴방을 쓴다고 했다. 환갑이 가까워지자 그는 이제 타고날 때 점지한 정액을 다 쏟아 발기가 안 된다며 비아그라를 가지고 다닌다고 한다. 그러더니 이제 내가 약물 신세지는 노인이 되어 가네, 하고 허허 웃었다.

그는 열심히 아령, 역기 등 근육운동을 하고 줄넘기를 하며 하체를 단련한다고 했다. 매일 한 시간 이상 달린다고도 했다. 그가 웃옷을 벗으면 미스터 코리아같이 우람한 체구가 드러난다. 훤칠한 키에 해밝은 얼굴 피부가 그를 10년 이상 젊게 하여 그는 50대로 보였다.

60이 넘어서며 석호는 순발력이 떨어져서 사고가 날 위험이 있다며 연금으로 먹고 살 수 있지만 집에서 놀면 겉늙는다며 공인중개사 자격을 따고 큰 아파트 상가에 있는 친구의 부동산 중개사무소에 출근했다.

그는 촌놈 모임에 나와서 지난주도 한 건 중개했다며 자주 밥을 샀다. 그는 고향 친구들을 화식 집에 데리고 가서 마오타이 등 비싼 술에 코스 요리를 내기도 했고, 유명한 갈빗집에 데려가서 한턱 쐈다.

그의 엽기 행각은 계속됐다. 이제 비아그라를 10년 이상 썼더니 내성이 생겨 효과가 없어 여자가 꼬여지면 화장실에 가서 물건에 발기하는 주사를 놓는다고 했다.

"야 이놈아, 그만 했으면 원도 없이 여자 건드려 봤을 건데, 아프게 그곳에 주사까지 놓으면서 바람을 피워야 해?"

나는 석호가 복덕방을 하며 유한마담과 바람피운 춘사를 또 자랑하기에 핀잔을 줬다.

"야, 본능의 욕구를 풀지 못해 괴로워하는 여성들에게 단비를 내리는 선행을 하는데 잠시 따끔한 고통쯤은 참아야지. 예수도 부처님도 다 착한 일을 하라고 했잖아. 내가 행한 수많은 착한 일을 미쁘게 여기시고 예수는 천당으로 부처님은 극락으로 나를 모시려고 경쟁할 걸."

석호는 얼굴 색 하나 변하지 않고 강변했다.

어느덧 친구들이 종심의 나이에 들어섰다.

어느 날 촌놈 모임에 석호가 동년배로 보이는 여자를 데리고 왔다. 여자 친구, 배 여사라고 소개했다.

배 여사는 피부가 환했다. 곱게 늙었다. 명품을 몸에 감았고 보석을 주렁주렁 달았다. 샤넬 핸드백을 들었다. 그녀는 우리가 회비로 먹는 밥을 먹으며 전혀 주눅 들지 않고 오래 사귄 친구같이 잘도 떠들었다.

배 여사는 다음번 모임에 일부러 와서 빚을 갚는다며 밥값을 척 냈다.

내가 석호에게 배 여사에 대하여 묻자, 그는 배 여사는 장성 미망인으로 장성이 유산도 많이 남겨 놓고, 연금도 남겨 놓고 가서 돈에 전혀 구애받지 않고 사는 유한마담이라며 자기 후견인이라고 했다.

지난번 모임에 석호가 입고 왔던 멋있는 옷을 그녀가 사줬다고 했다. 자기는 입만 가지고 나가 몸보시를 하면 그녀가 알아서 모든 비용을 다 댄다고 했다. 그는 인생 말년에 좋은 파트너가 생겼다며 허허거렸다.

나는 석호의 여자 후리는 재주가 어디서 나올까 궁금해 하며, 석호 어디가 좋아서 여자들이 끊이지 않고 달려들까, 했다.

배 여사와 찰떡같이 붙어 다니던 석호가 배 여사와 헤어졌다고 했다. 그 이유가 어이없다.

"배 여사는 69자세를 좋아하는데 이 나이에 여자 그거나 빨게 생겼냐? 만나면 자꾸 머리를 가랑이 아래로 끌어당기는데 내가 더러워서 그만 뒀다."

석호는 아무렇지도 않게 말했다.

그렇게 고등학교 때부터 70대 노인이 될 때까지 여자를 밝히던 석호가 암세포에 무너졌다. 석호는 줄담배도 안 피는데 폐암에 걸렸다며 인생을 달관한 표정을 했다.

"의사가 수술하자는데, 수술하면 한 1, 2년 더 산다고 하더라. 수술하고 항암치료 받으려면 얼마나 고생이냐? 암수술 받은 친구들 보면 항암 치료 한다며 먹지도 못하고 머리까지 다 빠지잖아. 70평생 이 여자 저 여자 맛보고 아들 딸 낳아 대학 보내고 결혼도 시키고 했으면 됐지, 뭐 더 바라나. 그냥 진통제나 처방해서 좀 덜 아프게 살다가 갈 거다."

모임에 나오지 못하는 석호를 찾아 그의 집에 갔을 때 침대에 누워서 석호가 담담한 목소리로 말했다.

석호는 임종 한 달 전에 아내의 주선으로 신부가 집으로 찾아와서 영세를 받았단다.

하나님은 육보시를 많이 한 석호를 천당에 데려가실 건가?

암으로 석호가 가고 난 후 촌놈들이 만나면 석호의 엽색 행각을 떠벌리며 웃곤 한다. 나이든 친구들에게 옛날을 추억하며 웃음의 소재를 제공한 것도 석호의 또 다른 공덕인가 싶다.

운명

1

준명은 아내에게 남한산성 드라이브나 하며 가을을 구경하고 점심을 먹고 오자고 했다.

아내도 단풍이 한창일 텐데, 하며 좋다고 했다.

준명은 일 년에 몇 번 아내와 남한산성을 찾아가서 계절의 변화를 느끼고 점심으로 순두부찌개나 산채정식을 먹고 온다.

계절이 좋아서인지 주중인데도 남한산성을 오르는 고불길이 정체되어 차들이 기어간다. 막 은퇴한 준명은 나갈 직장도 없고 딱히 시간 정해 할 일이 없어 차가 밀리는 것이 신경이 쓰이지 않았다.

준명은 옆자리에 앉은 아내와 단풍으로 물든 주변 경관을 돌아보며 가을의 정취를 즐기며 한가하게 대화를 나눴다.

그때 핸드폰 전화가 울었다.

준명은 어느 놈이지, 하며 바지에서 핸드폰을 어렵게 꺼내 아내에게 건네주며 운전 중이니 당신이 좀 받아, 했다.

아내가 액정을 쓱 밀었다.

"누구야?"

준명이 아내에게 핸드폰에 뜬 발신자 이름을 불러달라고 했다. 아내가 010으로 시작하는데 이름은 안 뜨는데, 하고 대답했다.

준명은 모르는 놈한테 온 전화인데 받지 말까, 하다가 심심한데 받아볼까, 하며 아내로부터 핸드폰을 넘겨받고 여보세요, 했다.

"서준명 씨 전화예요?"

젊은 여자 목소리다.

"네."

준명이 웬 젊은 여자, 하며 느긋하게 대답했다.

"저 소설가협회 박 국장인데요. 이번에 보내신 단편 중 오자가 몇 개 있어 확인차 전화 올렸습니다."

"오자요?"

준명은 10년 전에 소설가로 등단하여 소설가협회 회원이 되었다. 원고 청탁을 받고 단편을 보냈었다.

"네. 주인공이 오병태이고 그 상사로 우 계장이 나오는데 오병태가 우병태, 우 계장이 오 계장으로 몇 군데 나와 있어요. 제가 고쳐도 되겠지요?"

"당연하지요. 이거 나이가 드니 교정한다고 여러 번 봤는데 잘못이 있네요."

"그럼 그렇게 고치겠습니다."

준명은, 감사합니다, 불편 드려 죄송합니다, 하고 전화를 끊으며 등골로 찬 기운이 죽 흘러갔다.

준명은 얼마 전, 조금 전에 통화했던 장면이 스치듯 뇌리를 스쳐 가서 무슨 상황이지, 하며 혼자 중얼거린 적이 있었다.

준명은 얼마 전 스쳤던 영상이 떠올라 오자를 다 고치지 않고 원고를 보내는 것 같은 사소한 일까지 미리 다 정해져 있나, 하며 소름이 끼쳤다.

준명은 환상으로 본 듯한 장면이 현실로 나타나서 당황한 적이 여러 번 있다. 오늘도 그런 경우다.

정말 차가 기어간다. 준명은 앞차 뒤꽁무니를 지루하게 따라가며 우리 인생사는 이미 다 정해진 운명에 따라 흘러가나, 우리의 운명은 미리 정해져 있고 우리는 정해진 길로 살아가며 그 사실을 모르고 운명을 개척한다고 악악거리며 사나, 하며 후 한숨을 내쉬었다.

운명이 다 정해졌나, 하고 생각하며 운전하다가 준명은 내가 오늘 남한산성 단풍 구경 오는 것도 다 미리 정해져 있었나? 내가 기술자로 살다가 소설가로 인생을 마감하도록 미리 정해져 있었나, 하는 데까지 생각이 미치자 눈에 들어오는 단풍의 고운 빛깔이 퇴색하여 꺼멓게 보였다.

준명은 그가 살아오며 환상으로 스친 일들이, 인생의 행로에 실제로 나타났던 사례들이 죽 떠올랐다.

2

준명은 호남에서 명문인 고등학교를 다녔다. 전교에서 1, 2등을 다퉜다. 그는 고등학교 2학년 때 의대를 갈지 공대를 갈지는 정하지 않고 이과를 선택했다.

고3이 되면서 준명은 의대보다는 공대를 가서 조국 근대화의 선봉에 서는 산업역군이 되고 싶었다.

준명이 담임선생님과 입학상담을 하며 공대를 가겠다고 하자, 담임선생님은 서울공대 화공과를 지원하라고 했다. 우리나라에서 제일 경쟁이 센 학과로, 너 정도 실력이면 합격할 거고, 니가 합격하면 우리 학교의 명예가 높아진다고 했다.

공과대학에 대하여 잘 모르는 준명은 담임선생님의 추천대로 화공과에 원서를 넣었다. 3지망까지 지망할 수 있었다. 담임선생님은 2지망은 기계과, 3지망은 금속과를 넣으라고 했다.

"준명아, 오늘 토정비결 봤는데, 금년 니 운세가 왕운이 틔었다. 틀림없이 서울공대 합격할 거다. 북방에서 목씨 성을 가진 은인이 나타나서 너를 크게 도울 거란다."

토정비결을 보고 오신 어머니는 입에 함박웃음을 달고 말하셨다.

준명은 토정비결에 왕운이 텄다는 말에 살짝 기분이 좋아졌으나, 에이 미신하며 어머니의 말을 마음에 담지 않았다.

난생 처음 서울에 가는 준명은 서울공대 다니는 1년 선배가 알려준 대로 기차를 타고 서울역에서 내려, 전철을 타고 청량리역까지 가서 버스 정류장을 찾고 신공덕행 버스를 탔다.

버스에는 고등학교 교복을 입은 학생들이 여럿 탔다. 날씨가 추워 준명은 교복 대신 잠바를 입고 상경했다. 준명은 버스 종점 서울공대 앞에서 버스를 내려 선배가 알려준 대로 신공덕파출소를 찾고 파출소를 끼고 들어가서 셋째 집을 찾아갔다.

그 집은 선배가 하숙하는 집이라고 했다. 미리 선배의 연락을 받은 하숙집 주인은 준명을 반갑게 맞이하며 한방에 안내했다.

"이 방 두 사람이 써야 해요. 같이 방을 쓸 친구는 벌써 와서 옆방에서 같이 온 친구들하고 공부하고 있어요."

하숙집 주인이 친절하게 설명했다.

준명은 우물로 가서 찬물로 간단히 세수를 하고 방으로 들어갔다. 세수를 하는 동안 그가 묵을 옆방에서 몇 학생이 소곤거리며 복습하는 소리가 들렸다.

준명이 묵을 방에 들어가니 방 한쪽에 먼저 온 같은 방을 쓸 학생의 가방이 놓여있다. 준명은 아랫목에 깔아놓은 따뜻한 이불 속에 다리를 넣고 내일 볼 국어시험을 대비하여 고문을 복습했다.

시험은 이틀 친다. 첫날은 필수 과목인 국어, 수학, 영어를 보고 다음날은 선택 과목인 물리와 화학을 본다.

"학생, 저녁 옆방에 겸상으로 차려놓았어요."

하숙집 주인아주머니가 방문도 열지 않고 큰 소리로 말했다.

준명은 모르는 친구들과 한상에서 밥을 먹으라고, 하고 속으로 투덜대며 옆방으로 갔다.

옆방에는 교복을 입은 학생 셋이 밥상 앞에 앉아 있다가 노크를 한 뒤 방문을 열고 들어서는 준명을 올려다봤다.

준명은 학생들을 둘러보며 서준명입니다, 하고 자기를 소개하고는 자리에 앉았다. 학생들은 교복을 입고 있었으며, 교복 깃에 경기고등학교 배지를 달고 있다.

"반갑습니다. 이철용입니다."

준명의 옆자리에 앉은 곱상하게 생긴 학생이 먼저 인사를 했다.

나머지 두 학생, 우락부락하게 생긴 학생과 좀 얌체같이 생긴 학생이 송상일, 조성만, 하고 자기를 소개했다.

네 명의 수험생은 저녁을 먹기 시작했다.

"실례지만 어느 학교 다니지요?"

조성만이 물었다.

"전주고등학교 다닙니다."

준명이 공손한 목소리로 말했다.

"전주고등학교, 그런 고등학교도 다 있나?"

송상일이 깔보는 목소리로 말했다.

순간 자존심이 팍 상한 준명의 얼굴이 붉어졌다.

"상일아. 전북에서 제일가는 명문교야."

이철용이 준명을 대신하여 말했다.

"무슨 과 지원하셨어요?"

송상일이 물었다.

"화공과요."

준명이 어눌하게 대답했다.

"그런 시골학교에서 화공과를 다 지원해요? 겁도 없이."

송상일이 준명을 완전히 무시하는 말투로 말했다.

"상일이, 니 경쟁자네, 잘해 봐라."

조성만이 비아냥거리는 말투로 말했다.

송상일이 뭐 경쟁자? 하며 헛웃음을 쳤다.

완전히 무시당하고 기분이 상한 준명은 송상일과 조성만의 얼굴을 한 대 갈겨주고 싶었으나 아랫배에 꾹 힘을 주며 참았다.

셋은 자기들끼리 무어라 떠들며 밥을 먹고, 준명은 떨떠름한 기분으로 밥을 입속에 밀어 넣었다.

"전주고등학교에서도 영어 회화 배워요?"

조성만이 깔보는 투로 준명에게 물었다.

"주로 문법과 독해를 배워요."

준명이 얼굴을 붉히며 기분 나쁜 말투로 대답했다.

"그럼, 안녕히 주무셨습니까. 안녕히 주무십시오. 어떻게 영어로 해요?"

송상일이 준명을 빤히 쳐다보며 말했다.

순간 준명은 '안녕히' 를 영어로 뭐라고 하지, 하며 잠시 생각하다가, "Did you have nice sleep?" 하고 자신 없게 대답했다.

"그런 영어가 어디 있어요? Good morning, Good night 이지. 영어를 배우는 것이 영문서적을 읽기 위한 목적도 있지만 미국 사람들하고 소통하기 위한 건데 전주고등학교에서는 그런 쉬운 회화도 안 가르쳐 줘요?"

송상일이 핀잔을 줬다.

중학교 1학년에 들어가자마자 배운 쉬운 회화도 못 맞춘 준명은 창피하여 얼굴이 빨개졌다.

준명은 입에 밥을 막 퍼 넣고 숭늉을 마시고 서둘러 그가 잘 방으로 도망쳤다. 그는 우리나라에서 제일 좋다는 경기고등학교 출신 수험생들에게 무시당한 것 같아 화도 나고 쉬운 영어회화 하나 못 맞춘 것이 창피하여 따뜻한 이불 속에 발을 넣고 허허, 하며 마음을 다스리다가 수학 책을 꺼내 삼각함수 문제를 눈으로 풀어봤다.

노크 소리가 나고 이철용이 이틀 동안 저랑 한방을 쓰게 됐네요, 하며 책가방을 들고 방에 들어섰다.

준명은 인상이 더러운 송상일이나 조성만이 그와 한방을 쓰는 짝이 안 된 것을 다행으로 여기며 방바닥이 따뜻하니 앉으세요, 했다.

이철용이 준명의 옆 자리 이불 속에 발을 넣으며 수학 복습하세요, 했다. 준명이 고개를 끄덕이며 그렇다고 했다.

"친구들 말 기분 나빴지요? 나쁜 친구들은 아닌데 말이 좀 잘못 나온 거 같아요. 마음 풀어요. 수학 복습하시던데 학교에서 진법 공부했어요?"

이철용이 친구를 대신하여 사과의 말을 하며 물었다.

"아니요. 진법이 뭐요?"

"진법은 지금 우리가 쓰는 수의 세계는 일 십 백 천 만 이렇게 열 배씩 커지잖아요. 10진법이지요. 그런데 막 나온 컴퓨터는 0과 1, 두 숫자를 쓰는 2진법의 세계예요. 앞으로 컴퓨터 시대가 될 거라며 수학 선생님이 이번 시험에 진법문제가 나올 거라고 가르쳐 줬는데 지방 선생님들은 정보가 늦는 것 같네요. 여기 진법문제가 있으니 풀어보세요."

이철용이 문제지를 건넸다. 해법도 같이 적혀 있다.

진법을 처음 접한 준명은 신기하여 문제지와 해법을 보고 5진법 숫자를 10진법 숫자로 10진법 숫자를 3진법 숫자로 바꾸는 문제를 열심히 풀어봤다.

준명이 한 20분쯤 끙끙대며 문제를 풀며 진법의 원리를 터득하자, 이철용이 물었다.

"진법 재미있지요? 그 학교도 마지막 요점정리 노트를 만들어 주지요?"

"아니요. 그게 뭐지요?"

"아, 선생님들이 각 과목별로 시험에 나올 만한 중요한 포인트를 몇 장으로 정리하여 시험 치기 전날 보라고 요약전을 만들어 줘요. 선생님들이 고른 예상문제와 답이지요. 이거 국어 요약전인데 보실래요?"

친구들의 무례를 미안하게 여겼던 마음 착한 이철용이 친절을 베풀었다.

준명은 경기고등학교 선생님은 그런 것도 다 만들어주나, 하며 철용이 넘긴 요약전을 받아 읽었다.

준명은 요약전을 보며 정말 앙꼬만 잘 골라 요약했네, 감탄하며 열심히 내용을 읽었다. 한 페이지쯤 사자성어를 모아 놨다. 몇 개는 준명이 아는 사자성어이고 몇 개는 처음 보는 거다.

준명은 처음 보는 사자성어를 열심 읽고 암기했다.

두 학생은 내일 시험 보려면 충분한 수면이 필요하다며 10시에 잠자리에 들었다.

준명은 시험장에서 그의 수험번호와 맞는 자리에 앉아 경쟁자들을 둘러보았다. 수험생 절반은 교복을 입고 왔고, 절반은 사복을 입고 왔다.

전국 고등학교에서 난다 긴다 하는 수재들이 12년 동안 닦은 실력을 겨루는 수험장의 공기는 살벌했다. 준명은 두 눈을 감고 정신을 집중했다.

시험감독관 두 사람이 입실해서 시험지를 나눠줬다. 첫 시간은 국어다. 시험시간은 90분.

준명은 시험지 위에 이름과 수험번호를 쓰고 문제를 풀기 시작했다.

준명은 어, 하고 허공을 쳐다봤다. 사자성어가 다섯 문제 출제됐다. 배점은 5점. 한 문제는 알고 있던 사자성어이고, 네 문제는 어제 이철용이 요약전을 보여주지 않았으면 못 풀 문제다. 준명은 운 좋게 답을 쓰며 요약전을 보여준 이철용이 고마웠다.

같은 행운은 둘째 시간 수학시험 때도 일어났다. 진법문제가 세 문제나 출제됐다. 배점은 6점. 준명은 어제 도래하는 컴퓨터 시대를 대비하며 진법문제가 출제될 거라고 했던 이철용의 말을 떠올리며 서울에 있는 고등학교 선생님은 선견지명이 있구나, 하며 쓱쓱 진법문제 3문제를 풀었다.

오후에 본 영어시험 시간에도 같은 행운이 이어졌다. 영작문제 네 문제가 나왔는데 안녕히 주무셨습니까? 안녕히 주무십시오, 도 출제됐다. 준명은 쉽게 답을 썼다.

준명은 하숙집을 잘 정하고 잠시 자존심 상하는 모욕을 당하기는 했지만 착한 동숙, 하숙생 이철용을 만나 그가 선의를 베풀어 주는 바람에 당일치기 공부로 십여 점을 거저 얻었다.

준명은 수험을 마치고 하숙집에 돌아와서 오늘 이철용 덕분에 시험을 잘 친 내색은 하지 않고 내일 볼 물리와 화학 요약전을 보여 달라고 먼저 이철용에게 청했다.

3주 후 합격자 명단이 신문에 발표됐다. 준명은 당당히 합격했다. 전주고등학교도 있냐며 준명을 모욕했던 송상일은 화공과 합격자 명단에 없었다.

준명은 그가 합격한 것은 수험 전날 이철용이 보여준 요약전 덕분이라 생각하며, 이철용이 李씨로 목성인데 그가 토정비결에서 말한 북방에서 온 귀인인가, 하며 잠시 생각에 잠겼다.

준명은 그 당시는 아직 운명이니 하는 거창한 주제에 대하여 생각할 나이가 아니라서 그렇게 그냥 넘어갔다.

3

준명은 허허벌판을 걷고 있었다. 허허벌판에서 결혼식을 한단다. 준명은 이런 벌판에서 무슨 결혼식을 하지, 하며 하객들을 따라갔다. 하객들은 신랑이 서준명이라고 했다.

준명은 나는 이 결혼에 대하여 아는 것이 전혀 없는데 내가 결혼을 한다고? 누구랑 하지? 준명은 야외 결혼식장으로 들어섰다.

주례석에 준명이 다니는 회사 사장이 서있다. 사장님이 내 결혼식 주례야? 면사포를 쓴 신부가 먼저 입장하여 주례 앞에 서있다. 신부는 뒷모습만 보여 누군지 알 수가 없다.

준명은 신랑이 먼저 입장하는 건데 어떻게 신부가 먼저 입장했지? 내 신부는 도대체 누구야, 하며 주례 앞으로 다가갔다. 주위를 둘러보니 고향친구, 직장친구, 학교친구, 집안 어른들의 얼굴이 보였다.

신랑의 이름은 서준명, 신부의 이름은 예선희다.

준명은 선희라는 이름은 예쁜데 우리나라에 예씨 성도 다 있나, 하며 신부가 이대 영문과를 나왔다는데, 어떻게 알게 되어 결혼까지 하게 됐지, 하며 고개를 갸웃하며 주례 앞으로 걸어갔다.

준명은 내가 결혼하는 것은 맞는 거 같은데 예선희는 누구고 왜 야외에서 결혼식을 하지, 하며 어리둥절하다가 꿈에서 깨어났다.

준영은 무슨 개꿈, 하며 예선희? 참 기이하네, 그런 희성을 가진 여자가 내 아내가 된다고, 하며 하품을 했다.

봄이 왔다. 꽃들이 매화부터 순서대로 피며 아름다움을 뽐냈다.

준명은 친구, 성호로부터 전화를 받았다. 주말에 서울 올라오면, 다른 약속이 없으면 토요일 저녁을 같이 하자고 했다. 성호는 준명의 중고등학교 대학교 동기다. 대학은 같은 서울대지만 준명은 공대를, 성호는 사범대학을 다녔다.

준명은 학병으로 1년 반 복무하고 제대했다.

그는 졸업하자마자 비료회사에 취직이 되어 지방에서 근무한다.

그가 대학을 다니는 동안 그의 집은 서울로 이사를 왔다. 준명은 주중에는 회사에서 제공하는 독신료에서 동료와 한방을 쓰며 기숙하고, 주말에는 상경하여 어머니와 함께 보낸다. 준명의 월급으로 생활을 이어간다.

아버지는 3년 전에 돌아가셨다.

"너 군대도 다녀왔고, 취직도 했고, 나이도 곧 30이 되니 장가갈 때가 됐다. 토요일 삼성동에 있는 한식당 연리지에 세 사람 예약해 놨다."

성호가 길게 말했다.

"세 사람. 또 누가 나오나?"

"아, 내 사촌 여동생이 나올 거다."

"니 여동생? 그럼 선보란 말이냐?"

"그런 셈이지. 이대 영문과 나와 여자중학교 영어선생 한다. 인물은 보통인데 퍽 착하다. 요조숙녀 타입이지. 그래서 너한테 소개시키려고."

준명은 굳이 오랜 친구인 성호의 여동생을 못 만난다고 하기도 그래서 나가겠다고 했다.

준명은 토요일 상경하여 이발을 하고 정장 대신 편안하게 콤비를 입고 시간에 맞춰 연리지 식당에 갔다. 성호 이름으로 원앙실이 예약되어 있다.

준명은 연리지 식당에 원앙실, 하고 중얼거리며 예약된 방에 들어섰다.

성호와 여동생이 먼저 와서 입구 쪽에 나란히 앉아있다.

준명은 안쪽 자리에 앉으며, 내가 늦은 거 아냐? 하고 성호에게 미안하다는 투로 말을 했다.

"아니, 약속시간 5분 전이야, 안 늦었어. 이쪽 내 동생 예하나."

성호가 동생을 소개했다.

"서준명입니다. 만나서 반갑습니다."

준명이 인사를 하며 힐끗 여자를 쳐다보았다. 순간 준명은 그 여자를 어디서 본 거 같은 느낌이 들었다. 예씨? 꿈에서 본 여자? 준명은 앞에 앉은 여자가 꿈에서 그와 야외 결혼식을 올리려던 여자와 같이 느껴졌다.

준명은 저 여자가 운명적으로 내 배필이 될 여자야, 하는 순간 전신에 전율이 쫙 흘렀다,

꿈속에서는 얼굴을 보지 못한 신부가 희성, 예씨였는데 성호 동생도 예씨야? 이종사촌 동생인가? 준명은 처음 보는 저 여자가 왜 나랑 인연이 있

는 거같이 느껴지지?

성호는 예하나를 찬찬히 쳐다봤다. 이목구비가 삐뚤어진 데는 없다. 잘 생기지도 않았고 못 생기지도 않았다. 그냥 무난한 얼굴이다.

준명은 성호의 말을 건성으로 들으며, 어떻게 예하나가 꿈속의 신부와 동일인으로 여겨질까, 이런 것이 전세부터 인연으로 나도 모르게 짝지어 졌다는 건가?

두 나뭇가지가 얽혀 하나가 되는 연리지 식당의 원앙실이라. 이것도 우연일까, 하며 묘한 감정으로 예하나를 힐끔거렸다.

식사를 마치고 식당에서 제공하는 커피까지 마시고 식당을 나왔다.

"창경원 벚꽃축제는 끝났지만 창경원 봄 구경이나 하는 게 어때?"

중매쟁이 역할을 하는 성호가 준명과 하나의 만남 시간을 연장하려 했다.

"말은 고마운데 나 지금 동창 결혼식에 가야 해. 하나 씨, 내일 시간 있으시면 제가 점심 모실까 하는데 괜찮으시겠어요?"

준명이 하나를 쳐다보며 말했다.

"네. 시간 괜찮아요."

"그럼 내일 명동에서 만나요. 예술극장 앞 삼우정에서."

"네, 삼우정 알아요. 시간 맞춰 갈게요."

하나가 선선히 대답했다.

"내일 명동서 점심 들고 남산이나 올라요. 팔각정에서 서울을 내려다보며 봄을 즐겨요."

"남산 오르자고요? 그럼 편한 신을 신고 가야겠네."

"그럼 좋지요."

다음날 준명과 하나는 삼우정에서 점심을 먹고 남산 팔각정에 올라 중구, 종로 등 구시가지를 내려다보고 한강 남쪽, 한참 개발이 이루어지는 강남을 내다보며 한참 피는 봄을 느끼며 즐겁게 대화를 나눴다. 두 사람은 서울 시가를 내려다보며 발아래 보이는 서울을 품에 안은 기분이었다.

두 사람은 주말마다 만나서 식사를 하고 영화도 보며 보통 젊은이가 만나서 시간 보내는 과정을 거치고는 소개를 받은 지 두 달 만에 여름이 오는 계절에 결혼했다.

두 사람은 죽고 못 사는 사랑에 빠질 겨를도 없이 어물어물하다 보니 속성으로 결혼식장에 마주 서게 됐다.

삼선동 2층집 2층에 전세를 얻어 신접살림을 시작하여 주말부부가 됐다.

준명은 주말마다 아내를 만나러 서울로 올라오며 어떻게 하나와 결혼을 하게 됐지, 운명적인 만남인가, 하며 고개를 끄덕였다.

준명이 친구들과 함께 남이섬으로 가을 나들이를 갔다.

친구들과 웃고 떠들고 사진 찍고 하며 시간을 보내다가 닭갈비를 안주로 술을 마시며 점심을 먹고, 알딸딸하게 취하여 또 떠들고 웃고 사진 찍고 산책하며 오후 시간을 즐겼다.

어쩌다보니 준명은 친구들과 떨어져서 혼자 강변 산책로를 걷고 있다. 준명은 벤치에 털썩 앉아 양팔을 팔걸이에 걸치고 유유히 흐르는 강물을 바라보며 푸 한숨을 내쉬었다. 파란 강물이 정말 유유히 흘러갔다.

눈을 들어 앞산을 보니 막 들기 시작한 단풍이 파란 산에 노랑과 갈색의 수를 놓기 시작했다. 준명은 다시 푸 한숨을 쉬어 술기운을 뱉어냈다. 마음이 여유롭고 한가하다.

그는 회사생활도 가정도 평탄하다. 좋은 학벌과 성실한 근무 태도를 인정받아 때를 맞춰 착착 진급하여 부장 직함을 따고 유능한 고급간부로서 안정된 직장생활을 하고 있다.

아내와는 살 떨리는 연애를 하다가 결혼에 골인한 부부처럼 못 보면 죽는 잉꼬부부도, 아옹다옹 다투는 사이도 아닌 그냥 평범한 부부로 일남일녀를 두고 평온하게 살고 있다.

물새 한 마리가 창공에서 강물을 향해 직선으로 내려오더니 물을 박차고 다시 직선으로 창공을 향해 날아올랐다. 준명은 물새의 궤적을 따라 눈동자를 움직였다.

앞산에서 큰 얼굴이 쓱 나타나서 준명을 향해 미소를 보냈다. 준명은 산을 가로 막는, 처음 보는 큰 얼굴을 보며 누구지, 하며 손을 뻗어 악수를 하려 하자 허공에 매달려 있던 얼굴이 스러지고 막 단풍이 들기 시작한 고요한 산세만 드러났다.

준명은 환상으로 보았던 얼굴을 상기하며, 누구지? 어디서 본 사람이지, 하며 그가 아는 사람들을 죽 떠올렸다. 하지만 그런 얼굴을 가진 사람이 떠오르지 않았다.

하늘이 높고 날씨가 쾌청하여 좋은 가을날, 준명은 대학 동문들과 골프를 치러 갔다. 대학 동창 네 사람이 같이 라운딩을 하기로 했었는데 한 명이 일이 생겨 성호가 그의 이종사촌형을 빈자리에 초대했다. 성호는 그의 이종사촌이 하○○ 사장이라고 소개했다.

서로 간단한 인사를 하고 라운딩을 시작했다. 준명은 서로 인사하며 성호의 이종사촌의 이름을 들었으나 이름은 외우지 못했다. 준명은 그냥 하사장님이라고 부르면 되어 굳이 그의 이름을 다시 확인하지는 않았다.

준명은 하 사장과 막 인사를 하며, 그를 어디서 본 듯했으나 어디서 보았는지는 기억이 나지 않았다.

네 사람은 정말 좋은 가을 날씨같이 즐겁게 라운딩했다. 하 사장은 싱글 골퍼로 성적이 제일 좋았다. 라운딩을 마친 후 갈빗집에서 소주를 곁들여 갈비를 뜯으며 즐겁게 식사를 했다.

그날 운전수 노릇을 한 준명은 술을 딱 반잔만 하며 술에 취해 가는 친구들의 술맛이 나도록 어울렸다. 기사를 데려온 하 사장은 쫙쫙 술을 마시며 사촌동생 친구들과 잘 어울렸다.

새해가 밝았다.

준명은 추워서 가기 싫다는 아내를 부추겨 남산으로 해맞이를 갔다.

준명과 아내는 팔각정에 올라 처음 소개를 받고 다음날 남산을 올랐던 추억을 되새기면서 추위에 떨며 새해 첫날의 해가 떠오르기를 기다렸다.

준명은 지난해 주주총회에서 이사로 선임되기를 은근히 기대했었으나 그의 이름은 불리지 않았다. 준명은 떠오르는 해를 마주하고 두 눈을 감고 이번 2월 주주총회에서 이사로 선임되기를 간절히 빌었다.

해맞이를 마치고 손을 잡고 남산을 내려오면서 두 사람이 처음 올랐을 때 막 개발이 시작됐던 강남 신도시가 이제 도시 모습을 갖춘 광경을 보며, 그들의 주거지를 강북이 아닌 강남에 마련한 처사를 참 잘한 일이라고 서로 자찬했다.

2월 주총에서 준명은 이사로 진급했다. 정월 초하루 남산에 올라 떠오르는 해를 보고 기도해서인지, 토정비결을 본 어머님 말씀대로 왕운이 트고 수성을 가진 귀인이 도와서인지 모른다.

이제 7순을 넘긴 어머니는 매년 연초가 되면 토정비결을 보시고 한해를 점치신다. 어머니는 토정비결을 보시고 점괘가 좋으면 기뻐하시고 점괘가 나쁘면 조심하라고 신신당부하신다. 올해 준명의 점괘에 왕운이 텄다며 수성을 가진 귀인이 나타나서 도울 거라고 하셨다.

진급한 준명은 상사들 방을 찾고 승진인사를 했다.

부사장의 방에 들렀다. 준명은 공과대학 화공과 선배인 부사장과는 회사 동료 이상으로 친밀한 사이다.

"저를 이사로 발탁해 주셔서 감사합니다."

차를 마시며 준명이 깍듯이 인사를 했다.

"뭐, 내가 힘쓴 거는 없고 서 이사가 인간관계가 좋다고 하더군."

준명은 부사장의 칭찬에 멋쩍어 머리를 긁적였다.

"하태섭 사장 잘 아나?"

준명은 바로 하태섭 사장이 누군지 떠오르지 않았다.

잠시 그가 아는 하씨 성울 가진 사람을 떠올리다가 준명은 겨우 하 사장을 떠올리며 대답했다.

"네. 골프를 한 번 같이 친 적이 있습니다."

"그래? 하 사장이 우리 회장 처남이야. 자네를 품성도 좋은 인재라고 크게 칭찬했다더군. 그래서 나도 한 마디 덧붙였지. 언제 하 사장 만나면 고맙다는 인사나 해."

부사장은 지나가는 말로 당부하고 화제를 돌렸다.

부사장 방을 나오며 준명은 한 번 본 하 사장이 나를 추천해, 하다가 문득 하 사장의 얼굴이 남이섬에 갔을 때 환상으로 비쳤던 얼굴인 것을 알아내고 운명, 하며 전신에 소름이 쫙 돋았다.

골프장에서 처음 만났을 때 어디서 본 듯한 얼굴이었지만 그때는 몰랐었는데 남이섬에서 떠오른 얼굴이네, 하씨면 어머니가 토정비결을 보고 말한 수성이네, 내가 살아갈 길이 미리 정해져 있나, 그것도 모르고 우리는 악악거리며 사나, 하며 준명은 멍청하게 허공을 응시했다.

4

준명은 61세에 퇴직하여 자유인이 되었다. 그는 전무까지 진급하여 공장장을 하고, 부사장으로는 진급하지 못하고 은퇴했다.

해마다 정초에 토정비결을 보는 어머니, 이제 90을 바라보는 어머니는 연초에 동방에서 귀인이 나타나 도와줘서 왕운이 트인다며, 이빨이 다 빠진 입술을 오물거리시면서 아들의 행운을 말하고는 기뻐하셨다.

하지만 금년 주총에서는 하 사장 같은 귀인이 나타나 돕지 않았는지, 준명은 주주총회에서 임원 명단에 빠지며 은퇴해야 했다.

어머니는 아들이 왕운을 타지 못한 것을 아셨는지 부사장에 오르지 못하고 은퇴하기 전에 돌아가셨다.

준명의 아내 예하나는 교감으로 복무한다. 63세 정년 전에 교장을 하고 은퇴하는 것이 목표다.

준명의 큰아들은 아버지의 권고대로 공대 전자과에 진학하여 졸업 후 ROTC로 군복무를 마치고 전자회사에 근무하고 있고, 딸은 사범대학을 나와 어머니의 뒤를 이어 중등학교 교사를 하고 있다. 아들과 딸은 결혼했고 둘 다 분가했다.

회사 일 외에 관심이 없었던 준명은 월급만 가져다줬다. 재테크에 일가견을 가진 아내가 찬찬하게 재산을 불려 강남에 45평짜리 아파트를 마련하였고, 아파트단지 내 상가도 하나 가지게 됐다.

준명은 상가에서 나오는 월세와 아내의 월급으로 먹고 사는 것은 걱정이 없다. 아내가 퇴직하면 쏠쏠하게 연금이 나올 거라 말년에 경제적 어려움은 예상되지 않는다.

준명은 앞으로 80까지 산다고 치고 앞으로 20년을 무엇을 하고 살까, 생각했다.

매일 등산만 할 수는 없고 무엇인가 해야 한다. 재능을 기부한다는 신문기사를 보고 재능을 기부하면 했으나, 그는 평생 비료공장에서 어떻게 공정을 개선하여 더 품질 좋은 비료를 싸게 생산할 것인가에만 전념해 온 터라 그가 가진 기술은 일반인에게 기부할 것이 없다.

그는 평생 공장에서 굳어진 사고방식을 유연하게 하자며 문화원에서 여는 철학, 서양사, 소설작법 강의 수강신청을 했다. 하루를 90분의 문화원 강의만 듣고 보낼 수는 없다. 고등학교, 대학교, 직장 은퇴자 산악회에서 한 달에 한 번 가는 정례 등산에 참가해도 한 달에 3일만 할 일이 있다.

준명은 자원봉사센터를 찾았다. 센터의 젊은 여직원이 준명과 상담했다. 준명은 공대를 나와 평생 비료공장에서 근무하였으며, 공장장을 끝으로 은퇴했다고 자기를 소개했다.

여직원은 친절하게 반찬 배식이나 배달, 노인들 한글 가르치기, 결손아동 방과 후 지도 등 몇 가지 봉사할 수 있는 분야가 있다고 알려줬다. 우선 봉사교육을 받으라고 권고했다. 교육을 받으시며 어떤 분야에서 봉사를 하실지 정하라고 했다.

준명은 한나절 교육을 받고, 주3일간 오후 2시부터 5시까지 결손아동들을 방과 후 지도하고, 주 1회 반찬 배달하는 자원봉사를 선택했다. 결손아동 지도는 복지관에 가서 사회복지사를 도와 학교를 파하고 오는 결손 초등학교 학생들 숙제를 도와주고, 한자와 영어 등을 가르치고, 같이 놀아주면 된다.

반찬 배달은 열 집을 배정받았다. 오후 1시에 복지관에 가면 반찬을 만들어 봉지에 담아놓았다. 반찬 열 봉지를 차에 싣고 배달할 가정을 배정받아 배달한다. 열 집을 배달하는 데 한 시간 반쯤 걸린다.

남을 도우며 시간을 보내는 소일거리를 찾은 준명은 기쁜 마음으로 봉사에 임했다.

준명은 등산도 하고, 지방에 근무하느라 참석하지 못했던 친구들 모임에도 참석하고, 자원봉사를 하고 문화원에 다니며 인문학 지식도 넓히며 은퇴 후 생활을 바쁘게 보냈다.

그렇게 6개월을 보냈다. 그동안 아내는 교장으로 발령을 받았다. 아내는 다음 목표로 교육장을 한 번 해 보고 퇴직하는 것으로 바꿨다. 아내는 준명에게 당신은 사장 못해 보고 퇴직했지만 나는 교장까지 올라갔어, 하고 으쓱댔다.

준명은 어떤 성취 목표도 없이 이렇게 남은 생을 살아가야 해, 하며 그의 생활 방식에 회의가 들었다.

그냥 이렇게 살다가 가도록 내 인생이 짜여져 있나?

당장 하루 앞도 볼 수 없는데 미래를 어떻게 알 수 있지? 어머니라도 살아계시면 토정비결이라도 보고 한해 운수를 알려주실 텐데, 어머니가 안 계시니 토정비결 보고 왕운이 든 것을 알려줄 사람이 없다. 그렇다고 이공계를 전공한 준명이 점쟁이를 찾아가서 점을 치는 것은 생각 밖이다.

이제 은퇴한 마당에 무슨 전환점이 될 사건이 있겠어? 귀인이 도와줄 일도 있을 수 없고, 그냥 사는 거지, 하고 준명은 다 내려놓고 생을 달관하다가도 문득 잘못 살고 있는 것이 아닌가, 하는 생각이 들었다.

준명은 인생 말년과 사후를 대비하여 종교를 하나 가질까, 하는 생각이 번뜩 들었다. 그는 종교사 책을 사서 읽으면서 여러 종교의 역사를 알아가며, 직접 몸으로 부딪쳐 보기로 했다.

먼저 절부터 찾아가서 예불을 체험하기로 했다. 그는 일요일에 조계사와 삼성동에 있는 봉원사를 찾아 예불에 참석했다. 마루에 방석은 깔아 놓았지만 의자 생활에 익숙해진 그는 방바닥에 펄썩 앉아 예불을 보며 순서를 따라 앉았다 일어섰다 하는 것이 몹시 불편했다. 법문을 설법할 때 장시간 방바닥에 앉아 있다 보니 발에 쥐가 나서 고통이 왔다. 거의 두 시간 계속되는 예불이 지루했다.

그는 다음으로 천주교 성당을 찾았다. 명동성당도 가고, 동네 성당도 갔다. 예배 의식이 너무 형식에 치우친 것 같았다. 세례를 받은 신도만 하는 성찬 행렬에 그는 과감하게 섰다. 신부가 떡을 건네주며 예수님 몸입니다, 하는 말을 들으며 내가 식인종이 아닌데 몸을 먹으라고, 하며 온몸이 경직되었다.

그는 교회를 순방했다. 영락교회, 순복음교회, 온누리교회, 명성교회, 사랑의교회 등 서울에 소재한 큰 교회를 죽 돌았다. 어느 교회나 성가대의 찬송가 합창은 감동을 줬으나 천지창조를 했다는 여호와를 믿고, 신화 같은 예수의 처녀 잉태, 예수의 부활을 믿으라는 설교는 평생 과학적인 지식을 쌓아온 준명의 마음에 믿음으로 다가오지 않았다.

그는 이태원에 있는 이슬람사원을 찾을까 하다가 거기도 뭐 다르겠어, 하며 순례를 멈췄다.

준명은 성당, 교회, 절을 찾아 예배, 예불을 드려 봤지만 그를 확 끄는 종교가 없었다.

준명은 그래도 세계 수십억 명의 사람들, 그들 중에는 자기보다 훨씬 똑똑하고 배운 것도 많은 뛰어난 사람들도 다 믿는데, 뭔가 있을 텐데, 하고는 종교에 대하여 좀 더 알아보자, 하며 종교를 소개하는 여러 책자들을 사서 읽고, 기독교, 이슬람교, 불교, 유교, 도교 등에 대한 개요를 알아갔다.

그는 우선 가장 많은 사람이 믿는 기독교에 대하여 좀 더 알자고 생각하고 성경을 사서 읽기 시작했다. 그는 구약 창세기부터 읽기 시작했다. 창세기 1장을 읽으며, 3,500년 전 창세기를 쓴 저자는 우주가 얼마나 큰지 모르는 상태에서 우주의 중심을 지구로 여기고 썼다는 느낌을 받았다.

지구는 은하계의 한 편에 위치한 태양계의 한 위성일 뿐인데 우주의 중심이 될 수 없다. 태양은 은하계의 많은 별들 중 중간쯤 크기의 별이다. 태양계에 빛을 주는 태양도 우주의 중심이 될 수가 없다. 우주에는 몇 억 개의 은하계가 있다고 한다.

우리가 속한 우주 말고 또 다른 우주도 있다는데, 어떻게 지구가 우주의 중심이라고 치고 창조론을 썼을까. 그런 창조론을 믿어야 해, 했다. 그래도 창세기 1장에 나오는 하나님은 스케일이 크다. 창세기 2장에 하나님의 이름이 여호와라고 나온다. 여호와 하나님은 완전히 이스라엘의 하나님이다, 이스라엘 민족은 나라도 없이 방황하다가 2차 대전 후에 겨우 조그마한 나라를 세웠는데, 어떻게 그런 작은 나라의 하나님이 모든 사람들의 신앙 대상이 되지, 했다.

준명은 그래도, 하며 인내심을 가지고 구약을 읽어갔다. 우주를 창조한 하나님이 아브라함이니 이삭, 요셉 등 몇몇 사람을 골라 능력을 나타내는 것이 이해가 되지 않았다. 우주를 창조한 거대한 하나님이 번제, 화목제 등 그런 제사를 좋아할까? 하나님이 정한 수많은 계율을 읽으며 창조주가 그런 사소한 계율까지 챙겨, 하며 의문이 커졌다.

구약은 등장인물도 많고 내용도 지루했다. 이스라엘 역사책 히브리신화를 더 읽어야 해, 하며 그는 신명기까지 읽고, 구약을 접고 신약을 펼쳤다. 준명은 4대 복음을 두 번 읽고, 눈을 감고 예수의 일생을 복기해 봤다.

로마 통치하에 있는 유다 땅에 마리아라는 처녀가 있었는데 성령으로 잉태하여 예수를 낳았다. 천사가 마리아의 남편이 될 요셉에게 성령 잉태 사실을 알려줬고, 요셉은 그 사실을 믿는다. 목동 동방박사가 찾아와서 구세주 탄생을 축복하고, 헤롯왕은 두 살 이하의 아이를 다 죽이라고 하여 이집트로 피신했다가 갈릴리로 돌아와서 목수 아버지의 생업을 배우다가 30세에 요한의 물세례를 받고 황야에 40일 간 기도하며 세 번 시험을 받고 전도를 시작한다. 어부 베드로 등 열두 제자를 받아들이고, 하나님의 아들이라고 자칭하며 전도한다. 3년간 전도 생활을 하다가 유대교 지도자의 미움을 사고 선동죄로 재판을 받고 당시 법정 최고극형인 십자가형을 당한다. 병자를 고치는 등 몇 번의 기적을 행했고, 사랑을 주제로 하는 설교를 하고 죽었다가 3일 만에 다시 부활한다. 부활을 목격한 사람은 마리아와 제자들뿐이다.

기독교에서 예수의 탄생, 행한 기적, 십자가에 매달려 당한 죽음, 부활 등이 종교의 근간을 이루는 사건이다. 그리고 우리의 죄를 대신 짊어지고 죽었다고 한다.

준명은 예수의 일생을 복기하며, 예수의 설교가 그가 읽었던 명심보감이나 채근담 글귀와 비슷하다고 느껴졌다. 우리의 죄를 짊어지고 가셨다는데, 예수가 죽은 후 범죄가 줄어든 적도 없고 예수를 팔며 벌인 전쟁이 얼마나 많았는가, 하며 고개를 흔들었다.

준명은 기독교를 더 아는 것은 잠시 제쳐놓고 불교를 공부하기 시작했다.

준명은 부처님이 깨달은 것이 도대체 무엇일까, 하며 찾아갔다.

석가 부처님은 6년을 고행하다가 보리수 아래에서 주린 배에 우유를 채우고 득도하셨다고 되어있다. 그리고 수도자에게 첫 설법으로 사성제 팔정도를 설하셨다. 고집멸도, 인생은 생로병사를 거치는 괴로움의 세상을 살며, 그 원인은 탐욕과 갈애이다. 집을 멸하고 해탈하려면 팔정도, 정견, 정사유, 정업 등 여덟 가지 정도를 닦아야 한다.

준명은 해탈이 깨달음의 종착역 같은데 무엇을 깨닫는 건가. 그는 반야심경, 금강경, 천수경 등을 정독하며 해탈, 깨달음의 정체를 알려고 했으나 아하, 이것이구나, 하고 딱 마음에 잡히는 것이 없었다. 스님을 만나 자문을 받고 싶었으나 잘 아는 큰스님이 없었다.

준명은 깨달음이 무엇인가 하는 답은 깨달은 사람만이 아는 것이란 결론을 내리고, 이 나이에 얼마나 더 노력해야 깨닫겠어, 깨닫는다고 사는 것이 뭐가 달라지지, 하며 불경을 읽는 것을 놓았다.

준명은 호숫가 벤치에 앉아 바람에 일렁이는 물결을 보며 나머지 생을 어떻게 마무리할까 생각했다. 종교에라도 귀의하려고 했는데 기독교도 불교도 그를 붙잡지 못했다.

어떻게 살까? 그의 얄팍한 과학 지식이 기독교의 창조론과 부활론을 밀어냈다. 불교의 깨달음은 너무 어려운 과제 같아 엄두가 나지 않았다.

준명은 세상 수십억 명이 믿는 종교를 뭐 잘났다고 외면하나? 그러다가 절대자에게 벌 받는 거 아냐, 하며 순간 두려움이 밀려왔다. 그때 새 한 마리가 창공에서 날아 내려와 물을 스치고 다시 비상했다. 무엇인가 벼락같이 무너지는 소리가 나고 준명은 퍽 넘어지며 무엇인가에 깔리는 착각에 빠지며 허우적거렸다.

준명은 고개를 강하게 흔들고 어깨를 털며 자리에서 일어났다. 환상은 사라지고 준명은 무슨 헛것, 하며 허허 웃었다.

준명은 병실 침대를 수직으로 세우고 고개를 침대 머리에 기댄 채 멀리 내려다보이는 한강을 주시했다. 88도로를 따라 차량 물결이 흘러가고, 한강을 가로지르는 다리에도 차량이 가득 들어차서 서행하고 있다.

준명은 차량행렬을 내려다보며 저 차들은 어디로 향해서 가는가, 하며 하염없는 생각에 잠겼다.

이틀 전 준명은 동창들과 저녁에 한잔하고 전철을 타고 집에 가다가 사고를 쳤다. 얼큰하게 취한 준명은 주머니에 손을 넣고 콧노래를 흥얼거리며 전철역 계단을 내려가다가 발을 헛디뎌서 계단을 굴러 내렸다.

지나가던 승객이 119에 신고하여 병원 응급실로 실려 갔다. 얼굴이 다 까졌고 오른쪽 팔이 부러지고 왼편 발목뼈에 금이 가서 깁스를 했다. 네 계단을 남겨놓고 굴러 그 정도 부상에 그쳤단다. 천만 다행으로 뇌는 다치지 않았단다. 그만한 게 다행이란다.

혼자 거동이 불가능한 준명은 병상에 누워 천장을 보고, 창밖을 내다보며 생각을 이어가는 것이 일과다.

그는 며칠 전 호수에서 새가 비상하는 것을 보는 순간 무엇인가 무너져 내리던 환상을 떠올리며 그가 전철 계단에서 굴러 떨어진 것이 이미 결정된 운명같이 느껴졌다.

준명은 한강을 내려다보며 대학 입시 전날 하숙집에서 당했던 모욕과 그 대가로 받은 보상 때문에 그 어렵다는 서울대 화공과에 들어갈 수 있었고, 졸업 후 비료회사에 들어가서 30년을 넘게 잘 다녔다. 아내와 결혼한 것도, 그래도 전무까지 진급한 것도, 이렇게 다쳐 병상에 누워 있는 것도 다 미리 정해진 운명인가?

준명은 나의 남은 생애에 어떤 갈 길이 정해져 있나, 생각하다가 미래를 미리 알 수 있으면 그것이 행운일까, 재앙일까 생각해 본다.

준명은 길어야 10년, 내가 갈 때까지 앞으로 어떤 삶이 운명으로 정해져 있나, 하며 흐르는 한강 강물을 내려다봤다.

지은 죄가 없다고?

1

현수는 잠에서 깨어나서 푸, 숨을 몰아쉬며 거실로 나왔다. 벽에 걸린 디지털시계가 05:22를 나타내며 껌벅였다.

현수는 어제 아침에 일어나 거실로 나왔을 때도 05:22였는데 오늘도 똑같은 시간에 잠에서 깨었네, 하며 신기한 생각이 들었다.

현수는 5와 22, 무슨 계시일까? 오늘 좋은 일 있을 건가? 그냥 우연의 일치지, 매일 개미 쳇바퀴 도는 사회적 거리두기 노인 생활에 무슨 좋은 일, 하며 눈을 껌벅거렸다.

창밖에서 비가 쏟아지는 소리가 요란하게 들려왔다.

현수는 오늘 추석 명절인데 웬 비, 하며 전등 스위치를 올렸다. 순간 어둠이 밀려가고 거실이 환해졌다.

현수는 커튼을 걷었다. 비가 쏟아지는 창밖은 어둡다. 현수는 차례를 안 지내니 오늘 아무 할 일이 없네, 하며 소파에 앉았다.

그는 소파에 앉아 비가 내리는 창밖을 하염없이 내다보며, 성묘는 이틀 전에 다녀왔고, 애들은 어제 다녀갔고, 코로나19 거리두기로 오늘도 집콕해야 하나? 2년 가까이 지속되는 거리두기에 너무 지루하다, 하며 기지개를 켜고 티브이를 켰다.

추석날이면 케이블TV사에서 무슨 특집 프로라도 방영해야 할 것 같은데 영화, 스포츠, 바둑 등 모든 채널이 재탕 삼탕이다.

현수는 뭐 이리 재탕 삼탕이야, 하며 정신분열증 환자같이 마구 티브이 채널을 돌리다가 6시가 되는 것을 보고 300번 채널을 돌렸다. 증산교 채널이다. 301번부터 305번까지는 기독교 채널, 다음 불교 채널 두 개, 천주교 채널 한 개가 이어진다.

현수는 매일 6시가 되면 종교 채널을 섭렵한다. 어느 날은 300번 증산교 채널부터, 어느 날은 308번 천주교 채널부터 연다.

300번 증산교 채널에서는 전례를 하고, 태을주 주문을 외우는 것으로 아침 수행을 시작한다. 현수는 한 2분간 증산교에서 최고 주문으로 치는 태을주 외우는 소리를 듣다가, 저들은 무엇을 바라고 저렇게 뜻 모를 주문을 외울까, 하며 고개를 갸웃하고 채널을 돌린다.

신사복을 입은 목사가 하나님의 은총과 죄사함을 외친다. 다음 채널도 그 다음 채널도 목사님들이 하나님께 매달리며 영혼을 맡기고 기도하면 응답을 받고 심판날 죄사함을 받고 하늘나라에 올라 영생을 얻을 거라 외친다.

불교 방송에서는 불공을 드리는 신도와 전국 유명사찰을 배경으로 깔고 108 참회문을 낭송과 자막으로 죽 이어간다.

천주교 방송에서는 신부님이 목회를 집전하며 성경을 낭독하고 예수님과 여인 중에 복되신 성모 마리아님의 죄사함과 자비를 빈다.

300번에서 308번까지 채널을 차례로 돌리며 증산교, 기독교, 불교, 천주교의 아침 예배를 돌아가며 섭렵한 현수는 사람들이 무슨 죄를 그렇게 지었다고 모든 종교가 그 종교를 믿으면 죄사함을 받는다고 하지, 하며 아침

운동이나 나가자, 하고 마스크 줄을 목에 걸고 모자를 챙겨 쓰고 큰 우산을 꺼내들고 현관을 나선다. 그는 매일 새벽 아침 운동으로 공원을 돈다.

가을비가 정말 줄기차게 쏟아졌다. 우산을 받고 아파트단지를 벗어나서 공원으로 들어서는 도로까지 겨우 200미터 거리를 걸었는데 벌써 운동화와 바짓가랑이가 다 젖었다. 플라타너스 가로수 잎이 비를 모아서 큰 물방울로 떨어트려 우산 위에 우박 떨어지는 소리를 나게 했다.

현수는 이 빗속에 집에서 티브이나 볼 일이지, 뭐 하러 운동을 한답시고 나와 청승 떨며 걷지, 하며 중얼거리다가 이왕 나왔으니 집에 바로 들어가기는 그러네, 하며 빗속을 그냥 걸었다.

공원 산책로에 들어서자 비를 막아주는 가로수가 없어 그대로 비가 내려치며 바지 아랫도리를 흥건하게 적셨다.

현수는 소낙비니까 곧 그치겠지, 잠시 피했다 가자, 하며 공원 둔덕에 있는 정자로 들어가서 의자에 앉았다. 정자 지붕에 소낙비 쏟아지는 소리가 우두둑 우두둑 났다. 산책로를 따라 죽 서있는 가로등이 빗줄기에 둘러싸여 희미하게 노란 공처럼 보였다.

현수는 신나게 쏟아지는 빗줄기를 멍하니 내다보며, 무엇 하러 추석날 아침 이 우중에 새벽부터 산책을 나와 청승을 떨며 정자에 앉아있나, 자문하며 픽 웃었다.

비에 젖은 바지에서 냉기가 전해지고, 비에 젖은 신발이 질척거린다.

현수는 정자를 빙 둘러서 쏟아지는 비의 장막에 갇힌 기분이 들었다.

For what, 무엇을 위하여 이 우중에 걷는다고 나왔지? 건강을 챙긴다고? 70을 넘게 살았으면 오래 살았는데 아직도 생에 미련이 남아 건강을 챙기나? 미련보다는 하루를 살아도 건강하게 살다가 가는 것이 낫지. 9988 234 해야지.

빗속에 조금 전 종교 채널에서 보았던 기도하는 신자들의 모습이 떠올랐다.

300번 증산교 채널, 흰 도복을 입은 남녀노소 신자들이 훔치훔치 태을천 상원군 훔리 치야도래 훔리함리 사바하, 하며 두 손을 모으고 태을주를 외운다. 무엇을 바라고 그렇게 정성을 다해 무슨 뜻인지 알 수 없는 주문을 외울까?

기독교 채널, 주님이 우리의 앞날을 예비하신단다. 주님이 우리 죄를 대속하시러 십자가를 지셨으니 주님의 은총에 감사하며 기도하란다.

불교 채널, 만사에 감사하고 참회하며, 욕심을 내려놓고, 매이지 말고 부처님의 길을 따라가서 성불하란다. 성불하면 어떤 경지일까? 육도 윤회의 사슬을 끊고 해탈하면 어떤 경지일까?

천주교 채널, 매일 성찬 예식을 한다. 주님의 살과 피를 먹고 마시며 주님의 나라에 들어서길 동정녀 마리아와 주님께 기원한다.

어느 종교나 열과 성을 다하여 믿고 기도하면 모든 죄악이 다 씻기고 하늘나라에 간단다.

현수는 70평생 살아오며 파출소에도 한 번 불려 간 적 없이 죄를 짓지 않고 살아온 것 같은데, 예수님, 상제님, 부처님, 성모 마리아에게 무슨 속죄할 죄가 있지, 하며 70평생 살아온 과거를 되돌아본다.

현수는 살인을 한 적이 없고, 도둑질을 한 적도 없고, 크게 거짓말한 적도 없다.

별로 죄를 짓고 살아온 것 같지 않다. 절대자에게 빌며 무슨 죄를 속죄받을까? 현수는 정말 나는 아무 죄도 짓지 않고 살아왔나, 하고 자문한다.

현수는 그의 70평생을 복기하며 내가 속죄하고 사함을 받을 무슨 죄를 지었지, 하며 줄기차게 쏟아지는 빗줄기를 내다보며 과거를 곱씹어본다.

2

현수가 고등학교 2학년에 진학하고 첫 중간고사 시험 중이다.

봄날은 화창했지만 현수는 날씨를 외면하고 시험 준비에 몰두했다.

내일 시험과목은 역사, 물리, 수학 등 세 과목이다.

현수는 암기과목인 역사시험 준비를 마치고, 물리시험 준비를 하고 있었다.

"현수야, 니 친구가 문밖에서 찾는다."

엄마가 시험 준비에 바쁜 아들에게 말했다.

"친구? 시험 준비 않고 누가 찾아왔지?"

현수는 대문 밖으로 나가며 중얼거렸다.

"현수야, 나다."

현수가 대문밖에 나가자 형곤이 손을 들며 반겼다.

"형곤이 니가 어쩐 일로?"

현수는 주춤하며 어색한 미소를 지으며 말했다.

형곤은 태권도 3단으로 2학년에서 제일 주먹이 세다. 깡패 조직인 백골단 멤버다. 싸움에 소질이 없는 현수랑은 한반이지만 별로 친하지 않다.

"나랑 어디 좀 가자."

형곤이 앞장서 가며 말했다.

현수는 형곤의 말에, 내가 저 녀석에게 잘못한 거 없는데 나를 어디 으슥한 데로 끌고 가서 패려나, 하고 덜컥 겁이 났다.

현수는 잔뜩 겁을 먹고 형곤을 졸래졸래 따라갔다.

형곤이 뒷산으로 올라갔다. 현수는 도망칠 수도 없어 잔뜩 겁을 먹고 형곤을 따라가며 오늘 나 죽었구나, 하고 생각했다.

형곤이 무덤 뒤에 몸을 숨기며 현수더러 옆자리에 앉으라고 했다.

현수는 사색이 되어 엉거주춤 형곤의 옆에 앉았다.

"자식 긴장하기는. 너 안 팬다."

형곤이 현수의 어깨를 탁 치며 말했다.

현수는 비척했다. 얼굴이 사색이 되었다.

형곤이 가방에서 꾸깃꾸깃한 종이를 꺼냈다. 종이는 인쇄용 잉크가 묻어

지저분했다.
형곤은 그 종이를 펴서 현수 앞에 디밀었다.
"어, 이거 수학시험 문제잖아."
현수가 비명을 질렀다.
"이거 학교 쓰레기통에서 주웠다. 내일 볼 시험문제지 같아서 수학 잘하는 너에게 가져왔다. 좀 풀어주라."
학교 급사가 선생님이 준 시험문제를 등사기로 밀어 인쇄하고 파지를 쓰레기통에 그냥 버린 모양이다.
"이거 내일 볼 시험문제 맞는 거 같은데."
지저분한 시험지를 훑어본 현수가 떨리는 목소리로 말했다.
"그럼 좀 풀어주라."
형곤이 연필과 공책을 현수에게 넘기며 말했다.
현수는 누가 주위에서 보지 않나 두리번거리며 문제를 풀었다.
"5번 8번은 책을 보고 연구해야 풀 것 같다."
현수가 연필을 놓으며 말했다.
"열 문제 중 여덟 문제 풀었으면 됐다. 매번 과락하던 놈이 100점 맞으면 의심 받는다. 고맙다."
형곤이 현수의 등을 툭 치며 말했다.
"이거 너랑 나랑 평생 비밀이다. 알았지?"
형곤은 현수의 눈을 빤히 쳐다보며 말했다. 현수는 긴장한 얼굴로 고개를 끄덕여 동의를 표했다. 형곤은 증거를 남기지 않겠다며 라이터를 켜고 시험지를 태웠다.
수학시험에 형곤은 80점을, 현수는 100점을 맞았다.
수학 선생님은 100점 맞은 현수는 제쳐놓고 80점 맞은 형곤의 성적이 아주 크게 올랐다며 학생들 앞에서 칭찬했다.
이 행위는 현수가 태어나서 저지른 첫 번째 큰 범죄다. 길에서 주운 돈을 그냥 가지는 것도 범죄라는데 시험지를 미리 훔쳐본 것은 당연히 죄가 될 것이다. 그러나 현수는 그게 무슨 죄인지 모른다.

그게 범죄라 할 때 죄를 피하려면 어떻게 해야 했을까? 그 시험지를 들고 학교로 달려가서 선생님에게 고자질한다? 그렇게 행동하려고 했으면 형곤에게 두들겨 맞고 뼈도 못 추렸을 거다. 파지를 함부로 버린 급사는 학교에서 쫓겨났을 거고, 그냥 형곤이와 둘이만 알고 시험문제를 풀어준 것이 잘한 거 아냐? 형곤이 80점 맞아서 피해 본 친구 없잖아. 정말 그 행위가 범죄였나.

현수는 쏟아지는 비를 내다보며 그때 아슬아슬하게 느꼈던 스릴을 떠올리며, 그래도 죄를 지은 거겠지, 하며 뭐 평생 죄 지은 것 없다고, 하며 픽 웃었다.

3

현수는 공대를 다니면서 학병으로 병역의무를 마치고 대학을 졸업한 후 국영기업체에 취직했다.

입사 후 3년이 지나서는 진급시험을 통과하여 계장으로 진급했다. 계장 진급 후 5년차부터 과장 진급 자격이 생긴다. 과장은 시험이 없고 인사위원회에서 진급자를 결정한다.

현수는 3년째 과장 진급에 실패했다. 입사 동기 중 절반은 벌써 진급했다. 현수는 생존경쟁에서 뒤처지는 것 같아 마음이 조급해졌다.

예비역 장성이 사장으로 부임했다. 비서실장을 데리고 왔다. 진급을 하려면 비서실장에게 인사를 해야 한다는 소문이 사내에 쫙 돌았다.

현수는 낙하산을 타고 내려온 비서실장을 개인적으로 알 수가 없었다. 수소문하여 비서실장의 고등학교와 대학 겹동창을 소개받았다.

현수는 수줍게 그에게 비서실장과 다리를 놔줄 것을 부탁했다.

비서실장과 통화를 한 그는 귀찮게 만날 것 없이 두 장을 준비해서 가져오라고는 실장의 말을 전했다.

현수는 그의 반년치 월급과 맞먹는 돈이 아까웠지만 또 진급에 탈락하는 아픔을 삭이는 것보다 낫다고 생각하고 빚을 내서 두 장을 마련해 그에게 전달했다.

연말 정기 진급 인사 때 현수의 이름이 진급자 명단에 올랐다.

현수는 그의 진급이 두 장의 위력인지, 때가 돼서 진급한 건지 모른다. 어쨌든 계장으로 진급한 지 9년 만에 과장으로 진급했다.

뇌물을 바치고 진급을 했으니 이 일은 현수가 두 번째 저지른 큰 범죄다.

현수는 빗줄기를 내다보며 내가 그때 두 장을 주지 않았으면 진급하지 못했을까, 아님 때가 됐는데 공연히 두 장만 날린 건가, 하고 그가 두 번째 저지른 뇌물공여죄를 떠올리며, 자식 뭐 아무 죄도 짓지 않고 살았다고, 하며 픽 웃었다.

현수는 그 후 죽 본사에서 근무하며 별 탈 없이 차장, 부장으로 진급했다. 그는 유능한 부장으로 부하 직원들로부터는 이사 진급 1순위 후보 물망에 올랐다. 그러나 부하들의 신망이 그를 임원으로 진급시켜 주지는 않는다.

현수는 빗줄기를 내다보며 해외주재원을 추천할 때 김 과장이 더 유능하고 적임자였는데 박 과장이 동향에 중고등학교와 대학교 후배라고 어학능력이 못 미치는 박 과장을 강력히 추천하여 파견시켰었다. 그것은 무슨 죄지?

K사 판매부장인 윗동서를 돕기 위해 편법을 써서 K사 물품을 사도록 담당과장에게 무언의 압력을 넣었었다. 그건 또 무슨 죄지, 하고 현수는 옛일을 회상하며 자신도 지은 죄가 몇 건은 있네, 하고 자신이 살아오며 저지른 죄를 세어봤다.

현수는 직장생활을 마감하기 전에 임원은 하고, 별을 달고 퇴직하고 싶었다.

부하들 평판으로는 이사 진급 1순위 후보였으나 현실은 그가 이사 될 확률이 높지 않았다. 전 대통령 때는 소통령이 국영기업 임원 자리를 매관매직하였었다. 이 정부에서는 홍삼트리오가 그 역할을 한단다. 홍삼트리오에게 줄을 대야 임원이 될 수가 있단다.

금요일 퇴근시간 무렵 같은 직장에 다니는 고등학교 2년 선배가 전화를 해 왔다.

"박 부장, 내일 점심시간 비었나?"

"특별한 약속 없습니다."

현수는 선배가 무슨 일이지, 하며 대답했다.

"그래, 그럼 나랑 어느 분 만나러 가자."

"어느 분요?"

"박창석 장관 알지?"

"네. 우리 고등학교 출신으로 장관하시고 퇴직하신 분."

"그분과 내일 점심약속 잡을 테니 12시에 신라호텔 일식집에서 볼까?"

"신라호텔 일식집이요? 예, 나갈게요."

현수는 내가 밥값을 내야 하는 거 같은데, 신라호텔이면 비쌀 텐데, 하며 대답했다.

"그럼 내일 봐."

현수는 그래도 대선배를 만나는데, 하며 약속시간 10분 전에 신라호텔 일식집을 찾아갔다.

"일찍 나왔네."

선배가 벌써 나와 일식집 입구에 서 있었다.

"일찍 나오셨네요?"

"대선배님을 만나는데 늦으면 안 되지. 여기서 기다리다 장관님 오시면 같이 들어가지."

"네."

"실은 장관님께서 우리 후배 중 쓸 만한 친구 소개하라고 하여 자네를 소개하려는 거야, 자네 학벌, 경력 어느 하나 빠지는 것이 없잖아. 곧 기술본부장 공모 있을 텐데, 자네를 추천하려고. 장관님 현정부 실세와 줄이 잘 닿거든."

"아, 감사합니다."

현수가 얼굴을 붉히며 꾸벅 인사를 했다.

"나한테 감사할 것은 없고, 자네야 자격이 충분하잖아. 되거든 인사는 해야 해."

"인사요?"

"그래 두 장은 해야 할 거야. 그래야 장관님이 힘써준 분에게 사례하고 용돈 좀 쓰시지."

선배가 아무렇지도 않게 두 장이라 말했다.

현수는 두 장이면 거의 3년치 월급인데 그렇게 많은 뇌물을 바치고 임원이 되어야 해, 하며 바로 선배의 말에 대답을 안 했다.

정확하게 시간에 맞춰 박 장관이 일식집에 나타났다. 선배는 그 앞에서 벌벌 기는 시늉을 하며 그를 맞았다.

"일전에 말씀드린 박현수 부장입니다."

예약된 방으로 가며 선배가 현수를 전장관에게 인사시켰다.

현수는 꾸벅 고개를 숙이고 박현수입니다, 하고 인사했다.

전장관은 만나서 반가워, 하고 손을 내밀어 악수를 청하며 후배의 인사를 받았다.

장관이 상석이 앉고, 선배와 현수가 마주 보고 앉았다.

"밥 먹기 전에 업무 이야기 먼저 하지. 박 군 이야기는 병오 군에게 이미 들었고, 이력서 두 장 바로 나한테 가져와. 그럼 내가 한 장은 청와대 넣고 한 장은 황태자에게 전하고 임원 자리 쿠킹할게. 임원은 된 거나 마찬가지니 그리 알고, 참 사례 이야기는 들었지?"

박 전장관이 안경을 밀어 올리며 담담한 목소리로 말했다.

"에, 제가 두 장이라고 알려줬습니다."

선배가 냉큼 대답했다.

"그럼 됐구먼. 점심은 간단히 복국 한 그릇씩 먹지. 요사이 날씨가 좋아 필드 나가기 좋지."

"그럼 제가 한 번 모실까요?"

선배가 설설 기는 자세로 말했다.

현수는 오늘 점심 값은 내가 내야 할 텐데 일식집이라 바가지 쓸 줄 알았는데 복국 한 그릇 먹는다고 하니 다행이네, 하며 안도했다.

"아니, 자네 무슨 돈 있다고. 그런 것은 신경 안 써도 되고, 박 군 같은 유능한 인재가 임원 자리를 차지해야지. 자격도 안 되는 친구들이 한 자리 차지하려고 날뛰니."

"맥주라도 한잔 하시겠어요?"

선배가 공손하게 물었다.

"맥주? 복국에는 안 맞지. 점심때인데 술은 그만 두지. 나 식사 끝나면 의원회관 가야 해."

식사를 하며 대화는 주로 선배와 박 장관이 이어갔다. 두 사람은 자주 만나는 것 같았다. 현수는 간간이 묻는 말만 대답했다.

현수는 식사를 하며, 이력서를 줄까 말까 고민했다. 두 장이면 거의 3년치 월급이다. 두 장을 바치면 임원 임기 3년에 2년 이상 무료 봉사해야 한다. 뇌물 준 돈을 빼려면 불법을 저질러야 한다.

그렇게 뇌물 바치고 임원이 돼야 해? 지금 임원이라는 친구들도 그렇게 뇌물을 바치고 임원이 됐나?

복국 한 그릇 먹었는데 일류 호텔이라 그런지 시중에서 먹던 값보다 두 배도 더 비쌌다. 비싼 점심 값을 내며 현수는 속이 쓰렸다.

현수는 선배의 강요에 못 이겨 선배에게 사진이 붙은 이력서 두 장을 넘겼다.

선배는 임원 자리 요리 진행 상황을 속속 전해줬다.

현수는 사례금은 30년 넘게 다닌 회사 퇴직금으로 3억 원을 받을 거니 그 중 두 장을 건네기로 마음을 정하고 주주총회를 기다렸다.

주주총회 공고가 났다. 임원 선임이 안건이다.

주주총회 하루 전 선배가 미안하다며, 지역 안배에서 밀렸다더니 이번 주총에서는 현수와는 다른 지역 출신이 선임될 거라고 알려줬다.

현수는 그 전언을 듣고 시원섭섭했다. 임원에 떨어진 것은 아쉬웠지만 두 장을 번 것은 다행이었다.

현수는 그때 임원이 됐으면 뇌물공여죄를 또 지었을 텐데, 탈락하는 바람에 아슬아슬하게 뇌물공여죄를 면했네, 하며 하염없이 내리는 비를 쳐다봤다.

현수는 결국 별을 달지 못하고 부장으로 정년퇴직했다.

이제 70을 넘긴 현수는 더 이상 죄를 짓지 않고 여생을 보낼 수 있겠지, 하며 비가 그치기를 기다렸다.

8차선 도로에는 비를 뚫고 헤드라이트를 켠 자동차가 질주했다. 현수는 명절날 휴일에 저 빗속을 뚫고 어디를 향해 저렇게 차들이 달려갈까, 하다가 나는 무엇을 위해 이 빗속에 집을 나와 정자에 갇혀 시간을 보낼까, 하며 이생에 지은 죄와 원죄를 사해 준다는 티브이 아침 예배에서 보았던 종교의 설교를 떠올리며 나는 파출소도 한 번 안 잡혀 갔는데 그래도 몇 번 죄를 지은 것이 있네, 이제 70이 넘었으니 시험볼 일 없고, 진급할 일도 없으니 더 이상 죄를 지을 일이 없겠지, 하며 비가 그치기를 기다렸다.

4

긴 추석연휴 마지막 날.

현수는 새벽에 잠을 깨서 연속극 광개토대왕 재방을 보다가 6시가 되자 매일 하던 대로 300번부터 채널을 돌리며 종교 예식을 보았다.

믿음이 죄사함과 하늘나라에 가는 승차표란다. 증산 상제님과 태모 고수부, 여호와 하나님과 예수 그리스도, 부처님과 보살, 여인 중의 복 되신 이 성모 마리아.

현수는 300번부터 308번까지 채널을 돌려 보며, 이슬람 채널이 있었으면 알라, 원불교 채널이 있었으면 대종사님이 등장할 텐데, 하며 티브이를 끄고 아침 산책을 나갔다.

어제는 그렇게 가을비가 쏟아졌는데 오늘은 하늘이 청명하다.

현수는 가을이 머무는 산책로를 걸으며 비가 내리고 날이 개는 기후 조화를 신기하게 생각하며 종교 채널에서 봤던 예배 장면을 떠올렸다.

증산교 채널에서 어린 소년은 뜻도 모를 주문을 왜 그렇게 지극정성으로 외울까. 목사님들은 전지전능하신 하나님의 은혜로 죄사함을 받고 영생을 얻는다는데 영원히 산 사람은 아무도 없고, 우리가 사는 우주는 유한하고 우주의 역사도 유한한데 왜 있지도 않은 영원을 외우며 영생을 말할까? 아상 법상 인상 수자상이 다 없다는데 그래도 우리는 이렇게 존재하며 살아가고 있잖아, 하며 해답이 애매한 각 종교의 가르침을 명상하며 산책로를 걸었다.

현수는 비둘기, 까치, 까마귀가 잔디밭에서 어울려 먹이를 쪼는 광경을 보며 어떻게 종이 다른 놈들이 어울려서 한 장소에서 먹이를 쪼지, 하며 멍하니 그 광경을 바라다봤다.

산책을 다녀온 현수는 샤워를 하고 아침을 먹고 잠시 SNS에서 뉴스를 검색하고, 소파에 비스듬히 앉아 티브이를 보다가 가을 하늘을 내다보며 정말 무료하게 시간을 죽였다.

코로나 거리두기가 이어지면서 대면 모임이 다 취소되어 오늘도 특별히 집을 나갈 일이 없다. 젊은이들은 집콕을 의미 있게 보내려고 집안 인테리어를 다시 하고, 가구와 가전제품을 바꾸고 한다는데 70 노인 현수는 그런 변화를 만드는 데는 관심이 없다.

현수는 창틀 사각형에 담긴 파란 하늘을 떠가는 구름을 보며, 수증기가 올라가서 구름을 만든다는데 정말 수증기가 저렇게 멋진 그림을 그릴 수 있어, 하며 과학적 지식과 감정으로 느끼는 아름다움의 괴리를 되뇌며 수증기가 모여서 저렇게 하늘에 여러 모양의 그림을 그린다는 거 거짓 아니야, 하며 과학적 상식에 의문을 품었다.

현수는 각 종교마다 지겹게 외치는 믿고 죄사함을 받으라는 외침을 떠올리며, 정말로 사람들은 그렇게 많은 죄를 짓고 사나, 하고 중얼거렸다.

현수는 내 나이 이제 70을 넘었으니 진급을 위하여 뇌물 줄 일도 없고, 청탁을 할 만큼 빵빵한 직위를 가진 현직 친구도 없으니 청탁할 일도 없고, 돈 더 벌려고 하지 않고 벌어놓은 돈 까먹고 살다 갈 거니 이제 죄를 지을 일은 없겠네, 하며 푸 한숨을 내쉬었다.

현수가 소파에 앉았다 누웠다 하며 지루하게 티브이 리모컨과 씨름을 하고 있을 때 둘째아들 선재가 현관에 들어섰다.

"어, 잘 놀다 왔냐? 그래 언제 내려갈 거냐?"

아버지 현수가 소파에 누운 자세를 일으키며 말했다.

"네. 집에서 점심 먹고 아버님과 어머님께 인사드리고 오후에 내려가려고요."

선재가 들고 온 봉투에서 술병을 꺼내 식탁에 놓으며 말했다.

대기업에 다니는 선재는 입사 후 5년째 지방에서 근무한다. 선재는 추석 전날 가족모임에 맞춰 귀경했다. 서울 오면 아버지 집에 거하는 선재는 추석연휴에 친구랑 놀러 간다며 가족 모임에 잠시 얼굴만 보이고 나갔었다.

"아버님, 매실주 사왔는데 한잔 하시겠어요? 몸에 좋다고 하여 사왔어요."

아들이 아버지 옆 자리에 앉아 아버지가 보는 바둑 프로를 같이 보며 말했다.

"그래, 점심 때 됐는데 점심하며 한잔 하자."

현수가 아들을 건너다보며 말했다.

"아버님 요새도 바둑, 자주 두세요?"

"응, 이제 내가 직접 두지는 않고 기사들이 두는 거 그냥 본다. 박정환이랑 신진서 두는 거."

"저는 시골에 있어 심심풀이로 동료들이랑 가끔 둡니다. 3급은 된 것 같습니다."

"3급? 잘 두네."

"아버님은 1급이시잖아요."

"이제 바둑 두고 나면 머리를 써서인지 피곤해서 안 둔다. 1급 옛말이다."

"점심 준비 다 됐다."

그때 아내가 부엌에서 소리쳤다.

부자는 식탁으로 자리를 옮겼다. 부자는 추석 음식으로 만들었던 남은 전을 안주하여 매실주를 마시며 화기애애하게 대화를 나눴다.

"선재, 이제 서른이 넘었는데 장가가야지?"

어머니가 걱정했다.

"서울 처녀가 시골에서 근무하는 저한테 시집오려고 하지 않아요."

아들이 서글픈 목소리로 말했다.

"그렇겠네. 여보, 당신 아는 사람 없어. 부탁해서 선재 서울로 좀 발령 내달라고 부탁해 봐."

아내가 늙은 남편을 쳐다보며 말했다.

"내가 은퇴한 지가 얼마인데 아는 사람이 있어? 우리 친구들도 다 은퇴했는데."

현수가 퉁명스럽게 말했다.

"참 아버님. 저희 인사부장이 새로 부임했는데, 아버님과 동향이에요."

"그렇게 젊은 사람, 동향이라도 내가 알 수 없지."

아버지가 심드렁하게 말했다.

"이천수 부장인데 고향이 신천리라고 하더라고요."

"이천수, 신천리? 그럼 병수 동생인가? 나 대학 다닐 때 코흘리개였는데. 우리 놀 때 졸졸 잘 따라다녔는데. 서울대 들어갔다고 병수가 자랑했었는데."

"네, 서울대 경영학과 나오셨어요."

"그래? 그 녀석이 커서 너희 회사 인사부장이 됐다고? 축하전화나 해 줄까?"

"제가 바로 전화번호 알아서 알려드릴게요. 한잔 더 하시지요."

아들놈이 두 손으로 공손히 술을 따라 올리고 안방으로 들어가서 전화를 하는 거 같았다. 아들이 바로 나와 아버지에게 인사부장 전화번호를 넘겼다.

낮술에 가볍게 술이 취한 현수는 호기롭게 휴대폰으로 친구 동생 전화번호를 눌렀다.

"어, 천수냐? 나, 니 형 병수 친구 현수다."

대화 내용은 모르지만 상대방이 반갑게 전화를 받는 거 같았다.

"그래. 마침 아들놈이 너랑 같은 회사 다니는데 니가 인사부장 됐다고 하여 축하해 주려고 전화했다."

선재가 귀를 쫑긋하고 그의 회사 인사부장과 스스럼없이 대화하는 아버지를 올려다봤다.

"지금 지방에 근무하는데, 서울 처녀가 지방 근무하는 총각한테 시집 안 온다고 투덜댄다."

아버지가 아들을 돌아보며 전화를 계속한다.

"한 5년 됐지."

상대방이 뭐라고 하는 거 같다.

"박선재. 밀양지점에 근무하고 있어. 봐줄 수 있으면 힘을 좀 써줘."

상대방이 착한 대답을 하는 거 같다.

"다시 한 번 진급 축하하고 임원, 별 달고 나와. 그럼 잘 근무해."

현수가 전화를 끊고, 아들에게, 가을 정기인사 때 너 서울로 불러올리겠단다, 하며 의가양양해서 말했다.

"선재가 서울로 올라온다고?"

아내가 반색을 하며 늙은 남편을 쳐다봤다.

예상치도 못했던 인연으로 아들을 서울로 발령 나게 한 현수는 기분이 좋아 두어 잔 더 술을 마셨다. 알딸딸하게 취기가 올랐다.

아들과 아버지는 소파로 가서 앉아, 중국 갑조 리그에 용병으로 출전한 우리나라 일류 기사들과 중국 기사가 분전하는 바둑 시합을 보며 대화를 나눴다.

"코로나라 인터넷 대국을 하니 중국 안 가고 서울 앉아서 돈 버네."

현수가 중얼거렸다.

"한 번 대국료 얼마나 받을까요?"

아들이 물었다.

"2천만 원이라던데. 이기면 받고 지면 한 푼도 안 받고."

"그래요? 박정환이 계속 이기던데, 수입이 짭짤하겠는데요."

"그렇겠지? 이세돌이 그런 제도를 요구했대. 그래서 관행이 됐고."

"아, 그랬군요. 승부사 이세돌답다."

그때 현수의 휴대전화가 울렸다.

휴대전화를 연 현수는 어, 병수가 전화했네, 천수가 벌써 나랑 통화한 거 형한테 전화했나, 하며 전화를 받았다.

"병수야, 잘 있나?"

"형님이야 잘 있지. 너는?"

"형님은 잘 있지. 무슨 일로?"

현수와 병수는 서로 형님이라고 우긴다.

"응. 상태 장모 돌아가셨다는데 상가 같이 가자고."

잠시 뜸을 들이던 현수가 대답했다.

"나, 어제 저녁에 다녀왔다."

낮술을 한잔 마신 현수는 나른하여 친구의 부모도 아닌 장모 상가에 가기 싫어 어제 다녀왔다고 거짓말을 했다.

병수가 그래? 그럼 나 혼자 가야겠네, 하며 전화를 끊었다.

현수는 전화기를 소파 앞에 놓인 탁자에 놓으며 중얼거렸다.

70 넘은 나이에 죄 지을 일 없다고 속으로 장담했는데 방금 인사 청탁하고 거짓말까지 했네, 하며 천수경 입으로 죄를 짓는 정구업을 떠올리며, 수리수리 마하수리 수수리 사바하, 하고 진언을 외우며 70 넘어도 죄를 짓네, 하며 공허하게 웃었다.

우주여행

1

고천수는 90분짜리 우주관광 상품을 소개하는 신문기사를 보며 고개를 갸웃거렸다.

초음속 우주선을 타고 지상 80km까지 올라가서 무중력을 체험하고 지상으로 돌아오는 상품이다. 가격은 25만 불.

비행기를 타면 보통 지상 10km 대기권을 나는데 80km면 거의 대기권 경계선까지 간다. 그런데 90분에 3억 원, 그럼 1분에 330만원, 되게 비싸다. 내가 벌어놓은 예금 다 털어서 가 봐? 벌써 600명이나 예약했다는데, 60이 넘은 내 나이가 제약은 안 되나?

고천수는 기사를 읽고 천장을 쳐다보며 계속 생각을 굴렸다.

고천수는 무역회사에 다니며 물건을 팔러 전 세계를 누비며 다녔다. 출장을 가서 틈틈이 그곳에 위치한 유명한 관광지를 구경했다.

세계 7대 불가사의라고 하는 만리장성, 피라미드, 타지마할, 마추픽추 등 유적을 돌아봤고, 석가모니, 예수, 공자, 마호메트의 행적이 전해지는 성지도 들렀었다. 이구아수, 빅토리아, 나이아가라 등 세계 3대 폭포도 가봤고, 히말라야, 알프스, 킬리만자로 등 이름 있는 고산을 등반은 못했지만 근처까지 가서 산을 올려다보며 그 위용에 감탄했었다.

지구상에 있는 여러 명소를 월급을 받고 출장을 다니면서 구경한 고천수는 달나라로 날아가서 옥토끼를 만났으면 한다.

1967년 아폴로호가 우주인을 싣고 달나라를 다녀온 이래 지구 중력의 1/6인 달은 화성으로 가는 우주정거장으로 그 역할이 점찍어지고 있다. 또 달에는 지구 인류가 만년은 쓸 수 있는 광물자원이 매장되어 있어 우주 항해 기술이 더 발달하면 강대국이 그 자원 쟁탈전을 벌릴 거다.

지금의 우주선 항해 속도로 화성까지 가는데 6개월이나 걸린다니 너무 지루할 것 같다. 서울에서 남미를 가는데 비행기로 거의 하루가 걸린다. 고천수는 남미에 출장을 갈 때마다 좁은 비행기 좌석 공간에 갇힌 긴 시간이 지루하여 주리를 틀었었다.

우주선을 타고 90분 여행하면 비행기를 타고 일본 가는 시간이다. 우주선 탑승 90분은 지루하지 않고 탈 만하겠다.

그런데 90분 동안 뭘 보지? 달처럼 둥근 지구를 보나?

그리고 우주 유영을 몇 분 할 거고, 별이 쏟아지는 광경도 볼 수 있나?

고천수는 우루무치에 물건을 팔러 갔을 때, 한밤중에 타클라마칸 사막 한가운데 설치된 관망대를 갔었다.

문명에서 떨어진 사막 가운데 세워진 관망대는 사람이 내는 불빛이 전혀 없어 그냥 캄캄했었다. 하늘에서 정말 별이 쏟아졌었다.

고천수는 미리 준비해 간 맥주를 마시며 황홀경에 빠져 창공에 빛난 별, 하며 산타 루치아를 흥얼거렸었다.

지상 80km 우주에서 보는 하늘의 별들은 사막 가운데서 보는 별들보다 더 반짝일 거다. 우리가 사는 지구가 달처럼 보이면 그 광경도 신기할 거고. 그런데 별을 보고 달처럼 둥근 지구를 보고 내려오는데 3억 원이라, 너무 비싸다.

고천수는 그가 가진 예금을 다 털어 우주관광 상품 예약을 하는 것이 망설여진다. 가성비가 그렇게 높지 않을 것 같다.

고천수는 소파에 앉아 창밖을 내다보며 하늘에 떠가는 구름을 올려다보며 저 구름 한참 위를 날아봐, 비행기를 타고 구름 위를 날 때하고 뭐가 다를까, 하고 생각에 잠겨 있었다. 그때 아내가 옆자리에 앉으며 말을 걸었다.

"당신, 뭘 그렇게 골똘히 생각해?"

"응, 우주여행 상품이 나왔는데 예약할까 생각 중이야."

"그래. 당신, 회사 다니면서 전 세계를 누비고 다니더니 이제 우주로 날겠다고?"

"우주를 누비는 건 아니고 왕복 우주선을 타고 지상 80km 상공까지 올라갔다가 우주 유영하고 돌아오는 90분짜리 프로그램이야."

"겨우 90분?"

"90분이면 지구를 한 바퀴 돌겠지. 그럼 달처럼 둥근 지구의 바다와 육지의 경계가 흐릿하게 보일 거고. 아마존, 미시시피, 나일, 양자강 등도 선으로 보일 거 같은데."

"그럼 나도 같이 가야지."

"당신도 가자고? 그게 얼마짜린지 알아?"

"얼마인데, 몇 천만 원 해? 우리 천만 원도 넘게 주고 아프리카도 다녀왔잖아."

"천만 원? 그럼 벌써 신청했지. 3억 원이야?"

"뭐 3억 원. 그럼 우리 둘이 가려면 6억 원이네. 이 집 팔아야겠네."

"집을 필자고? 90분 허공을 헤매려고?"

고천수가 비명을 질렀다.

"아니 겨우 90분 동안 창공을 헤매고 6억 원을 날려. 당신 심각한 표정인데 그런 허망한 생각 접고 가는 거 포기해. 아주 돈 많은 부자나 가는 여행이야. 3억 원이 껌 값인 부자. 우리 비행기 타고 10km 상공까지 올라가서 구름 위를 날아봤잖아. 고민하지 말고 포기하는 거다."

아내가 고천수의 팔을 툭 치며 말했다.

꿈에서 깨어난 듯 고천수는 알았어, 하고 말하고 유튜브 뉴스나 보자고 생각하며 서재로 들어갔다.

무슨 일이든 한 번 마음먹으면 해야 직성이 풀리는 고천수는 컴퓨터를 켜며 우주여행은 돈이 없어 갈 수 없다고 포기하며 기운이 죽 빠졌다.

고천수는 돈이 없어 우주여행을 포기하며 화가 나고 자존심이 팍 상했다. 그는 30여 년을 우리나라 수출고를 늘리기 위하여 전 세계를 누볐다. 미국, 유럽은 물론 지루하게 거의 하루를 비행기 타고 남미, 아프리카를 날아가서 수출 상담을 했다. 크게 수출고를 올렸다. 수출의 날 회사가 백억 불 수출탑을 타게 하는 데 공헌했다.

그런데 이제 회사를 은퇴하고 가성비는 높지 않지만 우주여행 한 번 해볼까 하는데 돈이 없어 못한다! 겨우 25만 불이 없어 포기한다.

고천수는 입맛을 쩍쩍 다시며 그까짓 겨우 90분 여행, 3억 원이나 내고 허허벌판 허공을 헤매다 오는 거잖아, 뭐 볼 거 있어, 하며 자신을 달랬다.

고천수가 유현진이 투수로 등판한 미국 프로야구 중계를 보고 있을 때 잡지를 보고 있던 아내가 말을 던졌다.

"여기 우주여행 기사가 났네. 8일간 여행하는데 5천5백만 불이래."

"뭐 8일간에 5천5백만 불? 어디까지 가는데?"

"어디까지 가는지는 모르겠고, 우주 정거장에 7성 호텔보다 더 호화판 거실을 짓고 거기서 8일 있다 오는 거래."

"그런데 그렇게 비싸?"

"한 번에 열 명 내외 가는데 돔을 세 개 짓는데, 하나는 승무원용이고, 둘은 승객용이래. 5천5백만 달러면 600억 원이네. 보통 부자는 꿈도 못 꾸겠네."

"하루에 거의 백억씩이네. 3억 원짜리도 돈이 없어 꿈도 못 꾸는 처지에 기죽는다. 600억 원을 마련하려면 로또복권 1등 열 번 당첨돼도 어림없네. 은행 지점을 털어도 안 되고, 어느 지점에 600억 원이나 현금이 있겠어?"

"그러게. 어떤 사람이 그 돈 내고 갈까?"

"세계적인 돈이 썩어나는 부자에다가 호사가나 가겠지."

"당신 3억 원짜리 우주여행 못가서 기죽는 거 같던데 600억 원짜리는 아예 생각도 마."

"내가 한국은행 털 수는 없고 무슨 운이 좋아 로또복권 1등 서른 번 당첨하겠어. 꿈도 안 꿀 테니 걱정 마."

"그런데 우주 허허벌판에 방만 호화판이면 뭐하나? 우주 공간에 거창한 폭포가 있는 것도 아니고, 설산이 있는 것도 아닌 데다 그냥 빈 공간일 텐데."

"600억 원 주고 여행 다녀왔다고 잴 수 있잖아?"

"그러기에는 너무 비싸다. 누구한테 재나? 허파에 바람 든 사람이라고 손가락질 받는 거 아냐?"

"그래. 우리는 그런 여행 다녀온 사람 여행기나 읽자."

고천수가 담담하게 말했다.

"여행기 읽을 게 아니라 증강 가상현실 체험하면 되지."

"그거 됐네. 직접 가서 보는 거나 증강 가상현실 체험하는 거나 크게 차이 나겠어?"

"경기를 현장에서 보는 거하고, 티브이 중계로 보는 거 같은 차이겠지."

"오페라 극장에 가서 비싼 돈 내고 보는 거나 집에서 비디오로 보는 거 정도 차이일까?"

"모르겠다. 속상하는데 우주여행 이야기 그만 하자."

고천수가 유현진이 2사 만루 상황에서 삼진을 잡는 장면을 보며 으싸, 하고 응원하며 말했다.

2

고천수 부부는 꿩 대신 닭이라고, 우주여행을 못가는 대신 가상현실 증강시설에서 우주여행 맛을 느낄 수 있나 보려고 메가시네 체험관에 갔다.

메가시네사는 24개 영화 상영관 중 6개 상영관을 가상현실 증강체험관으로 개조했다. 영화 상영관을 폭이 2m, 길이가 3m쯤 되는 독방 체험관으로 나눠 내부 구조를 꾸몄다.

고천수는 자동판매기에서 영화 관람료의 5배나 되는 입장권 두 장을 출력했다. 그는 입장권 한 장을 아내에게 건넸다.

"나 이구아수폭포 못가 봤으니 이구아수폭포 볼 거야."

고천수의 아내는 입장권을 받으며 말했다.

"그래? 나도 이구아수폭포 볼까? 실제 가봤을 때하고 가상증강 체험관에서 보는 것과 얼마나 차이가 있나 보고 말해 줄게."

"그럼 구경 끝나고 봐. 점심 먹고 들어가자."

아내가 체험관 안으로 들어가며 말했다.

고천수는 체험관에 들어가서 의자에 발을 꼬고 앉아 헤드셋을 쓰고 그가 볼 선택 버튼, 이구아수폭포를 클릭했다.

비행기 홀로그램이 3차원 영상으로 떴다. 고천수는 비행기를 타고 하늘을 나는 느낌이 들었다. 비행기는 이구아수공항에 사뿐히 내렸다. 화면이 승용차를 타고 폭포로 가는 장면으로 바뀌었다.

고천수는 승용차를 타고 주위의 경관을 보며 달리고 있다. 파라나강을 가로 질러 이구아수폭포를 정면에서 마주 볼 수 있도록 설치된 관광용 다리 위에 고천수가 서있다.

그가 몇 년 전 이구아수폭포를 갔을 때 그 관광용 다리에서 폭포를 봤을 때와 똑같은 장관이 눈앞에 펼쳐졌다. 폭포수가 내는 굉음이 귀를 울렸다. 현장에서 봤을 때보다 스피커를 통해 들리는 굉음이 더 웅장하다. 관광객들이 여러 나라 말로 찬탄하는 소리까지 그대로 재생했다.

나이아가라폭포 세 배쯤 폭이 넓은 폭포의 장대한 물줄기에 탄성을 지르는 소리 속에 한국말도 들렸다. 고천수가 현장에서 봤던 느낌 그대로 그에게 느낌이 전해 왔다.

폭포 아래 정면에서 보던 장면이 바뀌어 폭포와 같은 눈높이에서 폭포를 바라보는 장면이 나왔다. 그 장면은 현지 관광객은 볼 수 없는 장면이다. 강 상류에서 잔뜩 화가 난 강물이 노도와 같이 소리치며 흘러 내려와서 절벽 아래로 나뒹굴었다.

고천수는 자신이 절벽 아래로 떨어지는 것같이 아찔했다. 장면이 바뀌어 폭포보다 몇 미터 상공에서 폭포를 보여줬다. 말굽모양의 거대한 은빛 물줄기가 햇빛에 반사되어 무지개를 그렸다. 고천수는 자신도 모르게 탄성이 나왔다. 고천수가 현장에 갔을 때 그런 장관은 볼 수가 없었다. 그는 단지 관광용 다리 위에서 정면으로 폭포를 봤었다.

고천수는 체험관에서 보여주는 증강체험에 완전히 압도당하며 그가 현장에 갔을 때 느껴보지 못했던 진한 감동을 느꼈다.

"이구아수폭포 대단하던데, 진짜 그렇게 대단해? 나이아가라는 상대가 안 되던데."

아내가 점심을 먹으며 눈을 동그랗게 뜨고 고천수를 바라보며 말했다.

"그래, 실제 그렇게 대단해. 체험관에서 보니 실제 가본 것보다 훨씬 더 실감나고 장관이던데. 또 다른 감동이야."

고천수가 말했다.

"그래? 그럼 나 안 가본 곳 많은데 또 보러 와야겠네. 여행경비 아끼고,

시간 아끼고, 비행기 타느라 고생 않고, 일석삼조네."
아내가 꿈에 찬 목소리로 말했다.
"그래. 체험관 집에서 가까우니 가끔 보러 오자."
"당신 현장 가서 볼 때보다 더 좋았다고 하니 비싼 돈 내고 우주선 안 타도 되겠네."
"그런가?"
고천수는 몇 억 원, 몇 백억 원씩 내고 우주선을 타지 않고 가상 증강현실을 보는 것이 더 실감이 날 수 있을 거 같네, 그래도 큰 돈 내고 타면 뭐가 달라도 다르겠지, 하고 생각하며 말했다.
"이런 시설이 있는데 뭐 하러 힘들이며 여행 다녀."
아내가 웅장한 폭포를 본 감동을 되새기며 말했다.

3

함박눈이 내렸다.
고천수는 함박눈을 내다보며 멋진 눈꽃이 피겠네, 하고 생각하며 푸른 소나무 잎 위에 하얗게 피어날 눈꽃을 상상했다.
티브이에서 지구온난화로 북극 얼음이 녹아떨어지고 북극곰이 살 자리를 잃어가는 장면이 나오며 지구를 보호하기 위하여 그린피스에 월 만원을 기부해 달라는 광고가 나왔다.
고천수는 함박눈이 마구 쏟아지는 창밖을 보다가 극지방 빙하가 녹아내리는 장면을 보며 저렇게 눈이 오는데, 북극의 빙하가 녹아내려, 하며 빙하가 녹아 없어진다는 광고가 거짓 같아서 허허 웃었다.
티브이 하단에 현재 기온을 나타내는 자막이 흘러 지나갔다. 서울 −5.6도, 미세먼지 보통, 춘천 −7.3도, 미세먼지 좋음…….
고천수는 눈이 내리면 대개 포근한데 오늘은 춥네, 하며 하염없이 쏟아지는 눈을 내다봤다.

"일론 머스크가 누구야?"

잡지를 보고 있던 아내가 물었다.

"일론 머스크? 전기자동차 선두주자 테슬라 회장이야. 영화 아이언 맨의 토니 스타크의 모델로 알려져 있어. 왜?"

"그 사람이 화성에 백만 명을 이주시키겠대. 우주선에 백 명씩 태워 보낸대."

"뭐 백만 명? 그럼 만 번이나 왕복해야 하네."

"그렇게 여러 번? 화성이 지구만큼 커?"

아내가 놀란 목소리를 냈다.

"지름이 지구 반쯤 될 걸. 그런데 아주 춥고 공기가 희박하여 살기 어려울 건데."

"돔을 짓고 그 안에서 살게 한대. 지구 멸망 대비 식민지를 만든대. 이주하는 데 드는 비용은 지금 사는 집값 정도래. 당신 이 집 팔고 이민 간다고 하는 거 아냐? 당신 화성 가서 살자면 나는 안 갈 거야."

아내가 눈살을 찌푸리고 남편을 건너다보며 단호하게 말했다.

"화성 가서 살 생각 없어. 가는 데 반년이나 걸린다는데 그 좁은 우주선 공간에서 반년이나 살 생각하면 휴…. 남미 가는 데 24시간 비행기 타는 것도 얼마나 지겨웠는데."

"그런데 왜 그 치는 지구가 멸망한다고 하는 거야? 그래서 미리 대비한다고?"

"그거…. 지금 지상에 인류가 70억 이상 살고 있는데 지구 인구 정원의 두 배 이상 살고 있대. 그 많은 사람이 지구를 막 갉아먹고 있거든. 그래서 여섯 번째 멸종이 오고 있다고 경고하고 있지."

고천수가 시니컬하게 말했다.

"여섯 번째 멸종?"

"인간이 지난 3백 년 동안 땅속에 묻혀있던 탄소, 석유, 석탄을 막 캐서 태우는 바람에 탄산가스가 많이 나와 지구 온도가 올라가고 있어. 그래서 지구온난화가 가속적으로 일어나고 있고."

"그거야 사람들이 화석연료를 덜 쓰면 온난화를 막을 수 있잖아. 화성까지 갈 생각 말고."

"그게 쉽지 않아. 자연을 마구 쓰며 편안한 생활에 익숙해진 사람들더러 문명의 혜택이 떨어지는 생활하라면 누가 그런 사람을 대통령 뽑아주겠어?"

"그건 그렇다. 이 책 보니까 홍적세 이후 주기적으로 몇 번에 걸쳐 지구가 더워졌다 추워졌다 했다는데. 빙하기가 왔다가 간빙기가 오고, 지금은 간빙기래. 곧 주기적으로 빙하기가 올 거라는데."

"화성의 평균 온도가 영하 이십 몇 도인데 화성의 온도를 올리기 위해 화성 극지방에 있는 얼음을 녹여 그 속에 들어있는 이산화탄소를 분출시키기 위해 화성 극지방에 핵폭탄을 터트리는 방안도 검토한다고 읽었어. 그래서 화성 온난화를 일으키는 거지. 지구는 인간이 땅속에 묻혀 있던 탄소를 마구 꺼내 써서 이렇게 온난화가 일어나고 있다고 난리인데."

"어 눈이 그쳤네. 우리 눈 구경 갈까?"

아내가 눈이 그친 창밖을 내다보며 말했다.

"눈 구경? 어디로? 추운데."

고천수가 아내를 쳐다보며 말했다.

"공원 한 바퀴 돌자. 지난해에는 거의 눈이 오지 않아 눈 구경 못했는데. 추운데 단단히 챙겨 입어."

아내가 외출 준비를 하러 안방으로 들어가며 말했다.

고천수는 롱코트를 입고, 털모자를 쓰고, 장갑을 끼고, 등산화를 신고 추위에 대비, 완전무장을 하고 집을 나섰다.

공원 나무마다 눈꽃이 하얗게 피어 있다. 소나무는 더 탐스럽게 눈꽃을 피웠다. 산책로에 먼저 간 사람이 남겨놓은 발자국이 죽 줄서 있다. 아이들이 왁자지껄 떠들며 눈사람을 만든다. 광장에는 부지런한 주부가 개를 데리고 나와 운동을 시키고 있다. 자기들 세상을 만난 듯 개들이 눈밭을 이리저리 휘젓고 뛴다.

"바람이 차갑네, 눈이 오면 포근한 건데."

아내가 어깨를 움츠리고 눈길을 걸으며 말했다.

"응, 춥네. 북극에서 한랭한 바람이 불어와서 그렇대."

"뭐, 빙하가 다 녹아서 북극곰이 살 곳에 없어진다고 난리던데, 이렇게 추운 바람을 보낼 수 있는데 왜 빙하가 녹는다고 난리야?"

아내가 쫑알거렸다.

"북극은 훨씬 더 추워야 하는데 덜 춥다는 거지."

고천수는 말을 해놓고 참 엉터리 같은 말을 했네, 하고 생각했다.

"어이 춥다. 이렇게 추운데 지구온난화라고?"

아내가 발로 눈을 툭 차며 말했다.

"이렇게 추운 것은 국지적인 이야기고 지구 전체로 보면 더워진다는 말이지."

"머스크인가 멜론인가 하는 친구 비싼 돈 들여 화성 갈 생각 말고 이 추위에 못 먹고 헐벗는 사람 구제나 하지."

아내가 투덜댔다.

"그게 지구가 생물이 살 환경이 안 되어 멸종이 올 날을 대비하자는 거지."

고천수는 테슬라 회장을 대변해서 대답하며 내가 테슬라 대변인이야, 하고 생각하며 픽 웃었다.

"당신은 자꾸 멸종 멸종하는데 왜 인류가 멸종한다는 거야?"

"지금까지 여러 번 멸종사태가 있었어. 지구온난화, 화산 폭발, 소행성 충돌 등의 이유로."

"그런 일이 일어났어도 지금 지구를 봐, 종으로 넘쳐나잖아. 멸종이 오고 또 번창하고 이렇게 순환하는 것이 자연의 이치야. 다 하나님의 계획에 따라 이루어지는 거지."

"하나님? 하나님의 계획이라."

고천수는 더 말을 하려다가 공연히 아내와 종교문제로 다투기 싫어 입을 닫았다.

"마지막 날 일곱 나팔수가 나타나 재앙을 주실 거고, 주님이 다시 나타나서 알곡은 거두실 거야."

성경을 읊조리는 아내의 추위로 얼어붙은 얼굴이 딱딱하게 보였다.

"저 개들 신나게 뛰는 거 봐라. 정말 눈이 오니 개들 세상이네."

고천수는 아내와 골치 아픈 논쟁이 싫어 화제를 돌렸다.

"저렇게 뛰어노는 개가 왜 멸종을 해?"

"지구온난화 말고도 대형 화산폭발, 소행성 충돌 등으로 지구가 멸망할 수가 있어."

"소행성 폭발? 그건 뭐야?"

"지금부터 6천6백만 년 전 신생대 초기에 소행성이 지구에 떨어진 적이 있어."

"그래? 어떻게?"

"우리 밤에 하늘을 보고 있으면 별똥별이 떨어지는 것을 볼 수가 있지. 당신도 봤을 거 아냐?"

"본 적 있지."

"덩치가 작은 별똥별은 지상에 닿기 전에 공기와 부딪쳐 다 타 버려. 그런데 덩치가 큰 놈은 다 타지 못하고 땅에 충돌하지. 그럼 그 운동에너지가 엄청나게 커. 6천6백만 년 전 소행성이 멕시코 유카탄 반도 칙술루브에 떨어졌어. 분화구 크기가 무려 200km야. 그 충돌 충격이 히로시마에 떨어진 원자탄의 백억 배나 된대. 그래서 쓰나미가 수천 km까지 뻗어나가고 검댕

이가 하늘을 덮고 수천억 톤의 유황을 분출하여 태양빛을 막아 식물이 죽고, 식물을 먹고 사는 동물이 죽고, 동물을 잡아먹는 육식 동물이 죽고 하여 멸종이 일어났어. 그때 1억년 이상 지구를 지배하던 공룡도 멸종했지."

"그렇다고 지구가 없어진 건 아니잖아. 뭐 하러 그런 때를 대비하여 그렇게 많은 돈을 들여 화성까지 가?"

"공상 과학자의 꿈이지. 머스크는 베조스랑 우주탐사 경쟁을 벌이고 있어."

"베조스는 누군데?"

"세계 제1위 부자, 아마존 창시자야. 세계 2위 부자 머스크와 베조스가 우주탐사 꿈을 이루려 자존심 경쟁을 벌이고 있어. 재사용 가능한 로켓을 개발하고, 재사용 우주선도 개발하고."

"그래? 돈 벌어 지 맘대로 쓴다는데 시비 붙을 맘은 없지만, 조금 전 티브이에 아프리카 주민들이 식수가 없어 몇 시간씩 걸어가서 오염된 물을 떠다가 가족들을 먹이는 장면이 나오던데, 그들을 도와 식수에 정수약을 넣어 정수한다든지 우물을 파주게 월 만 원만 기부하라고 선전하던데, 그치들 우주 개발한다고 헛돈 쓰지 말고 그 돈으로 아프리카 주민에게 우물이나 파주지. 우주에 일주일 머물고 600억 원 여비를 내라고 하던데 그 돈이면 만 원씩 내는 기부금 60만 명이 내는 돈인데 그렇게 광고한다고 60만 명이나 기부자가 나서겠어?"

"그건 그렇다. 사람의 뜻이 다 다른데 돈 벌어 쓰는 방법도 다 다르고. 나도 돈 있으면 우주선 타고 싶은데."

"그래서 우리 집 팔아 비용 대며 화성 이민 갈 거야?"

"이민 갈 생각 없다. 그 사람들은 지구 자체가 못 쓰게 되는 경우를 대비하자는 거지."

"지구가 파괴된다고? 믿음이 없는 쓸데없는 생각, 다 주님이 챙겨줄 텐데."

교회를 열심히 다니는 아내가 엄숙한 표정으로 말했다.
고천수는 주님이 챙겨준다, 하고 중얼거렸다.

4

고천수는 벌써 1년 넘게 집콕하며 코로나19가 퍼지는 것을 막기 위한 사회적 거리두기가 언제쯤 풀려 일상의 생활로 돌아갈까, 하며 우울증을 달래고 있다.

지난 해 1월에 시작한 코로나가 벌써 1년째 사람들의 발길을 잡고 있다. 지난 연말부터 백신이 나와 주사를 하고 있다는데, 코로나가 수그러들었다는 기사는 없다. 하기야 우리나라는 아직 백신을 확보하지 못했으니 논외이지만.

고천수는 백신 접종을 시작한 나라는 코로나가 진정되었나 보려고 인터넷에서 세계 코로나 현황을 검색했다.

전 세계 코로나 확진자수는 9천4백만 명, 2백만 명이 사망했다.

고천수는 그렇게 소란을 떨며 난리친 거 생각하면 사망자 수가 크지 않네, 중세 페스트 창궐이나 1차 대전 후 스페인 독감에 비하면 덜 치명적이네, 하고 중얼거렸다.

"당신 뭐해? 커피 한잔 타줄까?"

아내가 고천수가 컴퓨터 화면을 보고 있는 서재로 들어오며 말했다.

"커피 좋지. 커피점 하는 사람들 어려울 거야. 커피점에서는 못 마시고 테이크아웃만 가능하니."

고천수가 컴퓨터에 코를 박고 말했다.

아내가 커피를 타러 서재를 나갔다.

고천수는 중세 페스트는 유럽인구의 1/3인 2천만 명을 죽여 종교개혁과 르네상스가 오는 계기가 됐었다지. 스페인 독감으로 5천만 명이 죽었으니 1차 대전 중 사망자 약 천만, 2차 대전 때 사망자 약 4천만 명보다 많네. 정말 질병이 무섭다. 세균, 바이러스가 포탄보다 무섭구나, 하고 중얼거렸다.

아내가 커피를 들고 서재에 들어섰다.

"향기 좋은데. 감사."

고천수가 커피잔을 받으며 말했다.

"매일 집콕하니 정말 답답하다. 뭘 봐?"

아내가 커피를 한 모금 홀짝이며 말했다.

"응, 코로나 백신 맞고 얼마나 확진자 줄어들었나 보고 있어. 그런데 별로 준 거 같지 않은데."

"이제 겨우 한 달 됐으니 아직 백신 1억 명도 못 맞았을 거야. 좀 기다려 봐야지."

"그런데 코로나 발생지인 중국에서는 코로나 확진자가 10만 명도 안 되는데 세계에서 제일로 의료 시스템이 잘 되어있다는 미국은 확진자가 2천 4백만 명이나 돼."

"참 아이러니 하네. 코로나가 온실가스를 가장 많이 배출하는 중국에서 생겨나서 두 번째 많이 배출하는 미국에서 제일 창궐하니. 코로나는 핵무기도 안 무섭나?"

"무슨 말?"

"미국이나 중국이나 핵무기를 앞세워 미사일을 개발하면서 세계 패권을 두고 으르렁거리는데 그렇게 센 나라에서 발원하여 제일 창궐하니."

"맞네. 공식적인 핵무기 보유국인 영국, 프랑스, 러시아도 몇 백만 명씩 확진자가 나왔고, 핵무기 보유 몇 십 년 만에 핵무기 보유를 인정받은 인도도 천만이 넘게 확진자가 나오고. 정말 코로나는 핵무기를 안 무서워하는 모양인데."

"보아하니 금년 일 년도 거리두기가 계속 될 것 같은데, 친구도 못 보고 교회도 못가고 정말 답답하다. 우리 체험관이나 가서 가상여행이나 하다 올까?"

아내가 입맛을 다시며 말했다.

"거리두기 하라는데 메가씨네 가자고?"

"가상현실 증강체험관은 한방에 혼자 들어가니 감염 염려 없잖아."

"그건 그렇다. 답답한데 거기나 가자. 가서 히말라야산맥 해 뜨는 장면이나 보며 답답함 풀어야겠다."

"일출을 본다고?"

"응. 네팔에 출장 갔을 때 카트만두에서 새벽에 일출 보러 갔었어. 일출 명소에 가면 짜이 한잔 마시면 건물 옥상에서 볼 수 있게 해 줘. 부옇게 히말라야 영봉이 보이다가 가장 높은 눈 덮인 에베레스트 산부터 금빛과 은빛이 섞인 광채가 보이기 시작하고, 다음 K2봉, 다울라기리봉 등 높은 순서대로 얼굴을 드러내는데 정말 황홀해."

"그런데 K2봉인지 하는 거 어떻게 알아?"

"가이드가 해설해 주지. 아님 어떻게 알겠어?"

"동해안 가서 해돋이 봐도 멋있는데 정말 멋있겠다. 당신 혼자만 그런 구경 다닌 거야?"

"돈 벌러 다니며 본 거잖아. 출장 가서 짬을 내서 본 거지. 우리 답답한데 메가씨네나 가자, 가서 체험하고 점심 먹고 오자."

고천수는 혼자만 좋은 곳 봤다는 아내의 앙탈을 달래려 점심 먹자는 덤을 제시했다.

고천수는 아내와 식당에 마주 보고 앉았다. 식당 양편 자리는 사회적 거리두기 시책에 따라 비어 있다. 마주 보고 앉은 고천수와 아내 사이에 투명한 플라스틱 칸막이가 세워져 있다.

"뭐 봤어? 나는 히말라야 영봉 해돋이 봤는데 장관에 집콕하면서 쌓였던 스트레스가 팍 뚫리는 거 같다."

"나는 그 동안 화성탐사선이 화성 가서 찍은 사진 봤어. 참 여러 번 화성

탐사선이 갔던데. 매리너, 바이킹, 패스파인더, 큐어리시티, 또 뭐가 있더라?"

"당신 기억력 좋네. 그 많은 탐사선 이름 다 외우고."

"나 아직 치매 아니야. 그런데 화성 표면이 정말 삭막하더라. 서부영화 보면 애리조나 황무지를 말 타고 가고 마차를 타고 가는 장면이 나오는데 그보다 더 황량하던데."

"그렇겠지. 식물도 안 자라고 화산폭발 후 그냥 버려진 땅일 거니."

"영화 마스에 나오는 장면보다 더 황량해. 그 영화에는 그래도 우주선도 보이고 거기서 방을 만들고 식물 키우는 장면이 나오는데 탐사선이 찍은 사진은 정말 그냥 굴곡만 있는 황무지야."

"그래도 에베레스트 산보다 훨씬 더 높은 산도 있다던데."

"그런데 일론인가 머스큰가 하는 찬구는 거기다 식민지를 만들겠다고?"

"응 지구가 온난화라든지 초대형 화산폭발 등 이유로 인류가 살 수 없는 땅이 되면 인류 종말을 막기 위해 피난처를 만든다는 거지."

"무슨 말인지 알겠는데, 지구에 대멸종이 몇 번 있었다며. 그렇다고 지구가 없어진 것도 아니고. 모든 종이 다 없어진 것도 아니고, 새로운 종이 다시 번창하잖아. 그렇게 거대한 공룡이 한 1억 년 지구를 휩쓸며 왕노릇 하고 갔고. 그러고 어느 날 갑자기 사라졌지. 우리 인류는 이제 겨우 한 5백만 년 지구에서 왕자로 커왔어. 그리고 마구 자연을 파먹고 있고. 그러니 언젠가 인류도 싹 지구에서 없어질 날이 오겠지. 지구에 꼭 천 년 만 년 인류만 떵떵거리고 살라는 법 있어? 인류가 멸종되면 다른 종이 나와서 또 왕노릇 할 텐데."

"그래도 인류가 멸종되지 않고 영원히 살자는 거지."

"당신 부처님이 영원한 것은 없다, Nothing is forever라고 한 거 몰라. 머스큰가 하는 친구가 공자를 배웠나?"

"화성 이야기하다 왜 갑자기 공자야?"

"공자가 인무원려(人無遠慮) 필유근우(必有近憂)라고 했어. 멀리 생각함이 없으면 가까운 근심이 있다. 그런 말씀 듣고 화성에 식민지를 만든다고 했나?"

"미국 사람이 뭐 공자를 알겠어. 미래를 대비하자는 거지."

"그래? 당신 지금 플라스틱 장벽을 가운데 쳐놓고 밥 먹으니 기분이 어때?"

"별로지 마누라랑 밥 먹으며 코로나 전염될까 칸막이를 쳐놓고 먹으니."

"그렇지? 당장 생물도 아닌 단백질 덩어리 코로나 바이러스 하나 해결 못하는 주제에 화성에 식민지라?"

"그거와 그건 다른 문제야."

"다르긴 뭐가 달라. 하루에 1달러도 못 벌어 굶주리는 인류가 몇 억인데. 뭐 우주선 90분 타는데 3억, 우주도 아닌 그냥 허공에서 8일 살고 오는데 600억. 그거 말이 돼. 당장 바이러스 물리치고 굶주리는 사람 밥 한 끼 먹이는 것이 급하지."

아내가 시니컬하게 말했다.

"더 웃기는 거 미국이 달 탐사한다고 2,000억 불 썼다며. 그래서 우주인 12명 보냈고, 월석 몇 조각 가지고 오고. 우주인 한 사람 보내는데 180억 불, 20조 원이 들었어. 그래서 국가 위신 세운 거 말고 알아낸 것이 뭐야? 달나라에 옥토끼가 안 산다는 것 알아낸 것? 그 돈이면 아프리카에 우물을 수도 없이 파줘서 그런 더러운 물 안 마시고 건강하게 살 수 있게 하겠다."

아내가 비분강개한 목소리로 말했다.

돈이 없어 우주여행 신청을 못해서 자존심이 상하고 기분이 나빴던 고천수는 아내의 그 돈으로 중생을 구제하라는 말이 맞는 것도 같아 허허 웃었다.

노후대책

1

구양현은 시간에 맞춰 한식집에 들어섰다. 천마회로 예약된 방은 기린실이었다. 구양현은 기린실 문을 열고 들어섰다.

"어, 구 전무. 어서 와."

천마회 회장 백학문이 큰 소리로 구양현을 반겼다. 벌써 선배 회원들이 식당 안쪽부터 자리를 차지하고 있다. 구양현은 약속시간에 딱 맞춰 왔으나 부지런한 나이든 선배들이 먼저 와 있어 구양현은 선배들보다 늦게 식당에 들어서며 미안해서 얼굴을 붉히며 맨 끝자리에 조심스럽게 앉았다.

천마회는 천마산 아래 위치한 천마고등학교 출신으로 오성그룹에서 부장 이상을 하고 퇴직한 퇴직자 모임이다. 만 64세에 부사장 진급 못하고 퇴직한 구양현이 오늘 천마회에 첫 신고를 하는 날이다. 구양현은 천마회 노재식 총무로부터 연락을 받고 나왔다. 백학문 회장은 구양현의 10년 선배로 부사장으로 퇴직하였고, 노재식 총무는 5년 선배로 전무로 퇴직했다.

백 회장은 70대 중반 나이이나 아직 얼굴이 팽팽하고 활기 넘쳐 보였다.

"오늘 온다는 사람 다 온 거 같으니 오늘 신입 구 전무 입회를 축하하는 건배를 합시다. 술잔에 술을 채웁시다."

백 회장이 큰소리로 말했다.

"건배는 오늘 나온 분들 중 최고 선배님이신 이해천 선배님께 부탁합니다."

백 회장이 그의 3년 선배인 이해천 전 부사장에게 건배를 부탁했다.

"두 달 만에 만나는데 모두 건강한 모습 보니 반갑습니다. 더구나 오늘 신입회원 구양현 전무의 입회를 반기는 자리가 되어 더욱 뜻이 깊습니다. 우리들은 인연을 짊어지고 살고 있는데, 여기 모인 우리는 천마고등학교를 나왔고, 또 오성그룹에서 제2의 인생을 같이 해 온 동지입니다. 제3기 인생을 살아가면서 다시 이렇게 두 달에 한 번 만나 인연을 도탑게 하는 것은 뜻이 깊다고 생각합니다."

이해천 선배가 건배사로는 긴 잔소리를 이어갔다.

"인도 사람들은 인생을 네 주기로 나눠 살아간다고 들었습니다만 우리는 학창시절 1기, 직장생활 2기, 은퇴 후 3기로 나눠 살아간다고 할 수 있으며, 여기 모인 우리는 3기 인생을 다 함께 보내고 있는 정말 두터운 인연을 가진 형제와 같은 사이입니다. 오늘 새로 인생의 3기에 들어선 구양현 동문의 입회를 축하하며 여러분의 건강과 가정의 화평을 기원하며 다 같이 가정의 평화와 여러분의 건강을 위하여 건배합시다. 이 모든 것을 위하여!"

"위하여!"

이해천 선배의 선창에 후배들이 힘차게 복창했다.

"이 선배님 은퇴하시고 연설 솜씨가 더 느셨습니다. 다시 현직으로 가셔야겠습니다."

백 회장이 덕담을 했다. 백발의 이해천 선배는 후배의 덕담이 싫지 않은 듯 허허 웃음으로 대답했다.

막걸리를 돌리며 현직 때의 이야기도 나누고 세상 돌아가는 일도 씹고

하며 화기애애하게 회식을 이어갔다.

"어이 주모 커피 한잔 줄 거야. 식사도 끝나 가는데 우리 신입 구 회원을 위하여 은퇴 후 살아가는 방법 좀 코치해 주어야지."

이해천 선배가 총무에게 음식을 날라다 주는 주모에게 팁을 주라는 눈짓을 하며 말했다. 노재식 총무가 만원짜리 한 장과 천원짜리 한 장을 꺼내 천원짜리를 위에다 놓고 만원짜리를 밑에다 놓고 주모에게 건네며, 천만 원이요, 하고 농담을 하며 팁을 건넸다.

"우선 늙어서 제일 중요한 것은 건강이니 건강 잘 챙겨. 건강 잘 챙기려면 많이 움직여야 하니 많이 걷고."

백 회장이 먼저 운을 떼었다.

"늙어서 돈이 없으면 추하게 되니 재테크도 잘 해야지요."

노 총무가 말했다.

"이제 돈은 벌 수 없고 벌어놓은 돈 까먹어야 하니 있는 돈 관리 잘 해야 해."

백 회장이 말했다.

"공무원이나 선생 했으면 연금이 두둑이 나오니 걱정 없지만 우리는 국민연금이 몇 푼 안 되니 있는 돈 관리를 잘해야 해."

백 회장이 말했다.

구양현은 속으로 내가 평생 직장생활하며 모아놓은 재산은 집 한 채와 예금 3억 원뿐인데, 하며 선배들의 말을 들었다. 천마회원들은 돌아가면서 은퇴한 선배들이 재테크에 실패한 사례를 신이 나서 주워섬겼다.

ㄱ선배는 가진 돈 크게 늘이자고 주식에 투자했다가 다 날렸다고 했다.

ㄴ선배는 평생 모아 놓은 현금을 은행권보다 높은 이자를 주는 펀드에 투자했다가 부실펀드가 되어 환매 중지되어 쫄딱 망했단다.

ㄷ선배는 목이 좋지 않은 상가를 샀다가 상가 임대가 나가지 않아 관리비만 물며 울상이란다.

ㄹ선배는 치킨집을 열었다가 문 닫았고, ㅁ선배는 큰마음 먹고 고기집을 열었다가 문 닫았단다.

평생 월급쟁이만 하던 온실 속의 화초가 들판의 잡초 세상을 상대로 장사를 하여 성공하기는 하늘의 별따기라고 했다. 구양현은 선배들의 사설을 들으며 대개 알 수 있는 내용이라 뭐 그렇겠지, 하며 얼마 안 되는 그의 재산을 잘 건사해서 여생을 그럭저럭 살아야 하겠지, 하고 생각했다.

"구 전무. 우리는 오성이라는 온실 속에서 잘 지내왔어. 영혼이 따라오기 힘들게 바삐 뛰면서 살아왔지. 이제 멈춤의 미학을 즐기며 돈에 욕심내지 말고 있는 돈 안전하게 굴려 여생을 잘 살 생각해."

백 회장이 선배로서 여러 사례를 종합하여 결론을 내려줬다.

구양현은 충고 감사하다고 꾸벅 인사를 했다.

2

구양현은 천마회 선배들과 헤어져서 전철을 타러 전철역 구내로 들어섰다. 천마회 회식 자리에서 몇 잔 마신 막걸리가 그를 취하게 하여 몸이 흔들거렸다. 그는 벌써 천마회 회식에 일곱 번째 참석했다. 벌써 퇴직한 지 일 년 반이 다 된 것이다.

구양현은 경로패스를 출찰구에 대자 삑삑 두 번 신호음이 울렸다. 그는 문을 밀고 역구내로 들어가다 공짜로 전철을 타며 미안한 마음이 들었다.

그는 이틀 전 만 65세가 되어 동사무소에서 지하철을 무료로 탈 수 있는 경로카드를 받았다. 꼬박 돈을 내고 타던 전철을 무료로 타며 구양현은 내가 전철 값 정도는 낼 수 있는데, 하며 그의 전철 값을 부담해 주는 누군지 모를 젊은이에게 빚을 지는 기분에 미안한 마음이 들었다.

구양현은 경로자리에 앉으며 내가 이 자리에 앉아도 되나, 주위를 두리번거렸다. 아무도 그가 경로자리 앉는다고 시비를 걸지 않았다.

구양현은 어색한 몸가짐으로 경로석에 앉아 천마회 선배들이 여유가 있게 살아가는 모습을 떠올리며 나도 그렇게 여유롭게 생을 마감해야 하는데, 하며 앞으로 살아갈 날들을 생각해 봤다. 퇴직하고 일 년 남짓 퇴직 위로금으로 받은 상여금으로 별 생각 없이 살아왔다.

80세까지 산다면 앞으로 15년은 버는 돈 없이 벌어 놓은 돈 까먹으며 살아가야 한다. 자식에게 기댈 수는 없고, 벌어놓은 재산으로 15년, 아니 아내는 나보다 나이가 젊으니 20년은 버텨야 하는데……. 지난 일 년여는 그럭저럭 살았는데 이제부터 규모 있게 살아야 하겠네. 어떻게 산다?

37년 직장생활하며 벌어놓은 재산은 예금 3억 원과 십 몇 억 원을 호가하는 강남의 아파트 한 채뿐이다. 퇴직하고 돈은 못 벌어도 하루 세끼는 먹어야 하고, 아파트관리비, 세금, 차량관리비 등 현직 때 들던 돈이 다 들어간다. 마누라랑 둘이 지금 사는 집에서 계속 살려면 한 달에 최소 3백만 원은 있어야 한다. 매달 국민연금에서 백이십만 원이 나오니 백80만 원을 더 보태야 한다. 그가 가진 현금 3억 원은 정부가 금융회사가 망해도 원금을 보장하는 5천만 원 한도로 은행보다 이자를 더 주는 제2금융권 여러 저축은행에 분산 예금해 놨다.

연 이율 5%니 예금 이자가 일 년에 천오백만 원, 세금 떼면 매월 100만 원쯤 이자 수입이 생긴다. 국민연금과 은행 이자를 합해도 절약하고 궁핍하게 살아도 원금을 좀 까먹어야 그런대로 생활을 꾸려갈 수가 있다. 지난 일 년은 퇴직 위로금 받은 돈으로 예금 안 까먹고 살았지만 이제는 생살을 도려내야 한다. 식당을 하거나 장사를 하기는 싫다. 30대에 돈을 좀 불려보겠다고 주식과 펀드에 투자했다가 원금까지 날린 경험이 있어 주식과 펀드는 절대 않기로 그때 결심했었다.

구양현은 가늘고 길게 먹자며 장사니 주식이니 잊고 살아가는 방법은 절약뿐이 없다고 생각하고 집에 가서 진지하게 아내와 앞으로 살아갈 일을 상의해 보자고 했다.

구양현은 전철을 내려 가볍게 취한 발걸음으로 집으로 가며, 몇 년 전만

해도 이 시간에는 직장에서 정신없이 뛰었는데, 대낮 일과 시간에 술을 마시고 한가하게 집으로 가며 옛 생각이 나서 기분이 묘했다.

"당신 선배들 만난다더니 술 한잔 했네."

아내가 현관에 들어서는 남편을 보고 말했다.

"응, 한잔 했지. 이것저것 옛날이야기도 하고 은퇴 후 생활 방편도 서로 의견 나누고. 그런데 당신 어디 갈 거야? 정장 차림이게."

구양현이 검정색 계통의 투피스를 입고 그를 맞는 아내에게 말했다.

"막내외삼촌이 돌아가셨대. 상가에 가야지."

"뭐, 막내외삼촌이 돌아가셨어? 언제?"

"어젯밤에. 그래서 내일 발인한데."

"막내외삼촌 70도 안 됐는데."

어머니는 4남3녀의 맏이셨다. 막내외삼촌과는 스무 살도 더 차이가 났다. 막내외삼촌은 촌수는 한 단계 위였으나 구양현보다 겨우 세 살 많아 형님 같은 존재였다. 방학 동안에 시골 외할머니 댁에 가면 같이 개울에서 목욕도 하고, 고기도 잡고, 산으로 들로 뛰어다니며 놀았었다.

젊은(?) 외삼촌이 죽었다는 말은 구양현에게 충격이었다. 잠시 멍청하게 서있던 구양현은 간신히 입을 열었다.

"나 ATM 부스에 가서 부주 빼올게."

"얼마 할 거야?"

"그래도 한 장은 해야지."

아내는, 퇴직한 사람이 한 장씩이나, 하고 말하려다가 입을 닫았다.

술을 마신 남편을 대신하여 아내가 운전을 했다. 차가 고속도로를 달려가자 울긋불긋 가을이 휙휙 지나갔다. 들에는 벼를 수확하고 볏짚을 말아 놓은 흰색의 둥근 플라스틱 더미들이 여기저기 누워있다.

구양현은 가을을 보고, 돌아가신 외삼촌과 추억을 떠올리며 문득 죽음을 생각했다. 그도 곧 죽을 수 있다는 생각이 들어 마음이 처연해졌다.

직장을 다니며 바쁘게 돌아칠 때는 전혀 죽음을 생각한 적이 없었다. 그런데 퇴직하고 가을을 스쳐가며 그보다 겨우 세 살 많은 외삼촌의 장례식장에 가며 그에게도 죽음이 온다는 생각에 가슴이 먹먹했다.

장례식장으로 들어가는 길 양편에 은행나무들이 줄을 서서 죽 노란 차일을 쳤다. 한 줄로 서있는 은행나무 중 딱 한 그루만 아직도 푸름을 뽐냈다. 구양현은 눈을 확 끄는 푸름을 지나치며 같은 환경에 서있는 은행나무인데 왜 저 나무만 저렇게 푸를까? 백세 넘게 사는 장수 할아버지와 같이 수명이 긴 놈인가? 나는 몇 년 더 살까? 10년 아님 한 20년, 하고 생각했다.

장례식장 맞은편에 산부인과 간판이 보였다. 출생과 사망이 길 하나 사이로 마주 보고 있다.

구양현은 출생과 죽음이라는 양 극단을 돌아보며 묘한 기분에 빠지며, 죽음이 다가오는 그의 여생을 어떻게 살아가야지, 하며 생각에 빠졌다.

3

퇴직을 하고 하루 놀고 하루 쉬어도 시간은 갔다.

앞만 보고 달렸던 때나 하루 쉬고 하루 놀며 사는 때나 하루는 24시간이다. 시간이 좀 더디게 가는 느낌이었으나 그래도 시간은 흘러갔다.

구양현은 퇴직하고 다른 퇴직 동료들이 하는 대로 우선 아내와 열흘간 해외여행을 다녀왔다. 그가 현직에 있을 때 가보지 못했던 아프리카엘 갔다. 홍콩에서 비행기를 갈아타고 스물 몇 시간 만에 남아프리카공화국 요하네스버그에 도착하여 남아연방을 둘러 보고, 세계 3대 폭포라고 불리는 장대한 빅토리아 폭포를 보고, 세렝게티 국립공원에 들러 사자, 얼룩말 등 동물의 왕국을 구경했다. 숙소로 가는 동안 천천히 움직이는 버스 주위를 어슬렁거리는 사자를 보며 놀라서 비명을 삼키기도 했다.

국내여행도 했다. 남해안을 돌며 바다의 절경을 즐기고 해산물 맛을 즐겼다. 그렇게 벌어놓은 돈을 쓰며 한 달을 잘 보냈다. 남해안 여행에서 돌아오며 휙휙 지나가는 차창의 광경을 보며 구양현은 아내에게 말했다.

"퇴직하고 해외여행도 다녀왔고, 국내여행도 다녀왔고 계속 여행만 다닐 수 없는데 어떻게 살아가지?"

"어떻게 살다니?"

"우리 아파트에서 그냥 살려면 한 달에 최소 3백만 원은 있어야 하는데 국민연금 120하고 이자 백이 나오니까 80이 부족한데 어디서 보태지?"

"그거? 있는 돈 까먹자."

"있는 돈 까먹어?"

"통장 하나 헐자. 5천만 원짜리 하나 헐면 한 달에 백씩 까먹으면 50개월은 까먹을 수 있잖아. 그럼 그렇게 4년 사는 거지."

"그렇기는 한데. 얼마 안 되는 저금한 돈 까먹자고?"

"내가 장사나 하면, 하고 우리 아파트 상가 알아봤는데 1층 열다섯 평이 보증금 1억에 월세 300이래. 식당을 하며 월세 300만 채우려 해도 8천 원짜리 음식 40그릇은 팔아야 해. 요리사 두고 서빙하는 종업원 두면 그 인건비로 요리사 월급 4백에 종업원 2백, 6백은 드는데, 또 80그릇은 팔아야 해. 그럼 세금은 차치하고 요리 재료도 사야 하고. 또 전기세, 수도세 등 관리비 내고 영업하려면 또 50그릇은 팔아야 하는데, 무슨 재주로 하루에 2백그릇을 파나? 아님 내가 요리하고, 당신이 서빙해야 하는데 할머니 할아버지가 하는 식당에 어려워서 젊은 손님이 오겠어?"

"당신 그런 것도 생각했어?"

"그럼 먹고는 살아야 하는데 나라고 마음 편하겠어? 그래도 당신이 나 밥걱정 안 하고 한 40년 잘 먹여줘서 고마워."

담담하게 말하는 아내를 돌아보며 구양현은 생활을 걱정하는 아내가 신통하여 아내의 어깨를 툭툭 치며, 당신이 생활인 다 되었네, 하며 칭찬했다.

"그러니 장사한다느니 하는 그딴 생각 말고 그냥 까먹자. 까먹으며 뭐 돈 벌 일 없나 천천히 생각하자. 우리 친구 남편이 퇴직하고 주식하다 말아먹고 우울증 걸렸대. 그러니 주식은 쳐다보지도 마."

"나 주식할 생각 없어."

다르게 돈을 벌 아이디어가 없는 구양현은 더 이상 아내의 말에 토를 달지 않았다.

구양현은 여행을 다녀와서 돈을 쓰며 여행을 즐기던 세월을 접고 백수로서 일상적인 생활로 돌아갔다. 그는 집에서 10분 거리에 있는 공원에서 구청에서 새벽 6시에 구민 건강을 위해 실시하는 에어로빅에 나가는 것으로 하루를 열었다.

구양현이 사는 아파트 바로 옆 아파트에 사는 천마회 노재식 총무가 퇴직하고 가만히 있으면 몸이 퍼져 건강을 잃을 수 있다며 새벽 에어로빅 운동에 나오라고 강권하여 선배의 말을 따라 새벽 운동을 나가기 시작했다.

새벽 6시에 공원 주변에 사는 노인 70여 명이 모여 요란한 음악 박자에 맞춰 강단에서 뛰는 여자 강사의 율동을 따라서 몸을 흔든다. 그렇게 50분을 뛰고 나면 땀이 나고 온몸의 근육이 풀어진다.

에어로빅이 끝나면 노재식 총무와 몇 사람이 공원을 한 바퀴 돈다. 한 바퀴 도는 데 족히 30분은 걸린다. 구양현이 아침 운동을 하고 집에 들어서면 그때서야 아내가 잠자리에서 나온다.

구양현은 오전 오후 시간을 보내기 위해 문화원에서 여는 강좌를 등록했다. 그는 하루에 한 강좌씩 풍수지리, 음양학, 한국사, 철학개론, 시창작반에 등록했다. 문화원은 수강료가 저렴하여 경제적으로 부담이 되지 않는다. 풍수지리와 음양학반에 등록한 것은 음양학과 풍수지리가 정말 과학이 판치는 현대에 믿을 만한 것인가 알아보기 위해서이고, 시창작반은 40년 가까이 월급쟁이하며 메마른 정서를 조금은 살찌우자는 뜻이었다.

그는 그동안 회사 일에 매달리느라 소홀했던 고등학교 동창 모임에도 나가고, 고향 친구들 모임도 챙겨서 나갔다. 그러다 보니 백수가 과로사한다는 농담처럼 그는 매일 바쁘게 돌아쳤다. 아내는 아내대로 동창 모임에도 나가고 교회 모임에도 나가며 바쁘게 생활한다.

금통위에서 기준금리를 그가 퇴직한 후 석 달 만에 5.25%에서 4%로 낮췄다.

"여보, 정부에서 금리를 4%로 낮췄어. 예금 수입이 당장 매달 30만 원씩 줄게 생겼네. 우리 내핍해야겠는데."

구양현이 신문 경제란에서 금리인하 소식을 보며 아내에게 말했다.

"뭐 그렇게 금리를 팍팍 내려. 이자로 먹고 사는 우리 노인들 어떻게 하라고."

아내가 투덜댔다.

"경제가 좋지 않아 그렇겠지만 지금 예금해 놓은 돈은 내년까지 그냥 5% 이상 이자가 나오니 그냥 살지만 내년부터 걱정이야."

"뭐 사업할 거 없을까? 식당 말고."

"퇴직하고 할 게 뭐 있나. 당신 나랑 치킨집 할 거 아니잖아."

"나더러 닭 튀기라고? 식당은 안 된다고 했잖아."

아내가 팍 화를 내며 안방으로 들어가 버렸다.

구양현은 절박한 심정으로 이 추세로 가면 은행 이자가 더 내려갈 텐데, 뭔가 돈벌이를 해야 하는데, 하며 한숨을 푹 내쉬었다.

새해가 되었다.

구양현은 달력 첫 장을 넘기며, 2017년이라는 연도를 보며 66세가 되나, 참 오래 살았네, 2020년이 곧 되겠네, 그때까지는 살겠지, 하며 천장을 올려다봤다. 벽지가 퇴색하여 새로 도배를 해야겠다.

구양현은 새해가 됐어도 새해 계획을 세울 것이 없다. 그냥 살아지니까 살아가며 세월을 보내면 된다. 금통위원회는 뭐하는 위원회인지 지난해 기준금리를 1.25%로 낮췄다. 금통위원들은 금리로 먹고 사는 노인들 형편은 전혀 고려하지 않고, 나라 경제가 어떻고, 하며 금리를 마구 낮춘다.

구양현의 이자 수입이 퇴직하고 몇 년도 안 되어 1/3로 줄었다.

구양현은 당장 먹고 사는 수준을 낮추지 않으면 살아갈 수가 없다.

“여보, 정부가 기준금리를 1.25%로 낮추고 지난해 저축은행에 들어놓은 정기예금이 금년에 다 갱신되는데 어떻게 먹고 살지?”

구양현이 창밖을 내다보며 그의 옆자리에 앉아 신문을 보는 아내에게 말했다. 말을 했다기보다 비명을 질렀다는 표현이 더 어울린다.

“그래 어떻게 살까? 정부 놈들은 우리 뭐 먹고 살라고 그렇게 금리를 막 낮춰? 미친놈들!”

아내가 신문을 내려놓고 투덜댔다.

“그래서 대책을 세워야겠는데.”

“또 치킨집 하자고. 그건 못한다.”

“세금은 득달같이 오르고 수입은 줄고.”

“이 집 팔고 이사 갈까? 여당 국회의원 어느 놈이 세금 낼 돈 없으면 서울 집 팔고 시골 내려가라고 하던데.”

“그 녀석 저나 내려가라지. 시골 가서 아는 사람도 없고 어떻게 살아.”

“사람이야 가서 사귀면 되겠지만 불편해서.”

“당신은 현직 때 뭐 했어? 다른 동료들은 빌딩도 사고 상가도 사고 하여 은퇴 후를 대비했던데.”

“도둑질 안 하면 월급쟁이가 무슨 수로 빌딩을 사나? 그만 밥이나 먹자. 당장 먹어야 뭘 하든 생각해 보지.”

아내가 입이 한 발은 나와서 부엌으로 갔다. 구양현은 멍하니 창밖 하늘을 올려다보며 줄어드는 수입을 채울 길을 생각해 보나 방법이 떠오르지 않는다. 구양현은 티브이를 틀어놓고 윔블던 테니스 준결승전을 보며 어떻게 하면 줄어드는 수입을 보충할까 궁리했으나 퇴직한 60대 후반 노인이 돈을 벌 수 있는 마땅한 방책이 떠오르지 않는다.

해외여행을 갔는데 돈이 다 떨어지고 신발마저 없어져서 이러지도 저러지도 못하는 꿈을 꾸고 잠에서 깨어난 구양현은 현실이 어려우니 꿈자리도 사납네, 하며 새벽 에어로빅 운동을 나갔다.

아파트 경비원이 열심히 낙엽을 쓸고 있다. 구양현은 하루 종일 낙엽이 계속 떨어질 텐데 뭐 하러 쓰나, 하며 24시 편의점을 지나쳤다. 젊은이 두 사람이 24시 편의점 입구에 마련된 자리에서 즉석 라면을 먹고 있다.

구양현은 저 친구들은 밤새 일을 하고 새벽참 먹나, 하며 도로로 나섰다. 택시 7대가 빈차라는 빨간 불을 켠 채 누군지 모를 손님을 기다리고 있다. 청소부가 인도에 쌓인 낙엽을 쓴다. 구양현은 저들은 새벽부터 돈을 벌려고 부지런을 떠는데 나는? 저치들은 새벽부터 설치고 돈을 벌어서 가족 먹이려는 거지. 나도 몇 년 전만 해도 일해 주고 돈 벌려고 직장에서 새벽부터 뛰었는데 이제 뛸 곳이 없네. 쥐꼬리만큼 벌어놓은 돈으로 나머지 생을 살아내야 하는데 정부가 나랑 상의도 없이 이자를 막 내리는 바람에 수입이 확 줄었다! 1종 운전면허가 있으니 개인택시라도 할까? 몇 천만 원 주고 개인택시 면허 사고 새벽에 저렇게 줄 서서 손님 기다려 봐? 일당 채우려고 한밤중까지 운전하려면 내 체력이 버틸까?

공원 광장에 할머니 할아버지들이 강단을 빙 둘러서서 손발을 흔들며 에어로빅 흉내를 내고 있다. 단연 할머니 숫자가 할아버지 숫자보다 많다.

구양현은 강사의 몸짓을 따라 손발을 흔들며 돈 벌려고 이짓 하는 것은 아니고, 건강을 지켜 오래 살려고 하나? 아님 건강해져 의료비를 절약하려 하나 하고 생각하다가 그냥 흔들면 됐지, 뭐 돈 버는 것과 결부시켜, 하며 자신을 나무랐다.

4

구양현이 퇴직한 지 8년이 지났다. 한국은행 기준금리가 1%대로 떨어졌다. 이제 금리 수입은 기대할 것이 없다.

은행 금리가 계속 떨어져서 줄어드는 이자 수입을 메꾸기 위해 예금한 돈 중 일부를 계속 까먹고 있다. 예금한 돈이 계속 줄어들었다. 줄어드는 쌀통을 채우기 위해 구양현은 서울집을 팔고 분당이나 수지로 이사를 가자고 했으나 아내는 30년 이상 산 서울을 떠날 수가 없다며 예금해놓은 돈 다 깨먹을 때까지 버티자며 이사 가는 것을 완강히 반대했다.

"매달 2백씩 까먹으면 예금한 돈으로 앞으로 몇 년 더 버틸 수 있으니 예금 다 까먹으면 그때 집을 팔고 서울 외곽으로 이사 가자. 서울집과 서울 외곽 집값 차가 상당히 크니 그 차액 까먹다 가면 되지. 좌파 정부의 서투른 부동산 정책으로 서울 집값이 막 오르잖아."

아내의 주장이다.

구양현은 아내의 주장을 꺾지 못하고 그냥 서울집에 눌러 살며 예금해놓은 돈에서 매달 2백만 원씩을 생활비에 보탰다. 부부가 건강하고 근검절약하며 살며 일 년에 한 번은 여행비가 싼 동남아여행도 갔다.

구양현은 이제 백수로 시간을 보내는 방법을 완전히 터득했다.

하루 놀고 하루 쉬는 처지에 꼭두새벽부터 에어로빅 운동 나갈 것 없다고 생각하고, 문화원에서 오전 9시부터 80분간 수련하는 국선도반에 등록했다. 벌써 5년째 주5일 국선도 수련을 하다 보니 여러 번 승단하여 검은 띠를 두른 고단자가 됐고, 호흡이 길어지고 몸도 유연해져서 등산할 때 숨이 차지 않고 쌩쌩하게 산을 오를 수가 있다.

10시 40분에 수련이 끝나면 도우들과 어울려 근처 싼 커피점에 가서 커피를 마시며 한 시간쯤 떠들다가 집에 가면 오전 시간이 훌쩍 간다.

막 퇴직하고 취미 삼아 등록했던 문화원 강좌들은 더 이상 수강하지 않는다. 명리반에서 목화토금수 5행의 상생 상극 원리를 배우고, 천간지주에 근거하여 사주를 뽑는 법을 배웠다. 제대로 사주를 보려면 외울 것이 많아 쉽지가 않았다. 구양현은 사주보는 법 배워서 자리 깔고 돈 벌 것도 아닌데, 그렇게 시간 들여 그거 배워야 해, 하고 회의에 빠졌다. 사주풀이 실습을 하며 강사가 정주영 씨 사주를 칠판에 쓰고 수강생더러 연주, 월주, 일주, 시주를 뽑아보라고 하며 사주풀이를 해줬다.

"선생님 제가 자란 시골에 정주영 씨와 사주가 똑 같은 사람이 살았어요. 그분은 자기 사주가 정주영 씨와 똑같아 큰 부자가 될 거라는 희망을 가지고 살았는데 평생 무자식에 가난하게 살다가 우연히 정주영 씨 돌아가신 해에 돌아가셨어요. 어떻게 두 사람 사주가 똑같은데 한 사람은 우리나라 제일부자가 되고 한 사람은 가난하게 살다가 가요?"

수강생이 손을 들고 강사에게 시비조로 물었다.

"아마 태어난 시간이 다를 거요."

강사가 권위를 세우며 말했다.

"똑같다니까요."

수강생이 우겼다.

"그럴 리가 없어요, 시골 할아버지가 출생 시간을 어떻게 정확히 알아요?"

강사가 그의 권위에 도전하는 수강생의 말을 깔아뭉개며 화가 잔뜩 난 목소리로 말했다. 구양현은 강사와 수강생의 다툼을 속으로 웃으며 들었다.

구양현은 정말 사주팔자가 있는 거야, 하며 다음 학기에 주역을 배운다는 강사의 예고를 듣고 70억 인구를 몇 백 개 효에 맞춰 운명을 예측한다는 것이 너무나 터무니없는 것 같아 쓸데없는 학문 배우며 시간 낭비하지 않기로 하고 다음 학기에는 등록을 하지 않았다.

풍수지리반에 등록하여 풍수지리학 용어를 익혔다. 실습을 한다고 하여 간산을 따라 갔다. 임경업장군 묘소, 안동김씨 종갓집 묘소, 반기문가문 묘소 등을 방문했다. 방문하는 묘소마다 두 파 세 파로 나뉘어 좌청룡이 어떻고, 우백호가 어떻고, 안산이 어떻고 하며 길지라는 파와 명당자리가 아니라는 파가 대립했다. 구양현은 묘소 상석 앞에 둘러서서 핏대를 올리는 다툼을 보며 그들의 다툼이 너무 비과학적인 것 같아 그런 학문을 익히는 데 돈과 시간을 보낼 것 없다고 생각하며 더 이상 수강신청을 하지 않았다.

역사 등 교양강좌를 신청하고 강의를 들을 때는 새로운 사실을 듣는 것 같았으나, 교실만 나오면 강의내용을 다 잊어먹어 공연히 수강료 바치며 딱딱한 의자에 앉아 고생할 것 없다고 생각하고 더 이상 수강신청을 하지 않았다. 그는 대신 YES24에서 한 달에 네다섯 권의 책을 사서 읽으며 몰랐던 사실을 아는 즐거움을 잠깐씩 즐겼다.

5

구양현은 당장 먹고 사는 것이 급해졌다. 매달 2백만 원씩 8년을 까먹자 예금 바닥이 보인다. 국민연금만으로는 생활을 영위할 수가 없다. 무슨 대책을 마련해야 한다. 서울집을 팔고 근교로 이사를 가면 집값 차액이 꽤 날 거니 그 돈을 까먹으면 한참 살아갈 수가 있다. 문재인 정부 들어와서 부동산 대책을 발표할 때마다 집값이 올라 10억 원하던 구양현이 사는 아파트 가격이 20억 원을 훌쩍 넘게 호가한다.

구양현은 집을 팔고 이사 갈 서울 외곽 지역을 손꼽아본다.

분당으로 갈까, 수지로 갈까. 아예 수원 아래로 내려가면 집값 차액이 더 클 거다. 아내는 아직도 구양현이 집을 팔고 서울 근교로 이사 가는 것을 반대한다. 서울에서 버티고 살면 서울 집값이 마구 오를 건데 빚을 내서 먹고 그냥 버텨보자고 한다.

구양현은 빚을 내서 사는 데 익숙하지 않다. 그는 빚은 무서운 것이라고 부모로부터 배워 집값 오르는 재미를 보려고 빚을 내서 살기는 싫다. 아내의 빚내서 살자는 주장은 정말 대책 없는 주장이다. 구양현은 돈벌이할 것을 찾을 수 있을까, 하고 인터넷 e창업/ N잡 등 사이트를 찾아서 돈 버는 방법을 배우려 했으나 말만 번드르했지 신통한 방법이 없다.

"여보, 정부가 부동산 정책을 발표했는데 당신 잘 들어 봐."

구양현이 조간신문을 보며 부엌에서 아침을 준비하는 아내에게 큰 소리로 말했다.

"또 부동산 정책을 발표했어? 실효도 없는 정책 뭐 그리 자주 발표해?"

아내가 좋알거렸다.

"집값이 다락같이 오르니 집값 잡으려고 하는 거지."

"그거야 재건축 풀면 간단히 해결될 텐데 왜 헛다리만 짚어?"

아내가 투덜댄다.

"이번 대책은 주택임대 사업자 활성화 방안이야?"

"그게 우리랑 무슨 상관이야?"

"우리 입대사업자 할까?"

"임대사업자 하자고? 임대할 집이 어디 있어?"

"응, 임대사업자 하면 임대소득세 감면하고, 양도소득세 중과 배제하고, 종부세 감면한데. 우리 임대사업자 하자."

"그렇게 세금 깎아준다고? 당신, 이 집 팔고 이사 갈까 했잖아. 이 집 팔아 빌라 사서 입대사업자 하면 원금 안 까먹고 월세 받아먹고 살 수는 있겠네."

아내가 거실로 나오며 흥미를 나타냈다.

구양현과 아내는 예금이 다 떨어져 가는데 지금 사는 집을 팔고 서울 근교로 이사 가서 시세 차액 나는 돈 까먹으며 살자고 몇 번 의논을 했었다. 이사 갈 동네를 못 정해 아직 실행에 옮기지는 못하고 있다.

"그래 이번 발표 보니 임대사업자를 하면 여러 세금 해택만 있는 게 아니라 건보료도 감면해 준대."

"그래? 그럼 당신 아는 복덕방하고 한 번 상의해 봐. 이 집 팔아서 할 수 있나?"

아내가 조간을 빼앗아 열심히 읽으며 말했다.

"임대사업자 되면 임대료로 먹고 살면 되니 재산 가치는 그대로 남고 괜찮은 거 같다. 정부가 선심 쓸 때 빌라 사서 임대사업자 하자."

아내가 신문을 내려놓으며 말했다.

"그래 내가 아침 먹고 복덕방하는 후배 찾아가서 우리 집을 팔면 양도소득세 내고 복덕방비 내고 최소 15억 남을 테니 그 돈으로 어디 빌라를 사서 임대사업자 할 수 있나 확인해 볼게."

"그럼 우리 죽을 때까지 먹고 살고 우리 재산 고스란히 창석이에게 물려줄 수 있겠네."

아내가 신이 나서 종알거리며 부엌으로 들어갔다.

"당신 복덕방 후배 만난다고 하더니 이야기 들어봤어?"

"응. 그런데 서울에서 임대사업자 하려면 우리 집 팔아서는 안 되겠는데. 최소 20억은 빚을 내야 하는 거 같아."

"20억씩이나?"

"임대사업자 하려면 그래도 원룸 스무 개는 있는 빌딩을 사야 하는데 우리 집 판 돈하고 최소 20억은 보태야 한대. 살 빌딩 담보하면 은행에서 20억 빌릴 수는 있대."

구양현의 목소리에 힘이 없다.

"20억을 빌리면 연 3부만 쳐도 일 년 이자 6천만 원이라 한 달 5백이네. 그럼 뭘 남기나?"

"원룸 임대료 월 60은 받는데. 20개면 천2백이니 한 칠백 남지."

"전기료 수도료 내야 하고, 청소부도 두고 하면 뭐가 남아. 세금 깎아준다고 해도 얼마는 내야 하고."

"전기료 수도료는 자기 방 쓰는 거 자기가 내. 청소는 우리가 해야지."

"와, 이 나이에 나보고 빌딩 청소하라고? 그럼 우리는 어디 살아?"

"원룸 한 칸에 살아야지."

"원룸이면 침대, 옷장, 책상 하나 들어가고 콧구멍만한 부엌 있을 거고, 화장실은 방마다 따로 있나?"

"수세식 양변기, 세면대, 간이 샤워가 있대."

"와, 이 나이에 청소부 하며 원룸에 살자고. 빚까지 짊어지고."

"빚이 싫으면 안산이나 청주쯤 내려가면 돼."

"왜 안산이니 청주로 가?"

"거기 대학촌으로 가는 거지?"

"그럼 시골 가서 원룸 살며 청소부 하라고! 당신 현직 때 상가라도 하나 마련해 놓지, 뭐 그렇게 고지식하게 살았어?"

아내가 팍 화를 내고 안방으로 들어가 버렸다.

구양현이 한양대학교 분교가 있는 안산에 가서 복덕방에 들러 임대사업자를 할 수 있나 원룸 빌딩을 돌아보고 와서 집에 들어서며, 어 고소한 냄새 나는데, 하며 탄성을 질렀다.

"당신 좋아하는 동태전 부치고 있어. 어서 씻고 나와. 안산까지 다녀오느라 고생했어. 술 한잔 하자."

아내가 상냥한 목소리로 말했다.

구양현은 아내가 살갑게 말하자 울컥 눈물이 나려 했으나 감추며, 무슨 좋은 일 있어, 하고 말하며 목욕탕으로 들어갔다.

구양현은 싹싹 손을 씻고 거실로 나왔다. 아내가 거실 탁자 위에 막 부친 동태전과 막걸리 병을 옮겨 놓고 그가 나오기를 기다리고 있었다.

"어떻게 술까지?"

"응, 당신 요새 늙마에 어떻게 살까 고민하는 거 같아 위로주 장만했어."

"위로주는…, 안산까지 갔는데 마땅한 물건 나온 거 없더라. 내일은 청주에 가 보아야지, 청주대학교 근처."

아내가 청주까지, 하며 잔에 막걸리를 한 잔 따라 구양현에게 건네고 자신도 한 잔 따라 잔을 부딪치자고 했다. 구양현은 수줍음을 타며, 위하여, 하고 가는 목소리로 말했다. 아내도 따라서 위하여, 했다. 아내가 막걸리를 죽 들이켜고 동태전을 간장에 찍어 한 점 입에 넣으며 말했다.

"당신 팔자에도 없는 임대사업자 하겠다고 그렇게 고생하지 말고 우리 이렇게 살자."

아내가 담담한 목소리로 말했다. 구양현은 눈으로 어떻게, 하고 물었다.

"당신이 70이 훨씬 넘었고 나도 이제 곧 70이야. 벌어놓은 돈 안 깨먹으려고 임대사업자 한다며 원룸에서 옹색하게 살며 이 나이에 청소부 해야겠어. 우리 벌어 놓은 돈 저세상 가져갈 것도 아닌데 편히 살다 가자."

아내가 창밖을 보며 도통한 사람같이 말했다.

"어떻게?"

구양현이 막걸리로 목을 축이며 말했다.

"이 집 팔고 전세로 가자. 집 평수도 한 열 평 줄여서 가고. 그럼 한 10억 남을 거니 5억은 전세 올려달라면 올려줄 돈으로 남겨놓고 5억 까먹으면 매달 2백씩 그냥 써도 250개월 20년은 쓸 수 있으니 그 안에 우리 죽겠지. 그럼 창석이한테 전세금 물려 줄 수 있고."

"그런가?"

구양현은 아내의 말에 부정도 긍정도 않고 천장을 쳐다봤다.

6

"당신 이 추위에 줄 서서 마스크 사오느라 고생했어."

구양현이 약국에서 정부가 5부제로 파는 마스크를 오후에 살 수 있는 번호표를 받아들고 현관에 들어서자 아내가 말했다.

"고생은, 내가 8시 20분 전에 갔는데 벌써 사람들이 많이 줄을 서서 번호표 겨우 84번 받았어. 하마터면 못 받을 뻔했어."

구양현이 사는 아파트 상가에 있는 약국에서는 아침 8시, 100번까지 번호표를 나눠주고 마스크가 배달되는 오후 2시부터 아무 때나 약국에 가서 번호표를 제시하면 마스크 2장을 살 수가 있다.

"그렇게 사람들이 부지런해? 이 마스크 난리통에 마스크는 왜 중국에 준대?"

"이미 계약한 거니 그렇겠지. 벌써 국회의원 선거한다고 선전 플래카드 걸기 시작했던데."

"코로나가 난리인데 선거한다고?"

"그래도 국회의원은 뽑아야지. 할머니들이 하는 말 들으니 선거판이 묘하게 돌아가던데."

"무슨 말이야?"

"응. 한 할머니가 문재인이 또 돈 준데, 하자 뒤에 섰던 할머니가 그래 그럼 문재인패 찍어야지, 하잖아. 우리 동네같이 부자 동네도 지원금 준다고 표를 찍겠다고 하는데 더 볼 거 있어?"

"나 어릴 때 자유당에서 선거 때 고무신 돌렸는데 그거나 같네. 야당이 이겨도 돈 줄 텐데."

"내가 그 말해 주려다가 그만 뒀지."

"선거야 정치하는 놈들 일이고 재택근무하고 원격 수업한다는데 어떻게 수업하는 거야?"

"온라인 수업하는 건데 유튜브로 방송하지. 그럼 컴퓨터 켜놓고 방에서 강의 듣는 거야."

"그럼 학교 안 가고 집에서 듣네."

"집에서 공부해. 학교 갈 필요 없지."

"당신 마누라 잘 얻었다."

"마누라 잘 얻다니, 무슨?"

"우리 대학교 근처 원룸 사서 임대사업자 됐으면 학생들이 학교 등교 안 하니 다 집에 가고 공실로 텅텅 빌 거 아냐."

"그렇겠지."

"그럼 월세도 못 받고 쫄딱 망했을 거잖아. 마누라 말 듣고 이렇게 전세 얻어 와서 편히 살잖아."

구양현은 아내가 임대사업자가 되는 대신 전세로 살자고 하여 원룸 임대사업자 하는 것을 포기하고 아파트 평수를 열 몇 평을 줄여 그가 살던 아파트 단지 아파트에 전세를 얻어 살고 있다.

그는 아파트 판돈으로 세금내고 중개수수료 내고 남은 돈 중에서 5억 원을 주고 21평 아파트 전세를 얻고 당장 먹고 살 돈 3천만 원은 일반 예금에 넣고, 나머지 5억 원은 제2금융권에 그와 아내의 이름으로 5천만 원씩 쪼개서 일 년 만기 정기예금을 들었다.

아파트 평수를 10평 이상 줄였으나 두 사람 사는 데 전혀 불편함이 없다.

"그래 당신 말이 맞다. 대학교 근처 원룸 빌딩 사서 임대사업자 됐으면 시골 가서 고생 바가지로 하고 코로나로 학교가 원격 수업하는 형편이라 공실 생겨 속깨나 썩였을 거다. 잘한 거 같다. 사회적 거리두기 한다고 집콕하며 집밥만 먹었더니 물리는데 우리 외식 한 번 할까?"

구양현이 아내 눈가의 나잇살, 주름을 보며 말했다.

"외식? 나가서 먹어도 괜찮아?"

"내 돈 주고 밥 사먹는데 무슨 시비. 뭘 먹을까?"

"그럼 스시 먹을까?"

아내가 잠시 메뉴를 생각하더니 말했다.

"그 집 줄 서서 기다려야 하는데."

구양현 내외가 가끔 가는 집근처에 일식집이 있다. 주차장은 만원이고 번호표를 받고 기다려야 했다.

"그래도 모처럼 외식이니 먹고 싶은 거 먹자."

아내가 일식을 하자고 우겼다. 구양현은 아내의 의견을 따라 차를 몰고 일식집으로 갔다. 일식집의 꽤 큰 주차장이 텅 비었다.

평소 주차관리원이 주차를 도와주고 있었는데 주차관리원도 보이지 않는다. 식당 주인이 식당 문 앞에서 한가하게 구름을 보고 서있다.

"영업해요?"

구양현이 텅 빈 주차장에 편하게 차를 주차하고 차 문을 열고 나오며 식당 주인에게 물었다.

"어서 오십시오. 영업해요. 소독도 열심히 하고."

식당 주인이 손님을 반갑게 맞으며 말했다.

구양현은 식당 안으로 들어갔다. 큰 홀에 손님이 한 사람도 없다.

평소 점심시간에 오면 홀이 손님으로 가득 차고 번호표를 받고 대기해야 했는데 코로나 바이러스가 손님을 다 쫓아버렸다.

여자 종업원이 녹차를 따라주고 주문을 받고 갔다.

구양현이 식사를 마치고 식당을 나설 때까지 다른 손님은 오지 않았다.

"오늘 식당 전세 냈으니 밥값을 더 내야 되겠네요."

구양현이 식사대를 계산하며 주인에게 농담을 던졌다.

"식당 사람들 어떻게 먹고 살지? 임대료 못 내고 식당 문 닫는 거 아냐?"

구양현이 식당을 나서서 차가 주차된 곳으로 가며 아내에게 말했다.

"그러게 말이에요. 코로나 때문에 어려울 거라 생각했는데 너무 심하다. 경제가 완전히 멈춰섰네."

"그러게. 우리 같은 노인이야 그냥 벌어놓은 돈 까먹으면 되지만 한참 돈 벌어야 하는 젊은이들 걱정이다."

구양현 부부는 코로나로 경제가 무너진 현장을 보며, 이런 현장을 위정자들이 와서 봐야 할 텐데, 참 먹고 살기 어렵다, 걱정하며 집으로 갔다.

"여보 이거 뭐야?"

구양현이 침대에서 나와 거실로 나오자 아내가 조간을 보면서 소리치듯 말했다.

"뭐가?"

구양현이 소파에 앉으며 말했다.

"정부가 임대사업자한테 준다고 했던 세금혜택 무효화한대."

"임대사업자 봐주겠다고 한 게 언젠데. 2년도 안 된 거 같은데. 같은 정부, 같은 장관인데 자기 말을 막 먹어?"

"그러게 말이야. 또 부동산 정책 발표했는데, 임대사업자 특혜 다 없애는 게 대책이야?"

"그럼 정부 믿고 임대사업자 된 사람은 어쩌라고?"

"그러게 말이야. 당신 우리가 시골 대학촌에 가서 원룸 건물 사서 임대사업자 됐으면 코로나로 망하고, 정부 변덕으로 망하고 대망할 뻔했네. 당신 내 말 듣기 참 잘했지?"

아내가 또 공치사를 한다.

구양현은 신문을 빼앗아 읽으며 조변석개 부동산정책을 하는 위정자를 탓할지, 아님 전세로 집을 옮기고 판매 차액으로 노년의 생계를 이어가는 자신의 선택이 현명한 거라 여기며 가슴을 쓸어야 하는지 판단이 서지 않았다.

구양현은 그래도 아직 몇 년은 더 살아야 하는데, 그래도 나는 집이라도 줄여서 먹고 사는데, 그것도 못하는 사람들은 어떻게 사나, 하며 푸하고 한숨을 내쉬며 창밖을 내다봤다.

추위에 떠는 앙상한 나뭇가지가 애처롭게 보인다.

누명

1

"부장님, 호주 아드레이드대학 곽 교수가 부장님을 뵙겠다고 합니다."

김창안 과장이 그의 직속 상사인 이지성 석탄구매 부장에게 보고했다.

"곽 교수가 누구지? 교포셔?"

"네. K대 나오시고 멜본대학으로 유학을 갔다가 호주에 눌러 앉은 분이라는데요."

"그래? 그런데 무슨 일로 보자는데?"

"이유는 모르겠고, 부장님을 뵙겠다고 합니다."

"호주에 있는 대학 교수가 왜 날 만나자고 하지? 어떻게 아는 분이야?"

"저도 모르는 분인데 동진 박 전무가 전화를 했어요."

동진은 호주 석탄회사 에이전트를 하고 있다. 이지성 부장도 박 전무와 안면이 있다.

"그래? 지금 서울 계시면 내일 오후 시간 있으니 한두 시쯤 오시라고 해."

"네."

김창안 과장이 네, 하고 대답하고 그의 집무실을 나갔다.

이지성 부장은 김창안 과장이 방을 나가자 다음 주에 발급할 입찰안내서 초안을 꼼꼼히 읽으며 입찰서 발급 준비를 했다.

이지성 부장은 직원 때부터 회사의 석탄구매 업무를 담당했다. 그는 그 자리에서 계장, 과장, 차장, 부장으로 진급했다. 같은 일을 25년 하다 보니 해외 여러 공급선과도 교분이 두터웠다.

그는 업무처리가 깔끔하고 공정하여 회사 내외에 신망이 두터웠다. 더구나 구매부서에 장기간 근무하면서 금전문제도 깨끗하여 업자와 뇌물수수로 문제가 된 적이 없었고, 업자와 짜고 치는 고스톱으로 계약을 추진한 적도 없어 스캔들이 한 건도 없었다. 이지성의 상사인 구매담당 전무는 길어야 3년, 임기를 겨우 채우고 바뀌었으나 이지성은 그 자리를 유지하면서 그 회사에 석탄구매 분야 전문가로 보배처럼 인정을 받고 있다.

김창안 과장이 곽 교수님 오셨는데요, 하며 이지성 부장 방에 들어섰다.

이 부장은 자리에서 일어서서 곽 교수를 맞았다.

곽 교수는 키가 훤칠하게 컸고, 안경을 썼다. 첫인상이 이지적이다.

이 부장과 곽 교수는 악수를 하고 명함을 교환했다.

명함에 곽명도 교수는 아드레이드대학 경영학부 교수로 적혀 있다.

"이렇게 바쁘실 텐데 시간을 내줘서 고맙습니다."

곽 교수가 입에 발린 예의를 챙기고 바로 자기 자랑을 늘어놓았다.

호주에 가서 고생하며 보낸 학창시절, 호주 여자와 결혼을 하게 된 일화, 그리고 지금 호주 정부의 경제자문을 맡고 있으며, 호주 정부 고위관리와 잘 안다고 자랑했다. 호주 에너지부 장관 이름을 거명하며 그와 친구라고 했다. 이지성은 호주 에너지 장관은 이름만 안다.

곽 교수는 호주 외교부의 한국 과장도 잘 안다고 했다. 이지성은 호주 외교부에 한국 과장이 있나, 하며 초면에 과하게 자기선전을 하는 대학교수를 의심의 눈초리로 쳐다봤다. 곽 교수는 입담이 좋아 반시간 이상 대화를 나누며 지루한 줄을 모르게 했다.

"참 한국 사람들은 사인을 할 때 영어로 많이 하던데, 이 부장님은 어떻게 사인하세요?"

곽 교수가 뜬금없는 질문을 했다.

"사인이요? 저는 한글로 하는데."

이지성은 왜 갑자기 사인 이야기하지, 하며 대답했다.

"아, 한글로 사인하신다니 국가관이 뚜렷하시네요."

곽 교수가 활짝 웃으며 칭찬했다. 그 웃는 모습이 퍽 착하게 보였다.

"그럼, 어떻게 사인하시는지 여기 명함에 한 번 해 보시겠어요?"

곽 교수가 인사하면서 건넸던 이지성의 명함을 이지성 앞에 내밀며 말했다. 이지성은 별 걸 다 요구하네, 하며 명함에 이지성이라고 찍힌 이름 위에 이지성이라고 한글로 사인을 해 줬다.

"아, 이름을 풀 네임으로 사인하시네요. 감사합니다."

곽 교수가 이지성이 사인을 해 준 명함을 잘 챙겨서 지갑에 넣으며 말했다.

곽 교수는 잠시 더 너스레를 떨고 호주 오면 꼭 연락하라고 당부하며, 다시 한 번 시간 내줘서 감사하다고 인사하고, 손을 내밀고 악수를 하고 방을 나갔다.

2

이지성 부장은 김동선 전무가 부른다는 여비서의 연락을 받고 전무의 방으로 올라갔다. 여비서가 응접실로 들어가시라고 했다.

김동선 전무는 육군 장성으로 예편했다. 그는 현 정부의 실세들과 잘 통한다고 큰 소리를 친다. 정부에서 그를 민간기업에 낙하산으로 내리꽂았다. 그는 성질이 불같다. 이지성은 응접실 문을 노크하고 잠시 기다렸다가

문을 열고 들어섰다. 김 전무가 소파 상석에 앉아있고 그 왼편에는 한국 사람이 그 오른편에는 외국 사람이 앉아있다.

"어, 이 부장 인사해. 이쪽은 내 친구 조 장군 동생 조 사장이고, 이쪽은 호주 사람인데 이름이…."

김 전무는 방금 인사를 받은 외국 사람 이름을 외우지 못하는 것 같았다.

"네. 호주 이글 포인트 부사장 서빙톤입니다."

조 사장이 대신 소개했다. 명함을 교환했다.

명함에 조 사장은 동서상사 대표이사, 서빙톤은 본사가 시드니에 있는 석탄 광산회사 이글 포인트 판매담당 부사장이었다.

"조 사장, 우리 이 부장이 석탄구매 담당 실무 책임자이니 도움 받을 일 있으면 상의해. 이 부장, 조 사장이 나랑 동기 조 장군의 동생이니 잘 봐 줘."

김 전무가 시원시원한 목소리로 자신만만하게 말했다.

이지성 부장은 전무의 지시에 공손히 네, 하고 대답했다.

"이 부장. 곧 석탄 살 일 있다고 했지?"

김 전무가 물었다.

"네. 서류 다 준비되어 곧 결재 올리겠습니다. 결재 맡는 대로 입찰서 나갈 겁니다."

"그래? 얼마나 살 거야?"

김 전무가 물었다.

"연간 3백만 톤, 10년 장기계약을 할 예정입니다."

"응, 3백만 톤, 톤당 50불 잡으면 삼오는 십오, 일억 오천만 불, 작은 계약은 아니네. 다 한 업자한테 줄 건가?"

김 전무가 대화 앞부분은 혼잣말로 중얼거리고, 뒷부분은 큰소리로 물었다.

"네. 공급 안정을 위해 공급원을 다원화할 계획입니다."

이지성 부장이 간단명료하게 대답했다.

"공급 안정화를 위하여 공급원 다원화? 그거 좋은 생각이야. 우리 군에서도 무기를 너무 대미 일변도로 사다 보니 미국에 코가 꿰인 거 같았거든."

김 전무가 아는 체했다.

"조 사장. 내가 지금 정부에 갈 일이 있는데 자세한 것은 이 부장하고 이야기하지. 이 부장, 나 지금 나갈 테니 여기서 좀 더 이야기하다가 가."

김 전무가 양해를 구하고 두 손님하고 악수를 하고 응접실을 나갔다.

김 전무가 나가자 조 사장은 먼저 이 부장님을 찾아뵈어야 하는데, 전무방에서 인사를 드려 죄송하다고 인사치례를 하고, 입찰에 대하여 몇 가지 더 묻고, 오늘 저녁 시간되시면 서빙톤과 저녁을 하시면, 하고 물었다. 이지성 부장은 선약이 있다며 정중히 거절했다.

김창안 과장이 입찰서류를 이지성 부장에게 결재를 올렸다. 이 부장은 결재서류를 죽 넘겨보았다. 통상 하는 일이라 서류에 하자가 없었다.

이 부장은 입찰대상 회사명단을 죽 훑어봤다. 어제 김 전무 방에서 만났던 이글 포인트 회사는 입찰대상에서 빠져 있다.

"이 입찰대상 회사 선정은 세계석탄협회 자료를 참고한 거지?"

이 부장이 김 과장에게 물었다.

"네. 세계에서 연간 생산 백만 톤 이상 큰 회사만 대상으로 했습니다."

"그런데 호주 이글 포인트는 빠졌네."

"아, 이글 포인트는 지난번 입찰 때 넣었었는데 기술부서에서 석탄 사양이 우리 고로에 맞지 않는다고 불합격시켜 뺐습니다."

부하의 보고를 받은 이 부장은 잔머리를 굴렸다.

어제 김 전무가 잘 봐주라고 한 회사를 입찰대상에서 제외시켜 전무의 눈총을 받을 것은 없다. 입찰대상에 넣더라도 또 기술부서에서 불합격시킬 거니, 나야 전무에게 기술부서에서 안 된다고 했다고 하면 되고, 공연히 내가 서슬 퍼런 상사에게 찍힐 건 없다.

"김 과장, 이글 포인트 입찰대상에 포함시켜."
이 부장이 지시했다.
"해 봐야 또 불합격 받을 텐데요?"
"그건 그때 문제고 넣어서 결재 올려."
이 부장이 확실하게 그의 뜻을 부하에게 전했다.
김 과장은 고개를 갸웃하고 서류를 들고 나갔다.

3

호주, 캐나다, 남아연방, 미국, 중국 등에서 16개 업체가 응찰했다.
이글 포인트는 조 사장이 직접 응찰서를 들고 와서 잘 봐주라며 이마를 조아렸다. 이지성 부장은 김창안 과장에게 입찰 가격을 봉인하여 별도로 제출한 응찰서를 개봉하지 말고 큰 봉투에 넣으라고 했다. 16개사 가격 응찰서가 들어있는 큰 봉투의 상단과 하단에 이지성 부장이 사인을 하고, 입회한 감사실 과장의 사인을 받아 금고에 따로 보관했다.
우선 각 회사에서 제출한 석탄 규격이 석탄을 태울 고로의 특성에 맞는지 기술적인 평가를 하고, 기술적으로 합격한 회사의 가격만 개봉하여 최종 평가를 할 계획이다. 이지성 부장은 기술 자료를 기술부서에 넘기고, 김 전무에게 입찰에 응찰한 16개사 명단을 보고하며, 기술평가가 완료되면 그때 기술적으로 합격한 회사의 가격을 개봉하겠다고 보고했다.
"입찰한 가격은 지금 어떻게 하고 있나?"
김 전무가 물었다.
"네 한 봉투에 넣어 저와 감사실 과장이 봉투 위아래에 사인을 하고, 금고에 보관중입니다."
"그래? 공정하게 하는구먼. 좋아. 기술부서에서 야료는 안 부리겠지?"
"기술적인 사양만 보는 거니 야료를 부릴 여지가 없습니다."
"알았어. 철저히 하는구먼, 조 사장하고 식사는 한 번 했어?"

"안 했습니다. 입찰 중 경쟁사들의 눈이 많아 조심하여야 합니다."

"그래? 잘하고 있구먼. 무슨 일 있으면 보고하고 나가봐."

이 부장은 김 전무에게 꾸벅 인사를 하고 전무의 방을 나왔다.

이지성 부장이 전무의 방을 다녀온 지 반 시간도 안 되어 김동선 전무가 다시 호출했다. 이 부장은 무슨 일일까, 하며 달려서 전무 방으로 갔다.

"곽명도 교수 잘 아나?"

전무는 이 부장에게 앉으라는 말도 없이 방에 들어서는 이 부장에게 인상을 쓰며 질문을 던졌다.

"곽명도 교수요? 어느 대학 교수님이신데요?"

이 부장이 곽명도 교수가 누굴까 기억을 짜며 물었다.

"호주 아드레이드대학 교수라던데."

"아, 한 달 전쯤 제 방에 한 번 찾아온 적이 있었습니다."

"그래 자네를 아주 잘 안다고 한다는데. 자네가 뒤를 봐준다며 에이전트 시켜 달라고 하고 이 회사 저 회사 찾아다닌다는데."

"저 잘 모르는데. 딱 한 번 제 방에서 만났는데…."

이지성 부장이 어눌하게 대답했다. 꼭 변명하는 것같이 들렸다.

"그래? 자네랑 아주 친하여 명함에 서명까지 해 줬다고 들고 다니며 에이전트 시켜 달라고 한다는데. 호주 석탄업계에 쫙하고 소문이 났다고 조 사장이 말하던데."

김 전무가 이 부장을 빤히 쳐다보며 추궁했다.

"네, 명함에 사인해 준 적은 있는데, 그것은 내 방에 찾아와서 한참 자기 자랑을 늘어놓더니 나더러 서명을 영어로 하느냐고 물어서 한글로 한다고 하니까, 애국심이 강하다며 제가 준 명함에 한 번 해 보라고 해서 해 줬는데요."

이 부장은 별일이 다 있네, 하며 조심스럽게 말했다.

"그래? 구매담당 책임자가 행동을 조심해야지. 그게 다야?"

김 전무가 따지듯 물었다.

"네 그게 답니다."

이 부장은 별 일을 다 당하네, 그 젊잖게 생긴 곽 교수가 그런 야료를 부려, 하고 생각하며 억울하다는 표정을 지으며 말했다.

"정말 그게 다야? 입찰 평가는 잘 진행되나?"

김 전무가 이 부장을 죄인 보듯 빤히 쳐다보며 힐난조로 말했다.

"네, 기술부서에서 스펙을 검토하고 있습니다. 이번 주말이면 그 결과가 저희 부서로 넘어올 겁니다."

"그래? 정말 그게 다지? 알았어. 나가봐."

전무가 손짓을 했다. 이 부장은 곽 교수의 참 젊잖게 생긴 얼굴을 떠올리며 무서운 세상이네, 하며 전무의 방을 나왔다.

금요일 오후, 이지성 부장은 기술부서에서 평가한 결과를 김동선 전무에게 보고했다.

"입찰한 16개 회사 중 6개 회사가 기술평가에서 탈락했습니다. 나머지 10개 회사의 응찰 가격을 열고 주말에 평가하여 다음 월요일에 결과를 보고하겠습니다."

이 부장이 기술평가 자료를 정리한 보고서를 전무 앞에 들이밀며 말했다.

"여섯 개 회사나 탈락했다고?"

김 전무가 탈락한 회사 명단을 손가락으로 집으며 말했다.

"네. 석탄에 섞인 철 등 불순물이 우리 회사 고로에는 맞지 않아서입니다."

이 부장이 전무의 눈치를 보며 말했다.

"어, 이글 포인트도 탈락한 회사 속에 들어있네."

김 전무가 의외라는 반응을 보였다.

"네, 기술부서에서 그렇게 평가해 왔습니다."

"기술부서에서? 자네들 나를 물 먹이려고 작정했나?"

김 전무가 버럭 화를 냈다. 이 부장은 갑작스런 김 전무의 행동에 화들짝 놀라며 숨을 죽이고 전무의 눈치를 봤다.

"조 사장이 자네 안 찾아갔었어?"

"네 왔었습니다."

"그런데 이렇게 평가해?"

"죄송합니다. 기술부서에서 한 것이라 제가 어떻게 할 수가 없습니다."

"어느 건방진 놈인지 모르지만 자네 그쪽 부장이랑 잘 통할 것 아냐?"

"오래 같이 회사 다녀 알고 있습니다."

"그럼 내가 소개한 회사라고 귀띔을 했어야지."

"아, 조 사장에게 그쪽 부장 찾아가 보라고 말했었는데…."

"이 부장. 그 친구 안 되겠구먼. 전무를 물 먹이려고 작정했어. 네가 그렇게 동기 장군이 부탁한 거라 했는데. 기술부서 의견 무시하고 나쁜 놈들. 이글 포인트도 입찰 평가에 포함시켜."

김 전무가 강경한 목소리로 말했다.

"저희는 계약부서라 기술부서 의견을 무시할 수 없는데요."

"잔말 말아. 이건 전무 지시야. 전쟁에서 상사 말을 안 들으면 총살이야. 이건 지시야, 오더, 알았어. 나가봐."

김 전무가 더 없이 단호한 목소리로 나가라며 손짓을 했다. 이 부장은 당장 태풍은 피하고, 월요일 입찰평가 최종보고를 하며 다시 기술부서 의견을 무시할 수 없다고 설득하기로 하고 김 전무의 방을 나왔다.

이 부장은 감창안 과장을 불러 기술평가에서 합격한 회사의 가격 응찰서를 열라고 하려다가 전시면 총살이라는 김 전무의 일갈이 마음에 걸려 기술평가에서 떨어진 이글 포인트사 가격도 개함할까 잠시 갈등을 느꼈다.

전무가 지시, 명령이라고까지 했는데 가격도 안 열었다면 심하게 질책을 받을 거다. 만일 가격을 열었다가 가격이 비싸면 자연히 탈락시키면 되지만 가격이 싸면 이러지도 저러지도 못한다.

그런 품질이 떨어지는 석탄을 구매해 주면 현장에서 쓰지도 못할 석탄 샀다고 보고가 올라올 거고, 그럼 나는 문책 대상이 된다. 막무가내로 나가는 전무를 설득할 방법이 뭐지? 그렇다고 이 문제를 부사장이나 사장에게 보고하여 해결하면 전무를 모시는 태도가 아니다.

한참을 고민하던 이 부장은 기술평가를 한 최명환 제조부장 방으로 찾아갔다. 이 부장과 최 부장은 입사 동기다.

"어 우리 높으신 이 부장님이 어떤 일로 내 방을 다 찾아오고…."

최 부장이 방에 들어서는 이 부장을 맞으며 호들갑을 떨었다.

"높기는 최 부장이 더 높지. 그러니 내가 이렇게 찾아오지."

두 사람은 마주보고 앉았다. 비서가 바로 커피를 내왔다.

"그래. 제수씨도 잘 계시고, 집안이 다 평안한가?"

최 부장이 한가하게 안부를 물었다. 부인들은 입사 동기 망년회 때마다 만나 알고 있다.

"다 잘 있지. 나 좀 도와줘야겠는데."

이 부장이 바로 본론으로 들어갔다.

"무슨 일?"

"이번 입찰평가에서 이글 포인트가 기술적으로 사양이 맞지 않아 탈락했는데, 김 전무가 평가에 포함시키라고 명령하며 포함 안 시키면 총살시킨다니 어떻게 하면 좋겠나? 나랑 같이 김 전무 방에 가서 설득 좀 해 줄 거야?"

이지성이 사정조로 말했다.

"김 전무, 그 친구 여기가 무슨 전쟁턴가 총살이게. 나더러 폭탄을 맞으라고, 싫은데. 그 회사 에이전트라는 조 사장 와서 잘 설명했는데."

최 부장이 이맛살을 찌푸리며 말했다.

"내가 너무 어려운 부탁을 했나? 그래도 최 부장 기술자니 우리 김 전무에게 가서 그 회사 석탄이 어떻게 우리 회사 고로와 맞지 않는다는 것을 자세히 설명해 주면…."

"이 부장도 잘 알잖아. 이글 포인트 석탄에는 철분이 많이 들어있어. 그 석탄을 때면 고로 벽에 철분이 눌어붙어 고로가 망가져. 또 유황분도 많아 환경에도 영향이 크고. 그렇게 설명 드려. 우리 의견을 서류로 보냈어. 우리 전무까지 결재 맡은 거야. 기술적으로 안 되는 것은 안 되는 거지, 끗발로 누를 수 있는 건 아닌데."

최 부장은 느긋했다.

"계약은 그쪽 부서에서 하는 거니 알아서 해. 만일 이글 포인트 석탄 계약한다면 그 물건 안 받을 거니. 전무님 통해서 사장께 문제점을 보고할 수밖에."

"이거 참. 잘못하다가는 전무 간 싸움 붙이겠네."

"싸움꺼리가 안 되는데. 김 전무가 무조건 지는 싸움이지."

이 부장은 최 부장에게 더 부탁해 봐야 같이 김 전무 방에 가서 기술적인 해명을 해줄 것 같지 않아 입맛을 다시며 최 부장 방을 나왔다.

이 부장은 김창안 과장을 불러 입찰서를 개봉하게 감사실에 연락하라고 하고, 이글 포인트사 에이전트 조 사장을 그의 집무실로 오라고 했다.

감사실 직원 입회하에 이글 포인트 등 기술평가에서 탈락한 6개 회사를 제외하고 입찰 가격을 열었다.

"월요일 간부회의 끝나고 바로 보고할 수 있도록 인도조건, 지불조건 등 경제성에 영향을 미치는 인자를 고려하여 입찰 안내서 요구사항과 맞나 잘 파악하여 평가하여 서류를 가져와. 나 퇴근 안 하고 기다릴 테니 문제 있으면 바로 보고하고."

이 부장이 부하에게 평가지침을 줬다. 감사과장이, 저 할 일 끝났으니 가겠습니다, 하고 이 부장의 방을 나갔다.

"그럼 평가되는 대로 보고하겠습니다."

김창안 과장이 서류를 들고 나가려 했다.

"잠깐."

이 부장이 김 전무가 지시한 이글 포인트 입찰가격을 추가로 까라고 지시할까, 하고 김 과장을 잡았다.

"무슨 하실 말씀이?"

김 과장이 멈칫했다.

"아니 됐어. 그럼 수고해."

이 부장은 이글 포인트사를 평가대상에 넣으라고 지시하려다가 그만뒀다. 김 과장이 그의 방을 나가자 이 부장은 김 전무를 어떻게 설득할까 방향이 잡히지 않아 머리가 무거웠다.

이 부장이 팔짱을 끼고 서서 창밖을 내다보며, 어떻게 막무가내 김 전무를 설득할까, 고민하고 있을 때 노크 소리가 나고 문이 열리는 소리가 났다. 이 부장은 뒤돌아봤다. 조 사장이 허겁지겁 방에 들어오고 있었다.

"부르셨다고요? 김동선 전무님이 급히 찾아뵈라고 하던데."

조 사장이 손을 비비며 말했다.

"앉으시지요."

이 부장이 소파의 상석에 앉으며 비서에게 녹차 두 잔을 내오라고 했다.

"김 전무님이 우리 이글 포인트가 기술 스펙에 안 맞는다고 하는데 사실입니까?"

"제조부 최 부장님이 설명 드렸다고 하던데. 이글 포인트 석탄에 철분 등 불순물이 많다고."

"만나 뵙고 그냥 잘 봐달라고 부탁했는데요."

"우리 회사가 고로를 설계할 때 석탄 중에 철분이 몇 % 이하, 구리 성분이 몇 % 이하 그런 기준에 맞도록 설계했어요. 그 한계를 넘는 석탄을 사용하면 고온에서 운전하는 고로의 벽에 철분이 녹아서 들어붙어 고로를 못 쓰게 돼요. 그래서 기술부서에서 먼저 스펙이 맞나 보고 맞는 회사만 입찰 평가대상이 됩니다. 이글 포인트 석탄은 철분이 많고 유황분이 많아 스펙에 안 맞는다는 기술부서 평가입니다."

이 부장이 자세히 설명했다.

"우리 석탄이 아주 싸면 스펙이 맞는 석탄과 섞어서 쓰면 철 성분 함량이 떨어질 테니 같이 쓰면 되잖아요?"

"현장에 그렇게 석탄을 섞는 시설이 없어요."

"그럼 구제할 방법이 없어요?"

"죄송합니다. 저희 계약부서는 기술부서 의견을 무시할 수가 없어요."

"김 전무님이 기술부서의 평가결과를 바꾸라고 하면."

"그거 기술적인 자료는 정확한 건데 기술부서가 마음대로 바꿀 수가 없어요. 공연히 전무님 얼굴만 깎이게 되지요."

"그럼 어떻게 할 수 없어요?"

조 사장이 매달렸다.

"네. 방법이 없습니다. 우리 전무님이 조 장군과 관계 때문에 퍽 어려워하시던데 조 사장님이 형님께 설명을 좀 잘 해 주시면."

"저더러 설명을 하라고요?"

"네. 전무님을 모시는 입장에서 전무님이 친구에게 설명하시기는 어렵겠고, 전무님을 어려운 입장이 서게 할 수는 없고. 그래서 이렇게 부탁합니다."

이 부장이 두 손을 모으고 비는 시늉을 했다.

"허. 이거 점심시간 다 됐는데 점심이나 먹으면서 이야기합시다."

조 사장이 손목시계를 보며 말했다.

"저 선약이 있어요."
"점심도 못 하시겠다고? 이거 섭섭한데요. 제가 비싼 집 갈 것도 아닌데."
"감사합니다. 먹은 걸로 할게요. 잘 부탁합니다."
이 부장이 자리에서 일어서서 사정조로 말했다.
"이거 어떻게 한다. 나더러 형님께 설명하라고."
"네, 부탁드립니다."
"허, 혹 떼러 왔다가 혹 붙이고 가네. 그럼 안녕히 계세요."
조 사장이 입맛을 다시며 방을 나갔다.
이 부장은 그의 방을 나가는 조 사장을 보며 조 사장이 그의 형, 조 장군과 김 전무를 잘 이해시켜야 할 텐데, 하며 한숨을 내쉬었다.

이 부장은 월요일에 보고할 입찰평가 자료를 최종 확인하고 토요일 저녁 늦게 퇴근했다. 그는 퇴근하며 밤늦게까지 고생한 부하 직원들을 회사 앞 곱창 집에 데리고 가서 그 동안 수고를 위로하며 소주를 사줬다.
소주가 한참 오르자 이 부장은 월요일에 김 전무에게 어떻게 이글 포인트사 탈락 사실을, 전무의 지시를 무시하고 가격을 열지 않았는지 설명해야 할지 방향이 잡히지 않아 머리가 어지러웠다.
그는 술에 취해 신나게 떠드는 부하들의 입만 쳐다보며, 조 사장이 잘 이해를 시키지 못했으면 김 전무가 노발대발할 텐데, 월급쟁이하기 힘든다. 그렇다고 사표를 낼 수는 없고, 하며 푹푹 한숨만 내쉬었다.

4

월요일 간부회의가 끝나자마자, 이 부장은 입찰평가 결과를 김 전무에게 보고했다. 시간을 끌면 또 어떤 압력이 들어올지 모른다.
"기술평가에 합격한 10개사를 평가하여 6개사를 계약협상 대상사로 선정할까 합니다. 입찰 때 보고 드린 대로 공급원 다원화를 위하여 경제성이 가장 좋은 1, 2, 3위 회사에서는 매년 60만 톤씩, 그 다음 경제성이 좋은 3개사에서 40만 톤씩 사는 걸로 안을 작성하였습니다. 그렇게 구입하면 공급원이 호주 2개사, 남아연방 2개사, 캐나다 2개사로 배분되어 국가 간 다원화도 됩니다. 계약 협상 때 2위부터 6위까지 협상 대상자 가격을 1위 가격까지 깎도록 노력하겠습니다."

이 부장은 잔뜩 입이 나온 김 전무의 표정을 힐끔거리며 단숨에 보고했다. 김 전무는 입을 굳게 다물고 화나 잔뜩 난 얼굴로 서류를 거들떠보지도 않고 사인을 해 주고 거칠게 나가보라는 손짓을 했다.

이 부장은 그래도 주말에 조 사장이 잘 설득을 시킨 모양인데, 생각하며 조 사장 위로 소주라도 한잔 사줘야겠네, 했다.

이 부장은 바로 부사장과 사장의 결재를 받고 계약협상 대상사로 선정된 회사에 통보했다. 탈락한 회사에는 이번에 탈락하여 유감이지만 다음 기회에 보자는 위로의 전문을 보냈다.

5

이 부장은 6개 낙찰사를 차례로 불러 김창안 과장을 독려하며 계약협상을 벌렸다. 이미 입찰에 낙찰된 화사들은 추가로 가격을 인하하라는 갑의 요구에 부정적으로 나와 협상에 어려움이 컸다. 매일 협상결과를 김창안 과장을 시켜 김 전무에게 보고하고 협상지침을 받았다.

이 부장은 협상을 하러 방문한 각사 대표를 꼭 김 전무에게 인사시켰다. 자연히 낙찰된 회사 국내 에이전트도 동석하여 김 전무와 인사를 하게 되었다. 김 전무는 그가 밀었던 회사가 입찰에 떨어진 것에 대한 섭섭함을 나타내지 않고 묵묵히 이 부장의 보고를 듣고 고생한다며 격려했다.

호주 크로우 네스트사 계약협상단과 함께 아드레이드대학 곽 교수가 그 회사 고문 자격으로 동행했다.

"곽 교수님이 에이전트 따셨어요?"

이 부장이 크로우 네스트사 부사장과 함께 그의 방에 들어온 곽 교수에게 물었다.

"네, 부장님 소개 덕분에 용돈을 좀 벌게 됐습니다."

"제 소개요?"

이 부장이 무슨 말인가 하며 눈을 크게 떠서 곽 교수를 쳐다보며 말했다.

"그거 이 부장님이 명함에 서명해 주셨잖아요."

10년 이상 크로우 네스트사 국내 에이전트를 하고 있는 정석상사의 고 사장이 말했다. 고 사장은 발이 넓어 정계에도 아는 사람이 많다.

"제가 사인해 준 명함이요?"

이 부장이 물었다.

"아, 이 부장이 곽 교수에게 명함을 주시면서 특별히 서명하여 주셨잖아요. 엔도스 표시로. 곽 교수가 그 명함을 들고 호주 여러 탄광회사를 다니며 에이전트를 달라고 한 모양입니다. 그래서 크로우 네스트사에서 저에게 확인이 왔어요. 김창안 과장에게 확인하니 곽 교수가 이 부장을 찾아뵌 것이 사실이라고 하고 이 부장을 지난 10년 지켜보니 허투로 사인해 줄 분이 아니고 하여 그렇다고 알려줬어요. 그래서 크로우 네스트에서 곽 교수를 고문으로 위탁했고. 이번 계약에서 받을 수수료 중 일부를 곽 교수에게 나눠주는 것으로 했어요."

이 부장은 그 설명을 들으며, 뛰는 놈 위에 나는 놈이 있네, 하는 감탄을 삼키며, 점잖아 보이는 곽 교수에게 그런 권모술수가 있었나, 하며 고 사장에게 사실을 설명해 주려다가 호주 이민 가서 고생하는 곽 교수가 그런 재주를 부려 돈을 좀 챙긴다는데, 이미 끝난 일 더 말할 필요 없지, 하며 고 사장의 말을 못들은 체했다.

이 부장은 벌써 한 달 넘도록 계약협상을 하며 파김치가 되었다. 계약협상 대상사로 선정된 6개사와 계약 협상이 끝났다. 그 동안 가격을 깎으려고 안간힘을 썼고, 지불조건 인도조건 등 계약조건을 개선하려고 노력했다. 이제 계약 서명만 하면 다음 몇 달 간은 추가계약이 없으니 좀 여유 있는 시간을 가질 수가 있다.

이 부장은 책상에 앉아서 정직, 근면, 도전이라고 먹글씨로 쓴 사훈이 걸린 액자를 올려다보며 그래도 지난 25년 동안 참 정직하고 근면하게 회사생활을 했네, 그런데 별로 도전적이지는 못했지, 하며 자신의 4반세기 인생을 뒤돌아보았다.

"전무님 계약협상이 끝나 가서명을 했어요. 본서명을 해야 하는데 한국에 불러서 할까요, 아님 한두 개 사는 우리가 가서 서명하고 나머지는 회사로 부를까요?"

이 부장이 김 전무의 눈치를 보며 말했다.

"어떻게 하는 것이 좋아?"

김 전무가 입맛을 다시며 말했다.

"세 나라 중 한 나라는 가서 하고 두 나라는 부르면…."

이 부장이 김 전무의 눈치를 봤다.

"그래? 그럼 호주는 가서 하고 남아연방과 캐나다는 오라고 하지."

"그렇게 준비하겠습니다. 사장님께 그렇게 보고 드리겠습니다."

"그럼 호주는 누구랑 간다?"

"제가 모시고 가겠습니다. 실무 과장과 같이."

"그럼 일정 잡아 보고해. 나 호주 안 가봤어."

김 전무는 호주에 계약을 서명하러 가자는 보고에 마음이 들뜨는 것 같았다.

이 부장의 보고를 받은 사장은 김 전무가 호주 가서 사인한다고? 구매담당 전무가 견문을 넓히는 것은 좋지, 그렇게 해, 하고 선선히 승인해줬다.

이 부장은 크로우 네스트사 한국 에이전트인 정진석 상사의 고 사장에게 전화를 했다.

"계약 서명을 전무님 모시고 호주 가서 하려는데 그쪽 회사에 알려주시면."

"아, 호주 가서 하신다고, 좋지요. 그렇게 어렌지할게요. 그럼 김 전무님하고 이 부장님하고, 김 과장님 가실 거요?"

"네."

"저도 모시고 갈게요. 일정 정해지는 대로 알려주세요."

"시드니에서 두 회사와 계약 서명하시고 광산을 들르는 일정을 짰습니다. 5박 6일."

"그래?"

김 전무는 이 부장이 작성한 일정을 둘러보고 그대로 추진하라고 하며 시드니에서 뭐 볼 곳 있나, 했다.

"오페라 하우스, 하버 브리지와 해변이 아름답습니다. 스테이크도 좋고."

"호주산 소고기야 서울서도 먹을 수가 있는데."

"그럼 킹크랩 회를 준비하도록 하겠습니다."

"킹크랩 회도 다 먹나? 알아서 준비해,"

김 전무가 모처럼만에 얼굴을 펴고 이 부장을 쳐다봤다. 이 부장은 김 전무의 환한 얼굴을 보며 이번에 호주 가서 잘 모셔야겠다고 생각했다.

6

이 부장은 호주에 출장 가서 김 전무 모시기가 힘들었다.

크로우 네스트와의 서명식에서는 양사 대표가 서명을 하고 인사말을 김 전무가 한국말로 하고 시드니 사무소장이 영어로 통역을 하고는 다음 기념사진을 찍고 하며 잘 끝났으나 크로우 네스트 회장이 주최한 오찬부터 어려움이 이어졌다. 오찬을 시작하고 처음 몇 마디는 통역을 이용하여 대화가 이어졌으나 영어가 짧은 김 전무는 대화에 낄 수가 없었다.

우선 이어지는 대화를 알아들어야 대화에 낄 수가 있다. 김 전무 옆 자리에 앉은 시드니 사무소장이 열심히 통역을 했으나 대화의 흐름에 때 맞춰 김 전무는 대화에 끼어들 수가 없어 스테이크만 서툴게 썰며 혼자 포도주를 마시며 헛웃음만 웃었다. 더구나 김 전무는 술을 호탕하게 마시는 것을 좋아했으나 호주 사람들은 포도주를 찔끔 찔끔 마시며 대화를 이어갔다.

김 전무는 포도주 잔을 쭉쭉 들이켜 비우고 싶었으나 아무도 그렇게 호탕하게 술을 마시지 않아 눈치를 보며 찔끔 찔끔 마시며 사내놈들이 뭐 이렇게 계집애처럼 술을 마셔, 하며 불만을 한국말로 투덜댔으나, 이 부장은 외국 사람에게 술을 쭉쭉 마시자고 통역할 수도 없어 얼굴이 굳어졌다.

이 부장은 김 전무의 기분을 알고 있어 기분을 맞춰주고 싶었으나 음주문화가 다른 외국인과 식사를 하며 그럴 수가 없어 입맛만 다셨다. 오찬 내내 김 전무가 주빈이었으나 별 수 없이 이 부장이 대화를 이어가며 전무의 눈치를 보며 주빈 노릇을 했다. 오찬에 참석한 곽 교수와 고 사장이 전무 기분을 맞추려 했으나 그들은 오찬 테이블 맨 끝자리에 앉아 대화에 쉽게 끼어들기가 쉽지 않았다.

오찬이 끝나고 크로우 네스트사에서는 시드니항 요트 투어를 준비했다. 이 부장은 호주를 방문했을 때는 그런 호사스런 접대를 항상 거절했었으나 이 부장은 호주를 처음 방문하는 김 전무를 위해 그런 접대를 받아들였다.

김 전무는 요트로 시드니항을 항해하며 이 부장, 너는 호주 올 때마다 이런 접대를 받았어, 하는 투로 비꼬는 말을 했다. 이 부장은 자기도 처음 요트를 타는 거라고 말했으나 김 전무는 믿지 않는 표정이었다.

김 전무가 주최하는 만찬은 이 부장이 더욱 힘들었다. 전주로 시작하여 주식과 반주로 함께 포도주를 마시며 가볍게 술이 오른 크로우 네스트사 임원들은 아예 영어를 못하는 김 전무는 배려하지 않고 자기들끼리 대화를 이어갔다. 이 부장이 그들을 상대할 수뿐이 없었다.

만찬이 끝나고 숙소로 돌아가며 자존심이 상한 김 전무는 불만을 터트리지는 못했지만 입을 다물고 차창 밖만 내다보며 긴 침묵을 지켰다.

공식 일정이 끝나고 여행 마지막 날 김 전무는 시드니 사무소 직원을 위로하는 명분으로 만찬을 열어줬다. 시드니 사무소장은 바다가재 전문 식당을 예약했다. 전무에게 양해를 구하고 시드니 주재 포항제철 사무소장과 한국전력 사무소장도 초청했다.

바다가재 회를 안주로 하여 김 전무는 출장 온 후 처음으로 한국말로 대화를 하며 호탕하게 술을 마시며 직원들도 먹였다. 김 전무는 부하 직원과 다른 회사 지사장에게 정부 실세와 자기가 잘 통한다는 자랑을 떠벌이며 마구 포도주를 마시다 보니 술이 팍 취했다.

김 전무는 며칠 동안 영어를 못해 쌓였던 스트레스를 풀며 호기를 부렸다. 이 부장은 2차를 가자는 김 전무를 수습하여 호텔로 가기 위해 차에 태웠다. 운전은 지사장이 하고 뒷좌석에 김 전무와 이 부장이 탔다.

"조 지사장. 시드니 오니 전부가 영 그렇던데 어떻게 생각해?"

술에 취한 김 전무가 혀가 꼬부라져 말을 했다.

"무슨 말씀을?"

운전대를 잡은 시드니 지사장이 어둠이 가득한 도로를 내다보며 조심스럽게 운전하며 물었다.

"이 부장을 하늘같이 모시던데."

김 전무가 툭 내질렀다.

"그 자리에 오래 계셔서 이 부장님은 해외 공급선 임원들과 잘 아십니다."

운전을 하는 시드니 사무소장이 대신 변명해 줬다.

"그 자리 몇 년 있었나?"
전무가 퉁명스럽게 물었다.
"곧 26년 됩니다."
"정년퇴직은 몇 년 남았고?"
"3년 남았습니다."
"그래? 이 부장 말이면 업자들이 껌벅하던데 곽 교수 자네가 고문 시켜 줬다며?"
"아닙니다."
"아니기는 뭐가 아니야. 그래 그렇게 시켜 주며 얼마 받았나?"
"네?"
이 부장은 어이가 없어 대답을 못했다.
곽 교수는 고문 자격으로 서명식에 참석하고 만찬 때는 영어를 못하는 김 전무와 서로 한국말로 서로 한국과 호주 실세와 잘 안다는 자랑을 해댔다. 김 전무 앞에서 이 부장을 칭찬하며 이 부장과 잘 아는 척도 했다.
"자네 너무 오래 그 자리에서 근무했네. 이번 귀국하면 사장에게 자네 딴 자리로 옮겨 주라고 할 거야. 업자와 너무 밀착되어 있어."
김 전무가 단정적으로 말했다.
이 부장은 무슨 술주정이야, 내가 얼마나 공정하게 일해 왔는데 3년짜리 임시직 낙하산이 자기가 전무라고 되지도 않는 술주정이야, 하며 속으로 투덜댔다.
이 부장은 퇴직이 얼마 남지 않았는데 터무니없는 누명을 쓰고 쫓겨나겠네. 곽 교수를 불러 해명을 시켜, 하다가 그럴 수는 없잖아. 제대 말년에 누명 쓰고 이 무슨 개망신, 공연히 잘 모신다고 전무 요트 투어도 시키고 여기저기 구경시켰네, 하며 어둠이 들인 차창 밖을 내다보며 푸 한숨을 내쉬었다.

전립선 비만

1

나는 아내와 코카사스 3국 그룹 여행을 떠났다.

인천국제공항을 떠나 카타르 도하에서 비행기를 갈아타고 15시간을 비행하여 오후 3시 아제르바이잔 바쿠공항에 도착했다.

가이드는 우리 일행을 버스에 태우고 바로 메이든 타워로 가며 아제르바이잔의 인구, 국민소득, 종교 등을 설명했으나 긴 여행에 지친 나는 국민소득에 비하여 수도 바쿠의 건물들이 부티가 난다고 생각하며 가이드의 설명을 귓등으로 들었다. 바쿠가 불꽃이라는 뜻이라는 해설을 들으며, 아제르바이잔이 산유국이래. 이번 여행도 우리가 일행 중 제일 나이가 많은 것 같은데, 하고 옆자리에 앉은 아내에게 말했다.

메이든 타워는 벽돌로 쌓은 높은 탑이었다. 가이드가 직경과 높이 수치를 늘어놓고, 건설한 지 거의 천년이 된다고 하며, 탑에 얽힌 전설을 이야기했으나 세계 관광명소를 여러 곳 다녀본 나는 그렇게 대단한 탑도 아닌데 거창하게 설명하네, 하며 듣는 둥 마는 둥하고 그룹에서 벗어나서 커피

숍에 가서 아내와 따뜻한 커피로 여독을 달래며 일행이 관광을 마치고 버스로 오기를 기다렸다.

식당에 들러 현지식으로 저녁을 먹고 호텔에 체크 인했다. 가이드는 내일 코부스탄에서 유네스코 문화유산으로 등재된 암각화를 보고 바로 긴 버스 여행을 하여 아르메니아로 넘어갈 거라 일정이 빠듯하다며, 6시 기상 벨을 울릴 거니 아침식사를 마치고 8시까지 로비로 짐을 챙겨서 나오라고 했다.

나는 호텔방에 들어가서 간단히 샤워를 하고 바로 침대로 들어갔다.

나는 새벽 한시 잠에서 깨어 방광을 비우려 화장실로 갔다. 나이가 한창 드니 잠자는 중 두세 번은 화장실에 간다.

소변을 볼 자세를 취했으나 요도가 열리지 않는다. 힘을 줘도 오줌이 나오지 않는다.

나는 왜 오줌이 안 나오지, 하며 침대에 가서 누웠다. 요의가 강하여 잠이 오지 않는다. 나는 다시 화장실로 가서 방광을 비우려 했다. 아랫배에 힘을 주고 손바닥으로 아랫배를 눌러도 요도가 열리지 않는다.

나는 별일이네, 하며 다시 침대로 가서 누웠다. 배설물이 방광을 자극하여 잠이 오지 않는다. 나는 책을 들고 화장실로 가서 변기에 걸터앉아 책을 보며 장기전에 돌입했다. 30분을 공을 들여도 오줌이 한 방울도 나오지 않았다. 나는 또 침대로 갔다. 아내가 당신 고단하지도 않아 자꾸 들락거리게, 하며 투덜댔다.

침대에 누웠다가 화장실을 들락거리며 몇 번을 시도했으나 오줌이 나오지 않았다. 배설물이 가득 차가는 방광이 무지근해지며 가볍게 통증이 오기 시작했다. 내가 들락거리는 바람에 잠에서 깬 아내가 무슨 일로 그렇게 화장실을 들락거리는 거야, 배탈 났어, 하고 물었다. 나는 오줌이 안 나와, 하고 대답하자, 아내는 오줌이 안 나오다니 그게 무슨 말이야, 하며 의아해 했다.

그렇게 세 시간 이상 실랑이를 하고도 소변을 보지 못했다. 나는 방광이 무거워 침대에 눕기가 어려워 엉거주춤하게 서서 핸드폰 액정을 눌러 시계를 봤다. 새벽 4시다. 가이드를 깨우기는 너무 이르다.

새벽 5시가 되자 이제는 방광의 압박이 통증으로 바뀌어 아예 앉을 수는 없고 서있기도 힘들다. 나는 가이드에게 전화를 했다. 가이드가 잠이 덜 깬 목소리로 옷 입고 나갈 테니 로비에서 보자고 했다.

나는 바로 로비로 나갔다. 아내가 별일이야, 하며 따라 나왔다. 나는 아랫배가 무겁고 아프기까지 하여 서있기도 어려워서 엉덩이를 뒤로 빼고 엉거주춤하게 서서 가이드를 기다렸다.

한참을 기다려도 가이드가 로비로 나오지 않는다. 내가 가이드가 왜 이리 늦느냐고 조바심을 내자 아내는 내 고통은 짐작도 못하고 여자가 나오려면 시간이 걸리니 참고 기다리라고 했다.

한참 만에 가이드가 로비로 들어서며 병원이 어디 있는지 알아보느라고 늦었다며 나에게 양해를 구하고, 프런트로 가서 택시를 불러 달라고 했다. 택시가 바로 왔다. 택시에 타려고 허리를 구부리자 고통이 심하게 밀려왔다. 병원에 가려면 택시를 타야 해서 나는 고통을 참고 억지로 몸을 구부리며 뒷좌석에 탔다. 똑바로 앉으려니 너무 아랫배의 통증이 심하여 길게 눕다시피 앉았다.

종합병원은 20분 거리에 있다고 한다.

나는 종합병원이라 하여 우리나라 대형병원을 상상했었는데 서울에 있는 일반 병원 규모이다. 접수대에 여권을 들이밀고 접수했다. 오줌이 안 나와서 왔다는 나의 설명을 들은 접수대 아가씨가 응급실에 비뇨기과 의사가 없다며 바로 연락하면 30분 이내에 치료사가 올 거라고 했다. 한시가 급한 나는 30분이나 기다리라고, 하며 의자에 앉지도 못하고 터지려는 방광의 고통을 참으며 엉거주춤 복도에 서서 의사를 기다렸다.

한 젊은이가 병원 현관에 들어서며 복도에 서성이는 나를 보고 102호실로 가자고 했다. 나는 그를 따라 102호실로 갔다. 그는 바지를 내리고 침대에 누우라고 했다.

나는 고통을 참으며 힘들게 그가 시키는 대로 했다. 요도로 무엇인가 들어가는 감각이 있고 바로 방광의 고통이 줄어드는 기분이었다.

"방광을 비웠어요. 화장실 가셔서 이 통 비우시고 오세요."

의사의 영어가 유창하지 않아 완전히 알아들을 수는 없었지만 대개 그런 말을 하는 거 같았다. 나는 방광의 통증이 사라져 정말 시원해서 날아가는 기분으로 침대에서 일어났다. 요도에 긴 고무줄이 끼워져 있고 바닥에 노란색 오줌이 가득 찬 비닐주머니가 매달려 있다.

나는 저렇게 방광에 오줌이 많이 찼었나, 늦었으면 터졌겠네, 옛날 같았으면 오줌주머니가 터져 죽었겠네, 하고 생각하며 온기가 느껴지는 오줌주머니를 들고 화장실을 찾아가서 밸브를 열고 통을 비우고 102호실로 갔다.

나를 치료한 치료사는 9시가 돼야 병원 문을 여니 그때까지 여기 침대에 누워서 기다리든지 호텔에 가서 쉬다가 9시 맞춰 오라고 했다. 호텔에 가서 쉬고 오겠다고 하자 의사는 병원비를 계산하고 가라며 9시에 예약했으니 와서 바로 105호실로 가라고 했다.

나는 오줌주머니를 찬 채 호텔로 갔다. 침대에 누워서 책을 보다가 시간에 맞춰 아침식사를 하러 식당으로 내려갔다.

"식사하러 오셨어요? 어떠세요?"

가이드가 나에게 다가오며 말했다.

"새벽부터 수고했어요."

내가 인사를 했다.

"그거 제가 하는 일인데요. 좀 있으면 현지 사장님이 오실 거요. 저는 8시에 손님 모시고 코부스탄 동굴로 가야 해서 현지 사장님이 병원 모실 거요. 수술을 해야 하면 귀국하셔야 하니 비행기표 바꾸고 하는 것은 현지 사장님이 해 주실 거요. 응급조치하시고 이동 가능하면 저희들 가는 곳으로 오시면 됩니다."

"어떻게 가지요? 현지 사장이 데려다 줘요?"

"아니요, 택시 타시면 돼요. 여기서 두 시간 거리니, 50불쯤 주면 돼요. 그럼 식사하세요."

가이드가 사무적인 안내를 하고 식사하러 갔다.

나는 외국까지 와서 오줌주머니를 차고 그래도 살겠다고 아침 뷔페를 나르며 이 나이에 이 무슨, 하는 생각에 자꾸 웃음이 나왔다. 아내도 내 마음을 알아챘는지 나를 쳐다보며 실실 웃었다.

나와 아내는 바로 귀국해야 할지 계속 여행을 할지 알 수 없어, 짐을 관광버스에 실을 수가 없어 로비에 놓고 현지 사장을 기다렸다. 8시 반쯤 40대 중반으로 보이는 한국 사람이 나에게 다가와서 명함을 주며 병원으로 가자고 했다. 우리는 여행가방을 현지 사장의 차 트렁크에 싣고 병원으로 갔다.

출근시간이라 차가 막혀 9시가 조금 넘어 병원에 도착하여 접수처에 가서 도착을 알리고 105호실로 갔다. 문 앞에 영어로 비뇨기과라고 쓴 간판이 붙어있다.

노크를 하고 안으로 들어가니 영화배우를 뺨칠 만큼 잘 생긴 40대의 남자가 나를 맞았다. 내 뒤를 따라 아내와 현지 사장이 들어왔다. 새벽에 나를 응급 처치했던 그 의사가 아니다.

잘 생긴 의사가 처방전을 써주며 초음파 검사를 하고 채혈하고 오라 했다. 50대의 간호사가 위치를 알려줬다.

검사를 하는데 30분쯤 소요됐다. 검사를 마치고 105호실로 갔다. 먼저 온 환자가 있어 내 차례를 기다리다가 안으로 들어갔다.

의사가 무엇이 커졌다고 했다. 내가 무슨 말이지 못 알아듣자, 의사가 스마트 폰에 아제르바이잔 말을 입력하자 '전립선' 하고 한국말이 나왔다. 나는 아, 하며 참 좋은 세상이다, 생각하며 고개를 끄덕이자 의사가 설명을 시작했다.

"전립선이 정상보다 다섯 배나 비대해졌다. 귀국하면 바로 병원 찾아가서 조치를 받아라. 여행기간 열흘 먹을 약을 처방해 주겠다. 한 약은 아침 저녁 한 알씩, 한 약은 자기 전에 먹어라. 오줌주머니를 제거해도 되는데 안전하게 차고 다녀라. 이 나라는 병원이 많지 않아 또 문제가 생기면 2시간씩 택시를 타야 병원에 갈 수가 있다."

의사가 여행 중 오줌주머니를 편하게 차고 다니는 법을 설명하고 시범까지 보여줬다.

"귀국은 안 하셔도 되겠네요. 택시를 예약해 드릴 테니 일행에 합류하시지요."

내가 약을 받는 것까지 안내한 현지 사장이 말했다.

"따라잡을 수 있어요?"

"점심 식사 장소에서 만날 수 있을 거요."

"그럼 택시비는 얼마 드리면 됩니까? 사장님 수고비까지 합쳐서."

"50불만 주세요."

나는 50불짜리를 현지 사장에게 넘겼다.

내가 신용카드로 병원비를 계산하자, 현지 사장은 영수증을 잘 챙기라고 했다. 귀국하면 보험에서 보상받을 수 있다고 했다.

현지 사장의 승용차를 타고 예약한 택시가 기다리는 곳까지 갔다.

승용차를 운전하며 현지 사장은 나더러 이곳에 이민 오라고 했다.

"돈 있으시면 이곳으로 살러 오시지요. 저는 10년 전 배낭여행 왔다가 이곳이 좋아 눌러 앉았어요. 여기는 은행금리가 10%로 높아요. 일 년에 천불만 가지면 살 수 있으니 1억 원만 가지고 오시면 됩니다. 2억 가지고 오시면 이자가 2천불이니 운전기사까지 두고 사실 수 있어요."

나는 이 나라에 별 매력을 느끼지 못해 전혀 살러 올 마음이 없었으나 나를 보살펴 준 대접으로 그에게 대답했다.

"2억이면 돼요? 좋은 나라네요, 그런데 언어가 안 통해서…."

"선생님 영어를 잘 하시던데 영어로 어지간하면 살 수 있어요. 참 택시기사가 영어를 못하니 전혀 대화가 안 될 거요. 그 기사가 버스까지 잘 모셔다 드릴 테니 걱정은 안하셔도 돼요."

나는 현지 사장 차를 20분쯤 타고 가서 택시로 갈아탔다. 택시는 바쿠 시내를 벗어나서 어디론가 달려갔다. 승용차를 타고 가면서 시골 경치를 둘러보며 나는 아내에게 농담을 던졌다.

"오줌주머니 차고 택시 타고 가니 버스에서 보는 것보다 더 잘 시골 경치를 구경하네, 저기 바다에 유전이 보이는 것 같은데."

"당신 태평하다. 그거 차고 안 불편해?"

"지낼 만해. 언제 이런 경험하겠어? 그냥 귀국하면 여행경비 날리잖아."

"돈이 문제야. 힘들면 그냥 귀국하자."

"걱정 마. 내가 힘들면 집에 가자고 했지. 다닐 만하니 의사가 차고 다니라고 했겠지."

아내와 나는 시골 경관을 보며 한가하게 대화를 나눴다.

두 시간쯤 택시를 타고 갔다. 택시 운전사는 계속 스마트 폰으로 가이드와 연락을 취하는 거 같았다.

평소 같았으면 두 시간쯤 차를 탔으면 오줌이 마려울 텐데, 오줌이 생기는 족족 주머니로 흘러내리니 전혀 요의가 없다.

코부스텐 이정표가 보이고 한 10분쯤 달리자 관광버스들이 줄서 있는 곳에 택시가 도착했다. 동굴 관광을 마치고 나온 일행이 보였다. 가이드가 나와 아내를 보고 반가워했다. 영문을 모르는 일행은 왜 택시를 타고 오셨냐고 물었다.

"아, 아제르바이잔 병원 시스템 좀 점검하고 왔어요."
내가 웃으며 대답했다.
"의사세요?"
일행 중 한 사람이 물었다.
나는 긍정도 부정도 않고 미소로 대답했다.

나는 오줌주머니를 차고 나머지 9일 여행 일정을 소화했다.

노아의 홍수 후 방주가 멈췄다는 아라라트산 설경도 먼발치에서 보고, 소련 독재자 스탈린의 생가도 보고, 고지에 있는 여러 사원도 보며 여행을 마쳤다. 오줌주머니가 계단을 오를 때는 거치적거렸으나 크게 불편하지 않았다. 긴 버스 여행에 소변이 마려워 급하게 쫓기는 일도 없이 여행을 마치고 다시 15시간 비행기 여행을 마치고 귀국했다.

오후 5시에 인천공항에 도착했다. 나는 지난 9일 동안 오줌주머니를 차고 다녔는데 응급실 갈 것 없이 내일 병원에 가자고 아내에게 말하고 집에서 하룻밤 오줌주머니를 차고 밤을 보냈다.

2

다음날 오전 9시 반 집에서 전철로 한 정거장 떨어진 곳에 위치한 비뇨기과를 찾았다. 남자 간호사가 나를 독방 대기실로 안내했다. 5분쯤 기다리자 간호사가 원장 선생님을 뵈러 가자고 했다.

원장이 키도 크고 잘 생겼다. 나는 아제르바이잔 바쿠병원의 비뇨기과 의사도 호남이었는데 비뇨기과 의사는 다 미남인가, 하며 바쿠병원에서 받아온 초음파 사진과 처방전을 의사에게 건네주고 경위를 설명했다.

"먼저 오줌주머니를 제거하시지요."
의사가 앞장서서 진료실을 나서며 말했다.

나는 의사를 따라서 처치실로 들어갔다. 바지를 까고 누우라고 하여 시키는 대로 침대에 누웠다. 음경 귀두에 따끔한 통증이 오고, 의사가 제거했습니다, 하는 말이 들렸다.

"화장실 가서 오줌을 용기에 누시고, 초음파 검사하시고 피를 뽑으시지요."

의사가 말하고 처치실을 나갔다.

바지를 올리며 보니 열흘 동안 몸의 한 부분으로 차고 다니던 오줌주머니가 제거됐다. 시원하기도 하고 허전하기도 했다.

나는 간호사의 안내를 받으며 의사가 말한 조사를 받고 다시 대기실로 가서 카톡을 보며 다음 조치를 기다렸다. 간호사가 대기실로 와서 원장 선생님을 보시자고 했다.

원장은 컴퓨터 화면을 들여다보며, PSA가 9.3으로 높습니다. 방광이 감염되었고요. 항생제와 PSA 내리는 약을 처방해 드리겠습니다. 그리고 전립선이 비대하여 혈압약 먹는 것같이 평생 약을 드셔야 합니다. 그 약도 같이 처방해 드립니다. 원장은 말을 마치고 진료가 끝났으니 나가보라는 자세를 취했다.

나는 PSA가 뭔지 물으려다가 집에 가서 인터넷에서 찾아보지, 하고 원장방을 나와 처방전을 받고 조금 전 소변을 보았는데 또 소변이 마려워 변소에 들렀다가 엘리베이터를 타고 내려가 약국에서 약을 받고 집으로 갔다.

집에 도착하자 또 소변이 마렵다. 난 반 시간도 안 됐는데 또 변소에 가야 해, 하며 화장실에 갔다.

거실로 나와 티브이를 보는데 20분, 30분이 멀다 하고 오줌이 마려워 계속 화장실에 들락거렸다.

나는 이제 나도 기저귀 차고 다녀야겠네, 하며 기저귀를 차고 어린 아이가 되어 다닐 내 모습을 생각하며 실실 웃었다. 친구 중 한 명이 전립선 수술을 하고 2시간 정도 버스를 타야 하는 여행을 할 때는 기저귀를 차고 다닌다고 한탄했었다. 나는 나도 그 행렬에 끼네, 하며 평생 기저귀를 차야 해, 하며 그렇게 귀찮게 살아야 하나, 생각하며 내 인생이 좀 한심하다는 생각이 들었다.

나는 마트에 가서 기저귀를 사왔다. 값은 비싸지 않았지만 부피가 컸다. 나는 기저귀를 침대 옆에 놓고 나오며, 기저귀에다 오줌을 받고 다니면 얼마나 찝찝할까, 생각했다.

시간이 지나자 오줌 마려운 시간이 점점 길어졌다. 수시로 고무줄을 통하여 생겨나는 오줌을 방출하던 방광이 오줌줄을 제거해도 그 습관이 남아 수시로 요의를 보냈는데 시간이 가며 정상으로 돌아가는 거 같다. 오줌주머니를 제거하고 이틀이 지나자 방광의 기능이 정상으로 돌아왔다. 나는 조물주가 정말 사람을 참 잘 만들었구나, 하며 찬탄했다.

5일 후 다시 비뇨기과를 찾았다. 소변을 검사하고, 피를 뽑고 난 후 의사를 만났다.

"방광 감염이 아직 완전히 낫지 않았네요. PSA가 6.8로 높습니다. 큰 병원 가서 조직검사를 해 보시는 것이 좋겠네요. 3차병원 진료의뢰서를 써드릴게요."

"전립선암은 진도가 느려 한 5년 간다는데, 그냥 임이랑 한 5년 살다 가면 안 돼요?"

내가 태연하게 말하자, 의사는 뭐 이런 환자가 다 있어, 하는 눈으로 나를 쳐다봤다.

"그리고 내 나이면 PSA 8정도가 보통이라던데 6.8이면 안 높은 거 아니요?"

나는 인터넷에서 본 지식을 들이대며 의사에게 말했다.

"그럼 항생제와 전립선 비대증 치료약 3개월 분 처방해 드리겠습니다. 5일 후에 다시 오셔서 소변 검사 받으세요."

의사는 조직검사하라는 의사의 권고를 깔아뭉개는 환자를 동물원의 원

숭이 보듯 말을 놓고 빤히 쳐다보며 말했다.

나는 조직검사를 하라는 의사를 이기고 약 처방전만 받고 나오며 의사를 이긴 것 같아 기분이 살짝 좋아지며 5일 후 뵙겠습니다, 하고 인사를 하고 원장 방을 나왔다.

3

그렇게 1년 반이 지났다. 3개월에 한 번 비뇨기과를 찾았으니 여섯 번 간 셈이다. 병원을 방문할 때 한 번 걸러, 6개월에 한 번 피를 뽑고 PSA 검사를 했다. PSA 숫치가 5에서 6을 오르내렸다,

지난해 1월 첫 확진자가 나오고 코로나19 전염을 예방하기 위해 사회적 거리두기가 시행되면서 사람들의 생활 패턴을 망가트렸다. 사회적 거리두기 2.5가 시행되며 5인 이상 모임이 금지되었다. 연말이 되면 지인들을 만나 회포를 풀며 한해를 보내던 망년회가 사라졌다. 새해가 되어도 2.5단계 거리두기가 지속되어 신년 하례도 하지 않는다.

나는 창밖을 내다보며 아파트 윗집 음향장치에서 들려오는 오페라 토스카의 아리아를 들으며, 별은 빛나고 임은 가고, 하는 구절을 되풀이하여 흥얼거렸다.

햇빛은 빛나는데 친구들을 만날 수 없구나, 조직검사를 해야 하나, 조직검사를 하면 살을 떼어낼 텐데 얼마나 아플까. 마취는 한다지만 마취가 풀리면 많이 아프겠지. 그냥 버티고 검사를 받지 말까?

어제 비뇨기과를 갔었다. 피를 뽑고 PSA를 검사했다. PSA가 10.3으로 높아졌단다. 암일 가능성이 높으니 큰 병원에 가서 조직검사를 받아보라며 잘 생긴 비뇨기과 의사가 3차 병원 진료의뢰서를 끊어줬다.

나는 코로나 덕에 집콕을 하여 스트레스가 쌓여 높아졌나, 생활이 무료하여 저녁 식사 전에 매일 마신 혼술이 PSA를 높게 한 원인인가, 하며 조직검사를 받아야 하나, 그냥 살을 떼어내는 조직검사를 받지 말고 80 넘게 오

래 살았으니 암이랑 같이 살다 갈까, 뜬 구름을 올려다보며 인생은 그냥 흘러가는 건데 그럭저럭 살지 뭐, 귀찮게 조직검사하며 신체를 괴롭혀, 하며 조직검사를 받을 것인가 결정을 못하고 생각을 이어갔다.

내가 별은 빛나건만 임은 가고 하는 토스카의 아리아를 이태리어로 흥얼거리며, 산다는 것이 무엇인가 생각하며 개똥철학을 하고 있을 때 아내가 말을 걸어왔다.

"당신 PSA가 10이 넘는다며 병원 예약 안 해?"

"꼭 이 나이에 조직검사 받아야 해?"

"그럼 받아야지. 지금 당신 암이면 나는 어쩌라고?"

"어쩌긴? 인터넷 뒤져서 어떤 의사가 괜찮은지 찾아보고 예약할게."

나는 떠밀리듯 서재로 가서 컴퓨터를 켜고 전립선암을 클릭했다.

전립선 관련하여 정말 많은 기사가 떴다. PSA가 10이 넘어도 암일 확률은 50%란다. 조직검사를 받아도 암을 찾아낼 확률이 100%가 아니란다. 큰 병원 의사들이 나와서 로봇으로 암을 수술하면 출혈도 적고 안전하다고 선전하는 강의도 여럿 떴다. 눈에 번쩍 띄는 기사가 떴다. 소변으로 암을 검사하며 확진 확률이 95.5%란다.

아, 그 아픈 조직검사 안 해도 되네. 우리 집에서 가까운 병원 의사네. 그 의사 예약하자.

나는 당장 그 병원 홈페이지를 열고, 회원가입을 하고, 비뇨기과를 찾아 3주 후에 소변으로 전립선암을 진단한다는 의사 진료를 예약하고 거실로 나가 아내에게 그 사실을 말했다. 늙은 아내는 잘했다며 더 늙은 남편을 칭찬했다.

A병원은 환자와 보호자로 장마당같이 붐볐다. 나는 안내판에서 비뇨기과 위치를 찾고 접수대 옆에 세워진 기계에 내가 진료실에 왔다는 신고를 했다.

진료실 앞 의자는 만원이다. 나는 빈자리가 없어 엉거주춤하게 서서 의자가 비기를 기다리며 전광판을 봤다. 내가 예약한 의사 진료실은 3호실이다. 예약한 시간이 다 됐는데 스크린에 내 이름이 뜨지 않았다. 30분 전 예약한 환자의 이름이 죽 떠 있고, 안내자막이 30분 지연을 알려준다.

나는 자리가 비어 빈자리를 차지하고 앉아 핸드폰을 꺼내 카톡을 열며, 15분에 4명이나 예약하니 이렇게 밀리지, 하고 생각하며 의사가 참 불쌍하다고 생각됐다. 환자가 몰려드니 소변 볼 틈도 없어 의사가 제대로 숨도 못 쉬겠다.

나는 정말 의대 안 가기 잘했다고 생각하며 하루 종일 전립선 비대 환자만 대하는 의사가 정말 답답하겠다고 여겨졌다. 고등학교 때 내 성적이면 서울의대도 갈 수가 있었다.

카톡을 보며, 실내 공기가 탁한 것같이 느껴졌다. 30분을 기다리니 그때서야 맨 밑에 내 이름이 떴다. 네 명 진료가 끝나면 내 차례다. 내 이름이 하나씩 위로 올라가더니 내 차례가 왔다.

예약한 의사는 안경을 쓴 50대였다. 마스크를 써서 얼굴은 볼 수가 없다.

"PSA가 10이 넘네요. 조직검사 받으셔야겠네요."

의사는 내가 건네준 3차병원 진료의뢰서를 힐끗 보며 말했다.

"소변으로 암 진단한다는 인터넷 기사 보고 선생님 예약했는데요."

"아, 그거 아직 임상실험중입니다. 그 기사 보고 많이 오세요."

"이 나이에 꼭 조직검사 받아야 해요?"

"백수하실 텐데 하셔야지요."

"백수요? 지구 자원을 그때까지 갉아 먹으라고요?"

"네?"

의사는 나의 반응이 의외라는 듯 힐끗 쳐다봤다.

"조직검사 여부는 다음에 결정하지요. 우선 오늘 피 뽑고 소변 검사하고 가시지요."

의사가 진료가 끝났다는 신호를 보냈다. 30분도 더 기다렸는데 진료시간은 2분도 안 되었다. 나는 안녕히 계세요, 하고 나보다 한참 젊은 의사에게 인사하고 진료실을 나왔다.

수납에 가서 진찰료와 실험비용을 지불하고 채혈실로 가서 피를 세 통이나 뽑고, 소변 받을 플라스틱 통 두 개를 받아서 화장실에 가서 소변을 1/3쯤 채워 선반에 올려놓고 병원을 나오며 2주 후 병원을 다시 찾으면 조직검사를 하라고 할 텐데 조직검사를 해야 하나, 하고 짜증 섞인 걱정을 하며 병원을 나섰다.

4

내일 A병원을 다시 찾는 날이다. A병원에서 친절하게 내일 예약을 확인하는 문자가 왔다. 나는 문자를 지우며 조직검사를 받으라고 하면 어떻게 할까, 생각이 많았다.

전립선암을 수술한 친구가 조직검사를 할 때 열두 군데에서 표본을 추출했다고 했다. 마취를 하고 살을 떼어내어 별 아픈지 몰랐다고 했다. 수술은 로봇으로 하라고 권했다. 의료보험이 안 되어 의사가 직접 하는 것보다 한참 비싸지만 수술 후 2일 만에 퇴원했다고 했다.

나는 인터넷에서 친구가 말해 준 내용을 벌써 읽었었다. 큰 병원 의사가 전립선 근육이 복잡하여 의사가 수술하면 출혈이 심하니 로봇 수술을 권장하는 선전 영상도 보았었다.

조직검사를 해도 암을 찾을 확률이 60%라는데 아프게 살을 떼어내는 조직검사를 받아야 해? PSA가 높아도 암일 확률은 50%, 이 나이에 조직검사를 받아야 해? 암이라고 하면 수술 받아야 할 텐데 꼭 수술 받아야 해? 암이 걸려도 아프지 않고 말기나 되어야 아프다는데, 말기 되면 그냥 진통제나 먹고 버티다 가면 되지. 그냥 암과 함께 한 5년 살다가 통증이 심하면 진통제 맞고 몇 달 버티다가 가면 되는 거 아냐?

죽는다는 것이 무엇이지? 산다는 것의 반대. 그럼 산다는 것은 무엇이지? 지금 이렇게 숨을 쉬며 하루하루를 보내는 것이 사는 건데 숨이 끊어지면 죽는 거고. 죽고 나면 정말 영혼이 살아남아 구천을 헤매다가 천당이나 지옥으로 가는 거야?

지금은 정말 하루하루를 그냥 살고 있다. 무엇을 달성한다는 목표도 없고, 흐르는 세월에 몸을 맡기고 좋게 말해 유유자적, 심하게 말하면 무위도식, 그냥 자연을 축내며 살아가는 거다.

지금 간다고 무슨 미련이 남지?

아침에 해가 뜨면 무슨 일이 있어도 저녁에는 해가 지듯이 우리 인생도 태어나면 언젠가 죽는 거고. 팔십 넘게 살았으면 많이 산 거 아냐? 138억 년 전 빅뱅이 일어나서 우리 우주가 생겨났다고 하니 우주의 나이에 비하면 인생 팔십은 찰나다. 거북이 천년을 산다고 해도 천년도 찰나다. 그런 찰나보다 더 짧은 찰나의 삶을 더 살려고 조직검사 받고 수술 받고 하며 악악거려야 해?

지금 가도 별 미련이 없다. 운이 좋아 나는 세상 좋은 곳 많이 구경했고, 여러 나라 일류 식당에서 맛있는 거 먹어봤고, 육림에 빠진 적은 없지만 주지에도 빠져봤고. 이제 더 할 일도 없어 티브이나 보고 산책이나 하며 시간을 죽이는데 지구 자원 축내지 말고 그만 저세상으로 가면?

내일 조직검사 하자고 하면 하지 않겠다고 버티며 허허 웃고 진료실을 나설까?

나는 삶과 죽음을 생각하며 내일 병원에서 의사가 권할 진료 요구를 어떻게 대응할까 대책 없는 생각을 이어갔다.

5

나는 예약시간 11시의 20분 전에 진료실에 도착하여 기계에 도착 신고를 했다. 진료 안내 스크린을 보니 10:30분 예약분 진료를 진행하고 있었다.

한 시간은 기다려야 내 진료 차례가 올 거다.

나는 녀석들 15분에 네 명씩이나 예약하니 이렇게 밀리지, 이게 무슨 예약이야, 하고 속으로 투덜대며 핸드폰에 이어폰을 끼웠다. 나는 오래 대기할 것에 대비하여 우두커니 대기하는 지루한 시간을 죽이려 핸드폰에서 클래식이나 듣자며 이어폰을 준비해 왔다.

유튜브에서 파바로티를 찾았다. 첫 곡으로 남몰래 흐르는 눈물을 들으며, 한 시간 내로 의사를 만나면 조직검사를 하라고 할 텐데, 안 한다고 버틸까, 그냥 시키는 대로 할까, 생각을 굴렸다. 파바로티, 도밍고, 호세 등 세 터너 공연을 들으며 참 노래 잘한다, 어떻게 저렇게 영혼을 울리게 노래를 부를 수 있을까, 감탄하다가 저 친구들은 전립선 비대 안 걸리나, 하며 픽 웃었다.

파바로티가 리셴 도르마의 아름다운 선율을 열창했다. 빈체로 빈체로, 성악가가 최고의 성량을 뽐내며 승리하리라, 승리하리라 하고 열창한다. 나는 무슨 승리를 하지, 의사가 조직검사 받으라면 받고 검사결과 암이라고 하면 수술 받고 그렇게 고분고분하게 사는 게 순리인데, 의사 말을 안 듣고 조직검사 않는 것이 승리하는 건가? 그러다가 암이 퍼져서 골골하다가 가는 것은 승리가 아니지, 하며 몇 분 후에 의사가 내릴 선고가 두려워 가슴 졸이며 의사의 조직검사하라는 권고를 깔아뭉갤까, 받아들일까 갈등하며 천장을 바라보다 비명 같은 고음인 테너의 열창을 들었다.

나는 오페라 아리아를 듣다가 우리 가요로 곡을 바꿨다. 비목도 듣고, 그리운 금강산도 듣고, 향수도 들었다. 진료 안내 스크린에 내 이름이 맨 밑에 떴다. 가곡을 한 곡 듣고 나자 내 이름이 대기자중 맨 위로 올라갔다.

다음이 내 진료 차례다. 나는 진료실에 들어갈 것을 대비하여 이어폰을 귀에서 빼내 주머니에 집어넣고, 조직검사를 받을 것인가 의사의 권고를 거부할까 마지막으로 갈등했다.

내 앞 사람이 진료를 마치고 나오자 간호사가 내 이름을 호명하며 들어가시라고 한다. 나는 가볍게 문을 노크하고 문을 열고 들어서며 안녕하십니까, 하고 나보다 한참 젊은 의사에게 인사하고 옆자리에 앉았다.

"박명훈 씨, 검사결과 PSA 숫치가 6.1로 떨어졌어요."

의사가 컴퓨터 화면에 코를 박고 말했다.

"그럼 거의 정상이니 조직검사 안 받아도 되겠네요?"

나는 싸움에서 크게 승리를 한 것같이 득의에 찬 목소리로 말했다.

"정상보다는 높지만 조직검사 안 받으시겠다고요?"

의사가 물었다.

내가 네, 하고 대답하자, 의사가 컴퓨터 화면에 코를 박은 채, 방광에 염증이 있네요. 항생제 2주치 처방해 드릴게요. 항생제 드시고 소변검사 받으세요, 방광에 염증이 있으면 PSA 숫치가 높을 수가 있어요. 1년 후 예약하시지요, 하고 말했다.

나는, 뭐 내성이 생기는 항생제를 2주치나 처방해, 하고 속으로 투덜대며 1년 후 그때 봐서 올게요. 안녕히 계세요, 하고 진료실을 나섰다. 한 시간을 기다렸는데 진료에 2분도 안 걸렸다.

간호사가 다음 소변검사 날짜와 한 달 후 의사 진료시간을 잡아주고 수납에 가서 처방전을 받으라고 했다.

나는 기계에서 출력한 처방전을 들고, 꼭 전립선암을 이긴 것같이 득의에 찬 기분으로 병원을 나서며 빈체로, 승리하리라, 빈체로, 승리하리라, 하고 오페라 아리아를 흥얼거렸다.

책을 내며

프랑스 시인 아폴리네르의 시 〈미라보 다리〉의 한 구절,

'밤도 오고 종도 울려라, 세월은 흘러가는데 나는 이곳에 머무네.'

세월이 흘러가고 인생도 다 흘러간다. 머무는 것이 없는데 머문다는 생각은 그냥 집착인가, 아님 한?

흘러가는 것은 그냥 흘러가는 대로 두자.

달리던 자전거가 멈춰서면 넘어진다.

등단한 지 20년이 넘는 세월을 그래도 멈추지 않고 소설을 써서 여러 권의 소설집을 냈다. 이제 자꾸 게을러져서 2년에 한 번 겨우 창작집 한 권을 낸다. 넘어지지 않게 달리며 자꾸 게을러지는 몸과 마음을 추스르며 다음 소설집을 2년 내에 내었으면 한다.

이제 흘러가는 세월에 몸을 맡기고 비우고 내려놓으며 유유자적 살 때가 되지 않았나 생각된다.

단백질 덩어리 코로나19 바이러스가 지난 2년여 사회적 동물인 인간이 거리두기라는 단어에 밀리며 서로의 교통을 막았다.

거리두기가 완화되며 조금은 정상적인 생활로 돌아간다. 정말 다행이다.

산수가 넘도록 건강하여 소설을 쓸 수 있는 것에 크게 감사한다.

나와 더불어 살고 계신 모든 분들을 그리워하며, 책을 쓸 수 있는 건강과 재주를 받은 행운에 다시 한 번 감사하며 그 분들에게 이 책을 올린다.

다 흘러간다

지은이 / 양창국
펴낸이 / 김정희
펴낸곳 / 지구문학

03140, 서울시 종로구 종로17길 12, 215호(뉴파고다 빌딩)
전화 / (02)764-9679
팩스 / (02)764-7082

등록 / 제1-A2301호(1998. 3. 19)

초판발행일 / 2022년 6월 25일

값 18,000원

E-mail/jigumunhak@hanmail.net

ISBN 979-11-91982-02-2 03810